Das Prinzip Terz

Dieses Buch ist ein Roman. Handlungen und Personen sind frei erfunden. Ähnlichkeiten mit lebenden oder toten Personen sind nicht gewollt und rein zufällig.
Die erste Ausgabe dieses Romans erschien 2004. Erläuterungen des Autors zur vorliegenden Neuausgabe finden sich im Nachwort auf Seite 285.

MARCUS RAFELSBERGER

# Das Prinzip Terz

KRIMINALROMAN

emons:

**Bibliografische Information der Deutschen Nationalbibliothek**
Die Deutsche Nationalbibliothek verzeichnet diese Publikation in der Deutschen Nationalbibliografie; detaillierte bibliografische Daten sind im Internet über http://dnb.d-nb.de abrufbar.

MIX
Papier aus verantwortungsvollen Quellen
FSC® C083411
FSC
www.fsc.org


Umschlaggestaltung: Brian Barth
Gestaltung Innenteil: César Satz & Grafik GmbH, Köln
Das Zitat von Tao Te King wurde übersetzt von Bodo Kirchner.
Druck und Bindung: CPI – Clausen & Bosse, Leck
Printed in Germany 2014
ISBN 978-3-95451-478-6
Überarbeitete Neuausgabe

*Wenn die Weisheit verloren geht*
*herrscht Wohlwollen*
*Wenn das Wohlwollen verloren geht*
*herrscht Menschlichkeit*
*Wenn die Menschlichkeit verloren geht*
*herrscht Gerechtigkeit*
*Wenn die Gerechtigkeit verloren geht*
*herrscht Gesetzestreue*
*Doch die Gesetzestreue*
*ist nur dürftige Redlichkeit*
*und der Beginn der Verwirrung*

Tao Te King

# 1

Die Unruhe kam, sobald er allein war.

Von der Alster und aus den Kanälen kroch feuchte Luft in die Gärten und Straßen des noblen Hamburger Viertels. Eppendorf schlief.

Trotz der warmen Sommernacht fröstelte ihn. Er zog den Bademantel vor der Brust fester zusammen. Während er durch die Wohnung lief, ertappte er sich dabei, kurze Blicke durch Türen, Zimmer und Fenster auf die Straße zu werfen. Eine Stunde der Sinnlichkeit lag hinter ihm, eine Stunde des Rauschs. Wie so viele davor hinterließ sie einen faden Geschmack im Herzen und Schatten im Kopf, die nun verdrängt wurden von noch dunkleren Grübeleien. Fredos Tod. Herzversagen mit dreiunddreißig? Vielleicht erschreckte ihn nur das Alter. Es machte ihm sein eigenes so bewusst.

Er befühlte sein Glied, das bei jedem Schritt schlaff zwischen den Beinen baumelte. Sein Körper war gut in Schuss für einen Endfünfziger. Reflexartig hob er die Brust und zog den Bauch ein, als er am Spiegel vorbei in die Dusche stieg.

Für ein paar Minuten verschluckte das Rauschen des Wassers alle anderen Geräusche.

Fredo hatte wohl noch einen anderen gehabt in den letzten Wochen. Das schicke neue Auto, die teuren Klamotten. Er hatte ihn nie danach gefragt. Eine ehrliche Antwort hätte er ohnehin nicht erhalten. Es war ihm auch egal. Mit Fredo und den anderen hatte er seinen Spaß, aber er zog doch Frauen vor.

Er stieg aus der Dusche und betrachtete seine gedrungene, athletische Figur, während er sich abtrocknete. Als es vor dem Fenster raschelte, fuhr er zusammen und sah hinaus. Ein Vogel flog vom Fensterbrett auf.

Wäre nur dieses Gespräch nicht gewesen. Jemand, der Fredo gar nicht kannte, hatte ganz beiläufig seinen Tod bedauert. Inzwischen war er sicher, dass man ihn damit hatte warnen wollen.

Er lauschte in die Nacht. Spürte, wie verspannt er stand, lockerte seine Schultern und ging ins Schlafzimmer. Er musste an etwas anderes denken. Zu tun gab es genug.

Bis auf das große Bett in der Mitte, die Lampe daneben und das abstrakte Bild an der Wand war der Raum leer. Die großen Fenster neben der Glastür waren gekippt und gaben den Blick auf Terrasse und Garten frei. Er zwang sich, nicht mehr hinauszusehen. Die warme Nachtluft strich durch den Raum. Er setzte sich ins Bett. Seit seiner Jugend schlief er nackt.

Es war so warm, dass er die Decke nur bis zu den Lenden zog. Wenn er so saß, entstanden kleine Fältchen und Grübchen auf seinem Bauch, wie Cellulite bei einer Frau. Er zog den Bauch kurz ein, aber die Formen traten nur noch deutlicher hervor.

Als Kind hatte er Angst gehabt vor Ungeheuern unter dem Bett und im Schrank. Dieses Gefühl, als ob jemand im Raum wäre. Man hört den Atem. Man spürt eine Anwesenheit. Die Angst schafft ihre Geschöpfe.

Um sich abzulenken, nahm er den Notizblock, der neben dem Bett lag, und begann zu skizzieren.

Aber da war doch etwas. Ein Geräusch hinter dem Kopfteil seines Bettes. Bevor er sich umdrehen konnte, spürte er einen heftigen Schlag gegen den Hals. Er fuhr herum und schnellte hoch. Da erlosch seine Welt.

# 2

Stoßverkehr verstopfte die Siemersallee, Bauarbeiten machten die Busspur zur unpassierbaren Kraterlandschaft, und hier musste Hauptkommissar Terz natürlich durch.

Ein Stau ist wie das Leben, dachte er. Manchmal kommt die eine Spur voran, dann wieder die andere, und jeder hat das Gefühl, die eigene ist die langsamere. Wie im Leben half denen, die wirklich vorwärtskommen wollten, nur eines: die Umkehrung der Verhältnisse.

Terz knallte das Blaulicht aufs Dach, schaltete das Martinshorn an und durfte plötzlich alles: lärmen, rasen, drängen, rote Kreuzungen überfahren.

Wie dicke Insekten krochen die Fahrzeuge an den Straßenrand und bildeten eine Gasse. Rechtsrum bei Rotlicht, Dammtorstraße, hier war die Busspur wieder frei. Die Kreuzung über den Holstenwall erwischte er bei Grün, die nächste auch. An der roten Kreuzung Gänsemarkt flohen ein paar Wagen vor ihm wie Fettaugen vor einem Seifentropfen.

An Macdo vorbei, Poststraße runter, dort war endgültig Schluss – die einspurige Einbahn ließ kein Ausweichen mehr zu. Wenn man mit Lärmen und Blenden nicht weiterkommt, steigt man am besten aus und geht zu Fuß weiter, leise, aber effektiv. Er ließ den Wagen zwischen den anderen stehen.

Mit wenigen Schritten durch den sonnigen Junimontag war er beim Buchladen. Terz, einen guten Kopf größer als die meisten, sah sein Ziel sofort: Im Inneren des Geschäfts herrschte Drängen wie um Freibier. Ein Angestellter mit Namensschild am Hemd hastete ihm entgegen.

»Kommissar Terz? Wir warten schon auf Sie. Bitte, hier entlang.«

Als Kommissar war er aufgeregte Menschen gewöhnt. Gelassen bahnte er sich seinen Weg zwischen Kunden, Kameras und Mikrofonen hindurch. An einem Tisch im Zentrum des Auflaufs empfing ihn eine junge Frau, die nervös an ihrer Brille nestelte. Bevor sie etwas sagen konnte, reichte Terz ihr seine Autoschlüssel.

»Der Wagen blockiert die Straße. Stellen Sie ihn bitte in die Bleichengarage.« Von draußen war bereits zorniges Hupen zu hören. »Und deponieren Sie das Blaulicht wieder unter dem Armaturenbrett.«

Ein aufmunterndes Lächeln löste ihre Verwirrung, und die junge Frau verschwand Richtung Ausgang.

Erst jetzt fiel ihm auf, dass er denselben Anzug trug wie auf dem Plakat, das hinter dem Tisch aufgestellt worden war.

*Sicher Sein. Der neue Bestseller von Starkommissar Konrad Terz.*
*Autogrammstunde heute 12–13 Uhr.*

Nur das rosa Hemd war ein anderes, und wegen der Hitze hatte er zwei Knöpfe geöffnet. Er präsentierte sich den Kameras der Journalisten mit einem Exemplar, dann setzte er sich und rief den wartenden Lesern gut gelaunt zu:

»Wer ist mein erstes Opfer?«

»Konrad Terz« prangte in großen Lettern über dem Porträt auf dem Buchumschlag. Die sorgfältig nach hinten gekämmten Locken und der ironische Zug um die vollen Lippen verliehen seinem Gesicht etwas Dandyhaftes.

Terz reichte der Frau ihr Buch über den Tisch und nahm das nächste in Empfang. Zur Mittagszeit war der Laden im Stadtzentrum gut besucht. Angestellte nutzten ihre Pause, um Lektüre für den langweiligen Büronachmittag zu finden, oder durchstöberten

Reiseführer für den kommenden Urlaub. Terz setzte gerade zur Unterschrift an, als sein Handy in der Brusttasche die fröhlichen Anfangstakte von Burt Bacharachs »I Say A Little Prayer« zu spielen begann. Er entschuldigte sich bei der Käuferin und nahm das Gespräch an. Am anderen Ende meldete sich die Einsatzzentrale:

»Ein Viersiebzehner in Eppendorf meint, ihr solltet mal vorbeischauen.«

Die Mitglieder der Hamburger Polizeiabteilung 417 wurden bei unklaren Todesfällen als Erste gerufen und entschieden, ob weitere Ermittlungen durchgeführt werden sollten. Natürlich machte sich einer von ihnen genau dann wichtig, wenn vor Terz noch über zwei Dutzend Fans auf ihre Autogramme warteten. Er fing den besorgten Blick der Verlagsmitarbeiterin auf und winkte sie zu sich. Der Mann in der Einsatzzentrale gab Terz die Adresse durch.

»Der Name ist Sorius.«

Terz wurde aufmerksam. »Sorius?«

Eine Antwort blieb die Zentrale schuldig, dort hatte man bereits aufgelegt.

Terz kannte einen Sorius, nicht nur von den Gesellschaftsseiten der Zeitungen und Magazine. Elena hatte mit dem prominenten Werbeagenturbesitzer einige Golfturniere gespielt, dabei war Terz ihm mehrfach begegnet. Er steckte das Telefon wieder ein, vollendete seine Widmung und stand auf.

»Meine Damen und Herren, es tut mir leid. Ein dringender Fall. Ich muss los.«

Aus der Warteschlange kamen bedauernde Töne, ein Enttäuschter empörte sich gar. Erwartungsvoll richtete die Kamera des Lokalsenders ihr schwarzes Auge auf Terz, der bestimmt entgegnete:

»Was ist Ihnen wichtiger: ein gefasster Mörder oder eine Unterschrift?«

Das TV-Team war während des Zwischenfalls näher gekommen. Das brachte ihn auf eine Idee.

»Filmen Sie«, befahl er dem Kameramann. Händeschüttelnd schritt er die Reihe der Wartenden ab. »Ein dringender Fall. Tut mir leid. Geehrt durch Ihre Anwesenheit. Sie bekommen Ihre Widmung, garantiert. Viel Freude beim Lesen.«

Der Verlagsfrau, die neben ihm herlief, flüsterte er zu: »Lassen Sie sich die Adressen geben. Das Filmteam soll Fotoabzüge machen, die ich dann signiere.«

Er eilte auf den Ausgang zu und wählte auf dem Mobiltelefon Elenas Nummer, als er eine Stimme in seinem Rücken hörte.

»Herr Terz!«

Ohne anzuhalten wandte er sich um.

»Warten Sie«, japste der Mann einen halben Meter hinter ihm, bemüht, Schritt zu halten. Terz erinnerte sich, ihm eben die Hand geschüttelt zu haben. Trotz der Hitze trug er einen Mantel über dem Pullover. Er umklammerte eine abgeschabte Pappmappe.

»Ich habe es eilig«, sagte Terz.

Der Mann stolperte hinter ihm her. »Ich will keine Unterschrift von Ihnen.«

Vor dem Laden schien Terz gegen eine warme Wand zu laufen. Er hasste Menschen, die seine Zeit durch Herumreden stahlen. »Ich muss telefonieren.«

Dem anderen ging bereits der Atem aus. »Und ich muss mit Ihnen reden.«

Terz wurde häufig von Wildfremden angesprochen. Sie beklagten sich über Verbrechen, die Polizei oder ihre Nachbarn.

»Geht es um meine Bücher, wenden Sie sich bitte an den Illau-Verlag. Geht es um ein Verbrechen, wählen Sie den Notruf.«

Mittlerweile hatten sie den Eingang des Parkhauses erreicht.

»Bei Ihrem Verlag war ich schon.« Mit eingezogenem Kopf sah er zu Terz auf wie ein Hund, der einen Schlag erwartet. Er gehörte zu jenem Typ, dessen Unsicherheit bei dem Kommissar statt Mitleid Gereiztheit hervorriefen. Eine Gruppe lärmender Geschäftsleute verließ den Lift und drängte Terz' Verfolger ab. Schnell stieg der Kommissar ein. Durch den schmaler werdenden Spalt der Aufzugtür fing er den Blick des Mannes auf. Enttäuschungen, Ärger und Hoffnungslosigkeit hatten ihre Spuren in dessen Züge gegraben. Widerwillig gab Terz seinem aufsteigenden Mitleid nach. Er drückte die Türöffnertaste, sodass der andere sich zu ihm in die Kabine schieben konnte.

»Was wollen Sie denn?«

Mit nervösen Fingern nestelte der Fremde einen Stapel Papiere aus seiner Mappe. Ein Manuskript. Auch diese Kandidaten kannte Terz. Hoffnungsfrohe Sonntagsautoren, die über ihn an einen Verlag kommen wollten. Terz schob die Papiere zurück.

»Ich bin weder Lektor noch Manager. Schicken Sie Ihr Manuskript an Verlage oder Agenten.«

»Genau das habe ich getan. Und was ist passiert?«

Der Lift hielt, mit einem leisen Klingen öffnete sich die Tür.

»Sie haben eine Ablehnung bekommen. Bleiben Sie dran.«

»Das tat ich! Und ein Jahr später erschien Ihr Buch!«

»Von mir sind bereits drei Bücher erschienen. Und jetzt entschuldigen Sie, ich habe einen Einsatz.«

Terz stieg in den Wagen, setzte das Blaulicht aufs Dach und fuhr los. Im Rückspiegel sah er, dass der Mann noch hinter ihm herlief und mit der Mappe winkte. Terz telefonierte bereits mit seiner Frau:

»Der Sorius, mit dem du mal Golf gespielt hast, weißt du, wo der wohnt?«

# 3

Innocentiastraße, Straße der Unschuld, sehr passend für einen Tatort. Zwei Streifenwagen wachten vor einer Stadtvilla, die Terz sich frühestens nach einem halben Dutzend weiterer Bestseller würde leisten können. Ein paar Journalisten lümmelten vor der Absperrung. Als sie ihn entdeckten, gingen die Blitzlichter los. Einer der Männer, der aussah wie ein kleiner beiger Frosch, stürzte auf Terz zu. »Ah, der Starkommissar!«

»Fodl, ich dachte, dich treffe ich erst heute Abend.« Reinhard Frenzen, aus unbekannten Gründen von jedermann »Fodl« genannt, berichtete üblicherweise von den Reichen und Schönen der Stadt. Terz zog den Overall aus dem Kofferraum über, nur die Kapuze noch nicht. Kam besser auf den Fotos.

»Wunderbare Schlagzeile: Promikommissar untersucht Promimord«, rief Fodl. Blitzblitzblitz.

»Leute, ich weiß noch nicht einmal, ob es Mord war. Und vor Redaktionsschluss werde ich euch nicht mehr sagen können.«

Terz stieg über die Absperrung, grüßte den Uniformierten und betrat das Haus. Gleißendes Licht strahlte durch das Dachfenster in die Eingangshalle und löste die Konturen zweier Figuren in weißen Overalls fast auf. Terz musste an einen Science-Fiction-Film denken, während er die Latexhandschuhe überzog.

»Schönen Tag«, grüßte er die Kollegen.

Maria Lunds helle Stimme erwiderte seinen Gruß freundlich. Die Jüngste seines Teams war seit zwei Jahren dabei. Ihre Figur konnte selbst der Overall nicht verunstalten, blonde Locken ringelten sich unter der Kapuze hervor. Erwin Samminger dagegen wirkte noch roher, sobald seine zentimeterkurz geschnittenen Haare verdeckt waren.

»Sehr schöner Tag«, blaffte er und zeigte mit dem Daumen hoch. »Vor allem für den da oben.«

»Du lebst ja noch, Sammi.«

»Aber in was für einer Welt ...«

»Jammer nicht, mach sie besser. Wo ist der Siebenvierzehner?«

»Schon weg«, sagte Lund.

»Und Michel und Knut?«

Die Frage wurde von einer kehligen Stimme in seinem Rücken beantwortet.

»Zu Diensten.« Brüning, der Älteste in Terz' Truppe, wackelte wie eine überstopfte Weißwurst mit Bart auf sie zu. Knut Perrell hinter ihm war einen guten Kopf größer, und sein Overall spannte um Brust und Schultern. In seinem Gesicht strahlte fast immer gute Laune, selbst an einem Tatort zuckte der rotblonde Schnurrbart lustig.

Er begrüßte alle mit einem Lächeln, stellte sich vor Maria Lund und schob ihre Locke unter die Kapuze. »Du kontaminierst uns hier sonst alles«, sagte er.

Es konnte Zufall sein, doch Terz meinte, dass Perrell seinen Finger länger als notwendig dort ließ.

»Du musst gerade reden«, lachte Lund und zog kurzerhand Perrells Kopfbedeckung tiefer, um einen keck hervorlugenden Haarschopf zu bedecken.

»Sind wir hier zum Klönen oder zum Ermitteln?«, bellte Samminger.

Terz sah in die Runde. Seit einem Monat war er Abteilungsleiter. Als solcher führte er selbst keine Ermittlungen mehr, sondern verteilte die Fälle auf seine vier Mitarbeiter, koordinierte und unterstützte sie.

»Gut. Das hier übernimmt Sammi.«

Samminger verzog das Gesicht und nickte. Er war vier Jahre älter als Terz und bei der Besetzung des Abteilungsleiterpostens übergangen worden.

»Dann gehen wir.«

Im ersten Stock erhaschte Terz Blicke in eine helle Bibliothek, ein vollgestopftes Arbeitszimmer und ein komfortables Bad, bevor sie das karg möblierte Schlafzimmer erreichten. Wie ein Altar thronte das Bett im Zentrum des Raumes, flankiert nur von einer Stehlampe. An der Wand hing ein Bild, auf dem Terz nichts erkannte. Große Fenster und Türen führten zur Gartenseite auf einen Balkon.

Über die Schlafstatt beugte sich ein weiterer weißer Overall. Die Gerichtsmedizinerin Sabine Krahne richtete sich auf und begrüßte sie mit einem Kopfnicken.

Der Tote lag auf dem Rücken. Terz erkannte das Gesicht. Jeder, der in der Hamburger Gesellschaft verkehrte oder Konsument von Glamourmagazinen und -kolumnen war, hätte es erkannt. Der stämmige Körper war trainiert, die grauen Haare kurz geschnitten. Der Tote trug nur ein Kleidungsstück – ein Lederhalsband mit Schnalle.

Terz trat an das Bett. »Interessanter Pyjama.«

Sabine Krahne verschränkte die Arme. »Das ist …«

»… Winfried Sorius. Beliebter Gast aller Klatschspalten.«

»Dann müsstest du ihn ja persönlich kennen«, feixte Sammi.

»Ich bin ihm ein paarmal begegnet«, gab Terz gelassen zurück. Eine kleine Pause verlieh den folgenden Worten das notwendige Gewicht: »Von ihm stammen die Werbekampagnen für den Bürgermeister.«

Die Runde stöhnte auf. Jeder von ihnen wusste, was das bedeutete: Ab sofort standen sie unter dem Brennglas von Rathaus, Öffentlichkeit und ihren Vorgesetzten. Aus dem anonymen war ein reicher und nun sogar ein wichtiger Toter geworden. Sie gruppierten sich um das Bett. Der Körper des Toten erinnerte an geäderten Marmor.

»Da sage noch einer, dass der Tod alle Menschen gleich macht«, sinnierte Terz.

»Wundert mich, dass noch keiner aus dem Rathaus hier ist«, ätzte Brüning.

»Der müsste an den Reportern vorbei.«

Sammi glotzte, statt die Ermittlungen zu leiten. So würde er beruflich nie weiterkommen. Und die Ermittlungen auch nicht.

»Wie lang ist er schon tot?«, fragte Terz.

»Etwa seit Mitternacht, plus/minus«, erklärte Krahne.

»Er lag also die ganze Nacht da?«

»Wir wissen noch nicht, ob er auch hier starb.«

In dem Zimmer roch es förmlich nach Sex. Vorsichtig schob Terz seinen Finger zwischen Hals und Band. Tote Haut auf toter Haut, kalt und schlaff.

»Er ist nicht damit erwürgt worden«, erläuterte Krahne.

»Wie starb er dann?«

»Keinerlei Blutungen an den Augen oder im Mundraum, die auf Erdrosseln hindeuten.«

»So ... bekleidet geht keiner schlafen.«

»Kurz vor seinem Tod hatte er Sex.«

»Und die andere Person hat sich aus dem Staub gemacht?«

»Dann suchen wir gar keinen Mörder«, schloss Sammi enttäuscht. Eine Möglichkeit weniger, sich für die nächste Beförderung zu empfehlen.

Brüning kratzte sich am Kopf. »Nee. Bloß eine, die Schiss bekommen hat. Kann ich verstehen.«

Noch einmal fuhr Terz mit dem Finger unter das Band. »War der Fotograf schon da?«

Krahne nickte.

Terz öffnete die Schnalle, und die beiden Enden fielen schlaff in das Kissen. Er beugte sich über den Hals, dann deutete er auf eine Stelle unter dem Kieferbogen des Toten. »Was ist das?«

Krahne nahm ihre Halbmondbrille ab und untersuchte die Stelle.

»Winzige Blutergüsse.«

»Woher kommen die?«

»Auf jeden Fall sind es keine Würgemale.«

Sammi kam dazu. »Ein Knutschfleck?«

Krahne betastete die Stelle. »Knutschen verursacht keine Schwellung.«

»An manchen Stellen schon«, bemerkte Sammi mit schmutzigem Grinsen und erntete verächtliche Blicke der beiden Frauen. Erst Terz' mitleidiger Blick zwang das blöde Grinsen aus seinem Gesicht.

»Was ist dann die Ursache?«

»Das kann ich morgen nach der Obduktion sagen.«

»Wer hat ihn gefunden?« Terz drehte sich zu Samminger. »Entschuldige. Dein Fall, Sammi.«

»Eine Mitarbeiterin des Toten«, sagte Krahne. »Sie liegt unten auf einem Sofa. Ist umgekippt. Eine Beamtin ist bei ihr.«

Weil Ermittlungsleiter Sammi zu lange nachdachte, teilte Terz ein: »Sammi leitet die Ermittlungen, kümmert sich also um die Spuren an der Leiche. Michel, Maria und Knut besuchen die Nachbarn.«

»Mein Fall«, erinnerte Sammi mit schmalen Lippen. »Aber ich muss mich ohnehin erst mal um den da kümmern. Vielleicht kann mir Maria helfen.«

Auch wenn er Sammi die Führung der Ermittlung übertragen hatte, konnte er diesen Widerspruch gegen seine Anordnung nicht dulden.

»Das kannst du allein. Maria habe ich jetzt schon für die Nachbarn eingeteilt. Ich befrage die Frau, die ihn gefunden hat.«

Sammi wollte etwas erwidern, ließ es dann aber. Er begann, die Klebestreifen auszupacken, mit denen er noch die kleinste Faser oder Haarschuppe sichern konnte. Terz und die anderen würdigte er keines Blickes mehr.

So ist das, dachte Terz, der Zauderer bekommt die Leichen, der Chef die Frauen.

Die sehr blonde junge Frau wirkte auf dem riesigen Sofa im Wohnzimmer ziemlich verloren, obwohl sich eine Polizistin mit ihr unterhielt. Zwischen den schmalen Fingern zitterte eine Zigarette.

»Das ist Andrea Fann«, stellte die Beamtin vor.

Fann sah ihn mit Rehaugen an und inhalierte einen Zug.

Terz stellte sich vor und fragte: »Wie geht es Ihnen?«

»Geht schon«, antwortete sie mit dünner Stimme. Rauch quoll aus ihrem Mund.

»Sie haben ihn gefunden?«

Die Frau nickte.

»Wie kam es dazu?«

Ihre Stimme zitterte. »Herr von Hollfelden hat mich geschickt.«

Terz blieb geduldig. Eine Leiche findet man nicht jeden Tag. »Das ist wer?«

»Das – das ist unser Chef. Ich meine, er war Wins – äh – der Partner von Herrn Sorius.«

»Und weshalb hat Herr von Hollfelden Sie geschickt?«

Sie saugte an ihrem Glimmstängel. »Herr Sorius war zu einem wichtigen Termin nicht erschienen.«

»Wie sind Sie denn ins Haus gekommen?«

Wasser stieg in ihre großen Augen. »Herr von Hollfelden gab mir doch einen Schlüssel. Als ich Win – ich meine – Sie wissen schon, als ich ihn fand, rief ich sofort die Polizei.«

»Herr von Hollfelden hatte einen Schlüssel zu diesem Haus?«

»Er – ich weiß nicht. Ja. Er gab ihn mir ja.«

»Sie wissen nicht, woher er ihn hatte?«

»N-nein.«

Aus der Empfangshalle hörte Terz eine aufgebrachte Frauenstimme.

»Wissen Sie von irgendwelchen Schwierigkeiten, die Herr Sorius hatte?«

Ihre Bambiaugen weiteten sich. »Ich bin doch nur Praktikantin!«

Die Stimmen näherten sich. Ein uniformierter Beamter erschien in der Tür.

»Da draußen ist so eine Ausländerin, die behauptet, hier zu arbeiten.«

»Und wäre sie Deutsche, würden Sie ihr das sogar glauben.«

Der Mann hatte Terz' Ton bemerkt und zögerte mit der Antwort. »Ich … äh, das habe ich nicht gesagt …«

»Schicken Sie sie schon herein!«

Sichtlich widerstrebend begleitete der Mann eine Frau mittleren Alters in den Raum, die mit entschiedenen Schritten auf ihn zumarschierte. Ihre resolute Erscheinung stand im Kontrast zu ihrer gläsernen Stimme. Sie sprach mit einem osteuropäischen Akzent, den Terz nicht genau einordnen konnte.

»Ah, Sie Kommissar Herz von Zeitung.«

»Terz. Von der Polizei.«

»'tschuldige, ich merke Gesichter, nicht Namen. Sagen Sie mir, dass nicht wahr ist. Herr Sorius wirklich tot?«

Da Terz das Verhältnis nicht kannte, in dem die Dame zu Sorius gestanden hatte, legte er ein wenig Mitgefühl in seine Stimme. »Ja.«

Sie fiel schwer in einen der Polsterstühle. »Na großartig. Der Arbeit also weg.«

Andrea Fann hatte sich erhoben. »Kann … kann ich gehen?«

Terz nickte, ließ sie von der Polizistin hinausbringen und widmete sich der anderen Frau.

»Und wer sind Sie?«

»Ich habe Haushalt gemacht.«

»Dann können Sie mir sicher einiges über ihn erzählen.«

»Wie ist er … ich meine … warum Polizei?«

»Wissen wir noch nicht. Hatte Herr Sorius Verwandte?«

»Ich keine kenne.«

»Eine Frau, Kinder?«

»Eine Frau, ha! Man nicht soll schlecht reden von Toten. Nein, keine Frau. Freundinnen. Viele!«

Die Tatsache war Terz aus den Klatschspalten hinlänglich bekannt.

»Kennen Sie Namen?«

»Er sie mir nicht vorstellen. Und ich nicht fragen.«

»Aber wenn man in einem Haushalt arbeitet, bekommt man doch einiges mit.«

»Ich weiß wirklich nicht. Ich hier nur putzen und einkaufen. Wenn Frauen kommen, ich nie da. Ich ziehe nur Haare aus Duschabfluss. Glaub mir, jeder Farbton dabei.«

»Wie oft sind Sie hier?«

»Jeden Tag drei bis sieben Uhr Nachmittag.«

»Auch am Wochenende?«

»Ja.«

Terz ließ sich ihren Namen und die Adresse geben. Die Putzfrau nahm ihre Handtasche und stand auf. »Dann ich kann also neue Arbeit suchen?«

»Ich fürchte.«

Was sie beim Hinausgehen murmelte, klang nicht jugendfrei.

Die anderen waren noch beschäftigt, also besichtigte Terz das Haus. Die Räume waren so spartanisch wie teuer eingerichtet. Nur ein kleines Zimmer war vollgehängt mit alten Bildern und Stichen jeder Größe, in zwei Biedermeiervitrinen stapelten sich Bücher, weitere neben dem antiken Schreibtisch und um den ehrwürdigen Ohrensessel. Auf dem Tisch lagen Skizzen und Notizen. Terz überflog sie. Strichmännchen liefen, dazu Text. »Hamburg gewinnt«. Wohl für den Bürgermeister. Auf einem anderen Blatt Gläser, volle, leere. »Dem Hanseaten sein Bier«. War das Deutsch? Eine Liste mit Namen: it-Konzept, TipTop-it, Complete Computer, edvin und mehr. Vielleicht eine Namensentwicklung. Eine Telefonliste, Krobat, Villich, andere, kannte er alle nicht. Entwürfe für Logos mit blauen Flügeln, grün-gelben Blüten, orangefarbenen Wellen, noch mehr Bücher über Werbung, Fotografie, Kunst. Auf einem kleinen Fernseher neben dem Schreibtisch tanzten zwei Porzellanhündchen miteinander, unter dem Gerät stand eine teure Mini-Hi-Fi-Anlage. In den Schreibtischladen fand er eine edle Schreibfeder und vier Armbanduhren, die alt und wertvoll aussahen. Terz legte eine nach der anderen um sein freies Handgelenk. Sie standen ihm ausgezeichnet. Er verstaute sie wieder in ihrer Box. Der Raum schien ebenso wenig verändert oder durchsucht wie die anderen. Sie würden keinen Raubmörder suchen müssen.

Mit Druck hinter den Augen machte sich seine Müdigkeit bemerkbar. Er holte seinen Schlüsselbund aus der Tasche ließ sich in dem bequemen Lederstuhl nieder. Die Hand mit den Schlüsseln ließ er locker neben der Armlehne hängen. Nach wenigen Sekunden war er eingeschlafen.

Er erwachte vom Klimpern der Schlüssel, die auf den Boden gefallen waren. Ein Blick auf die Uhr zeigte ihm, dass er nur einige Minuten geschlafen hatte. Genug, um den Rest des Tages fit zu bleiben.

Die drückende Schwüle hatte einen neuen Höhepunkt erreicht. Sammi war mit der Leiche fertig, die Spurensicherer aus dem Haus. Terz und sein Team sammelten sich in der Eingangshalle und packten die Overalls ein, als sein Handy Burt Bacharach spielte. Das Gespräch kam aus der Zentrale.

»Ist das der Winfried Sorius, von dem ich fürchte, dass er es ist, bei dem ihr gerade seid?«, wollte eine blecherne Stimme grußlos wissen.

Terz erkannte sie sofort als jene Jan Grütkes, des Sprechers der Hamburger Polizei. »Wer will das wissen?«

»Ich bin nicht zum Scherzen aufgelegt, Konrad. Du weißt, was ein Toter wie Sorius bedeutet.«

»Dass wir ein Verbrechen aufzuklären haben wie jedes andere auch. Wenn es eines war.«

»Am besten wäre es keines.«

Das war mehr als deutlich. »Wünschen wir uns alle. Spart Arbeit. Aber ob es eines ist oder nicht, liegt nicht an uns.«

Grütke räusperte sich. »Natürlich nicht. Aber bis auf Weiteres geht kein Wort an die Presse. Außer von mir. Ich werde über alles Neue sofort informiert. Ist schon mit Jost abgesprochen.« Wie viele Subalterne nahe der Macht, schöpfte Grütke eine gewisse Genugtuung daraus, seinen obersten Chef, Polizeipräsident Jost Meffen, beim Vornamen nennen zu dürfen. Terz tat das auch, sah es aber weder als Privileg, noch trug er es so penetrant zur Schau.

»Und wenn ich jetzt schon meinen Mund nicht halten konnte?«

»Hör auf, Konrad! Ich bin Sprecher der Hamburger Polizei.«

»Beruhige dich«, lachte Terz ins Telefon. »Was hätte ich ihnen denn sagen sollen?«

Tatsächlich hatte Grütke im vergangenen Jahr alle Medienartikel über Terz gesammelt. Dank der Buchveröffentlichung und der daraus folgenden Bekanntheit waren es einige gewesen. Ihre Anzahl hatte Grütke mit der Menge der Berichte verglichen, die durch seine Pressemeldungen veröffentlicht worden waren. Seitdem versuchte er das Verhältnis umzukehren.

»Mit den Medien wird prinzipiell nur über mich kommuniziert.«

»Über deinen Kopf?«

»Genau! Und wenn … ach!« Grütke begriff. Er schnaubte. »Ich werde über die Ermittlungen auf dem Laufenden gehalten!«

»Verstehe ich. Es macht viel mehr Spaß, den Medien nichts zu sagen, wenn man selber was weiß.«

Bevor Grütke antworten konnte, legte Terz auf. Gemeinsam mit den anderen ging er zu einem Eisladen um die Ecke.

»Sabine hat das Obduktionsergebnis morgen früh«, sagte Michel Brüning. »Wenn wir einen natürlichen Todesfall haben, war vielleicht jemand dabei. Dann müssen wir diese Person finden.«

»Oder es war ein Unfall«, meinte Knut Perrell. »Dann suchen wir einen Verursacher.«

»Was für ein Unfall sollte das sein?«, fragte Sammi.

»Na, es hat schon Berühmtere gegeben, die ihre Geilheit nicht überlebten. Atemkontrollspiele und so.«

»Du kennst dich da wohl aus, was?«

»Besser sich auskennen als gar kein Spaß«, grinste Perrell.

Sammi ignorierte die Anspielung auf sein allgemein bekanntes und nicht ganz freiwilliges Single-Dasein.

»Oder es war ein Mord, der wie ein natürlicher Tod aussehen soll«, sprach Terz aus, was jeder von ihnen schon insgeheim erwogen hatte. »Dann suchen wir einen Täter.«

»Was haben die Nachbarn ergeben?«, wollte Sammi wissen.

»Ein paar fehlen uns noch. Aber einer will eine Person gesehen haben, die am Abend das Haus verließ«, berichtete Brüning.

»Wann?«

»So genau wusste er das nicht. Als es dunkel wurde.«

»Also etwa gegen zehn, halb elf.«

»Eher um elf.«

»Sorius starb gegen Mitternacht?«, versicherte sich Perrell.

»Plus/minus«, verbesserte Sammi scharf. »Konnte er die Person beschreiben?«

»Groß, schlank. Sonnenbrille«, erwiderte Brüning.

»Sonnenbrille. Um die Tageszeit. Mann oder Frau?«

»Er war nicht sicher.«

»Fuhr er/sie mit dem Auto weg? Mit einem Taxi? Mensch, muss man dir alles aus der Nase ziehen?«

»Er/sie ging«, ließ Brüning sich nicht aus der Ruhe bringen.

»Großartig. Ein geschlechtsloses Wesen mit Sonnenbrille.«

Terz erzählte von der Haushälterin.

»Sie kommt jeden Tag bis sieben?«, fragte Sammi nach. Terz bestätigte, und Sammi folgerte: »Die Spurensicherer haben in und um das Bett ein paar lange hellblonde Haare gefunden. Wenn die Putzfrau am Nachmittag da war – und ordentlich putzte –, stammen die Haare von einer Person, die Sorius danach besuchte.«

»Wahrscheinlich die Geheimnisvolle mit der Sonnenbrille.«

»Vielleicht. Was ist mit Sorius' Geschäftspartner, diesem von Hollfelden?«

»Ich habe kurz mit ihm telefoniert«, erklärte Brüning. »Er war bei einem Kundentermin. Er schien sehr betroffen, aber gefasst und fragte, ob wir gleich vorbeikommen. Ich sagte, wir kommen morgen.«

Sammi wirkte, als wolle er die anderen noch einteilen, doch offenbar fiel ihm nicht ein, wofür. Terz kam ihm zuvor und sah demonstrativ auf die Uhr.

»Dann wünsche ich einen schönen Abend.«

Sammi öffnete den Mund, aber Terz wandte sich schon ab. Im Weggehen hörte er Sammi: »Und? Lust, noch was trinken zu gehen?«

»Ich habe schon was vor«, antwortete Maria Lund, der die Frage gegolten hatte. Den Rest der Konversation, falls es einen gab, verschluckten die Motorengeräusche von Terz' Wagen.

Als er in der Buchhandlung zu dem Einsatz gerufen worden war, hatte er befürchtet, sich die Nacht mit Zeugen und Verdächtigen um die Ohren schlagen zu müssen. Nun würden es doch Petit fours und Champagner sein. Er war zu Konsul Meyenbrincks Sommerfest geladen, einem Höhepunkt der hanseatischen Gesellschaft. Einmal im Jahr lud der Geschäftsmann – und Honorarkonsul eines afrikanischen Kleinstaates – alle, die in Hamburg wichtig waren oder die er als wichtig betrachtete, in seine Villa an der Elbchaussee. Obwohl das Fest als unhanseatisch protzig galt und die Klatschpresse eingeladen war, ließen sich in der Stadt der Händler und Geschäftsleute nur wenige die Gelegenheit zum Kontakteknüpfen und -auffrischen entgehen. Konrad Terz hatte früh akzeptiert, dass Erfolg weniger davon abhing, was man konnte, als vielmehr davon, wen man kannte. Er würde sich heute Abend unter die wichtigen Leute mischen. Und vielleicht erfuhr er bei dieser Gelegenheit auch ein wenig über Winfried Sorius, der vielen Anwesenden sicher kein Unbekannter war.

Sollte sich morgen herausstellen, dass Sorius keines natürlichen

Todes gestorben war, hatten sie noch genug zu ermitteln, und das vor allem in einem politischen Minenfeld. Selbst wenn sie nur eine verschreckte Geliebte suchten, der ein Malheur passiert war.

Vielleicht konnte er auf der Dachterrasse noch ein paar Strahlen der Abendsonne genießen, bevor Elena mit den Kindern vom Hockeytraining kam.

Seit sie vor zwei Monaten ihre achtzig Quadratmeter große Altbauwohnung in der Mannsteinstraße verlassen und das mehr als doppelt so große ausgebaute Dachgeschoss in der Straße mit dem hübschen Namen »Jungfrauenthal« bezogen hatten, genoss er das Nachhausekommen noch mehr. Alte Bäume trennten die Fahrbahn vom Gehweg und den immer sauber wirkenden Bürgerhausfassaden aus dem 19. Jahrhundert. Keine Bausünde verschandelte die Straße, wie die meisten Kriege hatte auch der letzte hauptsächlich die Viertel der Arbeiter verwüstet, während das noble Eppendorf weitgehend verschont worden war. Ebenso war die in Hamburg zu allen Zeiten gern und mit wenig Sentimentalität betriebene Zerstörung alter Stadtteile zugunsten neuer Geschäftsinteressen während des vergangenen Jahrhunderts dank seiner vermögenden Bewohner an weiten Teilen Eppendorfs vorbeigegangen. Geld verändert die Welt immer nur dort, wo es nicht selbst wohnt.

Das fünfgeschossige Gebäude, auf dem ihre Wohnung thronte, blitzte in weißem Jugendstil, florale Dekorationen rankten sich die Fassade empor und umschlossen die Fenster. Die glasgeschmückte Eingangstür, zu der vier Stufen hochführten, war von zwei Säulen eingefasst.

Gut gelaunt pfeifend bog Terz auf den Zugangsweg des Hauses, als aus dem Schatten der Säulen eine Gestalt trat. Der Mann verschwand fast in seinem Mantel, die Arme umklammerten eine Pappmappe vor der Brust. In Terz stieg Ärger hoch.

»Sie schon wieder!«

»Sie werden mir jetzt zuhören«, forderte der andere. Sich vorzustellen kam ihm immer noch nicht in den Sinn.

Terz schob ihn beiseite. »Ich werde jetzt duschen gehen.« Doch der Mann folgte ihm in den kühlen Hausflur.

»Ich komme gerade von einer Leiche und hätte gern etwas Ruhe.«

»Da haben Sie aber den falschen Beruf, wenn Sie keine Leichen vertragen.«

»Wenn Sie so weitermachen, rufe ich ein paar Kollegen.«

»Tun Sie das. Dann erfährt jeder, was Sie in Wirklichkeit sind.«

Der Aufzug kam mal wieder nicht. Terz nahm die Treppe.

»Warten Sie!«

Mit seinen langen Beinen nahm Terz drei Stufen auf einmal und hatte seinen Verfolger im ersten Stock abgehängt.

Unter dem Dach glich die Luft feuchtwarmer Watte. In der Wohnung war es kühler, aber schwül. Terz warf das Sakko über einen Stuhl neben der Tür und rollte die Hemdsärmel hoch. Nachdem er die Schuhe sorgfältig aufgespannt und zu den anderen ins Regal gestellt hatte, ging er ins Wohnzimmer und öffnete die Tür zur Dachterrasse.

Noch immer liebte er solche Momente, obwohl er ihren Preis kannte. Sie hatten den zweihundert Quadratmeter großen Dachboden vor einem Jahr gekauft und ausgebaut. Die Kosten hatten den geplanten Rahmen überschritten und sie trotz zweier Einkommen, guten Geldes aus dem Verkauf seiner Bücher und elterlicher Unterstützung an die finanzielle Schmerzgrenze geführt. An der Einrichtung erkannte man, dass sie erst vor zwei Monaten eingezogen waren. Noch war es eine Wohnung, kein Zuhause.

Er genoss den frischen Luftzug, als die Türglocke läutete.

Ein Blick durch den Spion bestätigte seine Befürchtungen: Vom Fischauge verzerrt, starrte ihm der ungepflegte Kopf entgegen. Es hörte nicht auf zu klingeln.

Terz riss die Tür auf. »Ihre Hartnäckigkeit ist bewundernswert. Aber zwecklos.«

Der andere streckte ihm den Papierstapel vor das Gesicht. Terz zuckte zurück, und der Mann stolperte schwer atmend durch die Tür. Kleine Schweißtropfen wuchsen auf Stirn, Nase und Oberlippe.

»Dieses Manuskript schickte ich vor Jahren an Ihren Verleger, Herr Kommissar. Lange bevor Ihr erstes Buch erschien. Ich nehme an, Sie kennen es.«

Terz las die Schreibmaschinenschrift auf dem schmuddeligen Titelblatt: »Sicher Sein. Eine Idee und ein Exposé von Gernot Sandel.«

Terz stand im Wohnzimmer und studierte die Papiere. Sandel stank nach Schweiß und staunte.

»So eine Wohnung kann man sich vom Gehalt eines Kommissars leisten?«

»Irgendwo muss der Staat seine Überschüsse ja verschwenden«, meinte Terz abwesend.

Sandel wanderte zwischen Kamin, Sitzgruppe und Klavier umher und schielte auf die Galerie, hinter der noch zwei Arbeitszimmer lagen. Die sechs Meter hohe Glaswand zur Dachterrasse ließ großzügig Licht ein und gewährte freien Blick über die Baumwipfel des weitläufigen Gartens, den sich mehrere Häuser teilten.

In der Mitte des Raumes gruppierten sich zwei Sofas und drei Polstersessel um einen Glastisch mit einer kopfgroßen Steinskulptur, die Elena von einem befreundeten Künstler geschenkt bekommen hatte.

»Von den Tantiemen könnte ich jetzt hier wohnen«, blaffte Sandel.

Terz antwortete nicht und las weiter. Das Exposé ähnelte seinem ersten Buch deutlich. Den Titel hatte es vom dritten.

Die Idee zu seinem ersten Sicherheitsratgeber war aus einer Laune entstanden. Auf einer Party hatte Terz seinen späteren Verleger Fred Illau kennengelernt. Sie hatten über das wachsende Sicherheitsbedürfnis der Menschen gesprochen. Illau hatte Terz gefragt, ob er nicht einen Ratgeber zu dem Thema schreiben wollte. Die Ratgeberliteratur boomte, erklärte Illau und entwarf mit Terz spontan ein Konzept für das Büchlein. Eins gab das andere, man traf sich öfter, Illau und Terz entwickelten Struktur und Inhalte, wobei der Verleger dabei offensichtlich routinierter vorging und sich bereits einige Gedanken gemacht zu haben schien. Ein Ghostwriter brachte Terz' anfangs ungelenke Schreibe in Form, und nach kaum einem Jahr hatten sie das Buch am Markt. Seither war es über zweihundertfünfzigtausendmal verkauft worden.

Terz erinnerte sich an einen Satz Illaus zu Beginn des Projekts: »Ich brauche nicht nur ein gutes Buch, sondern auch einen Autor, den ich vermarkten kann. Gut aussehend, charmant, gewinnend, so jemanden wie dich, Konrad.« Nicht jemanden wie Sandel.

»Sie brauchen gar nicht zu erwägen, dass es sich um eine Fälschung handelt. Ich habe den Text bereits Mitte der neunziger Jahre geschrieben. Und ich kann es beweisen. Übrigens könnte ich etwas zu trinken gebrauchen«, sagte Sandel.

»Ach, wo bleiben meine Manieren?«, spöttelte Terz. Er holte Mineralwasser und zwei Gläser aus der Küche.

»Ich meinte etwas zu trinken«, betonte Sandel.

Terz unterließ es, den Begriffsstutzigen zu spielen und Sandel damit zu provozieren. Wozu hatten sie »Deeskalation« gelernt. Er brachte eine angebrochene Weißweinflasche aus dem Kühlschrank. Sandel riss sie ihm fast aus der Hand und schenkte sich ein.

»Ich habe den Text auch an mich selbst geschickt. Das Kuvert ist bis heute verschlossen. Der Poststempel ist der Beweis.«

Terz gab ihm die Blätter zurück. Er hatte Fred Illau als geschickten Geschäftsmann kennengelernt, aber ein Ideendieb? »Wenden Sie sich an meinen Verleger.«

»Da war ich schon. Er empfängt mich nicht einmal.«

»Er wird seine Gründe haben.«

»Natürlich! Sie haben mein Buch gestohlen! Sie haben ein Vermögen damit gemacht! Davon will ich meinen Teil!«

»Jetzt vergreifen Sie sich im Ton.«

»Sie sind ein Dieb! Ein Betrüger! Sie, ein Mann des Gesetzes! Warum sind Sie überhaupt bei der Polizei?«

Vielleicht, weil er sichergehen wollte, dass er auf der Seite der Guten war. Irgendwann vergisst man den Grund.

Auf dem Sofatisch begann Terz' Handy »I Say A Little Prayer« zu spielen. Er erkannte Elenas Nummer auf dem Display und nahm das Gespräch an. Seine Frau telefonierte aus dem Wagen. Die Frage der Fragen: Wo bist du gerade? Sie war mit den Kindern und seiner Mutter unterwegs nach Hause. Zwanzig Minuten noch.

»Sie müssen jetzt gehen«, sagte er zu Sandel, der sich nachschenkte. »Vergessen Sie die Sache. Sie kommen damit nicht durch.«

»Sie geben es also zu!«

»Gar nichts gebe ich zu.«

»Dann soll das Ganze ein Zufall sein?«

»Zufälle, mein Freund, sind die Würze des Alltags.«

Sandel stürzte den Inhalt des Glases hinunter. »Ha! Der Kommissar, der Starkommissar als Dieb! Das werden Schlagzeilen!«

»Sie dürfen gehen.«

Sandel gestikulierte mit der leeren Flasche. »Die Medien werden sich auf Sie stürzen wie die Geier! Niemand wird Ihre Bücher mehr kaufen!«

»Oder noch mehr. Tolle Publicity.«

»Ihre schicke Wohnung können Sie vergessen, wenn die Tantiemen nicht mehr sprudeln, die teuren Urlaube, der Schmuck für Ihre Frau, jaja, ich lese Zeitungen, besonders die Gesellschaftsseiten, der Herr Starkommissar ist ja ein gern gesehener Gast.« Er ließ sich von Terz nicht unterbrechen. »Ich bin neugierig, wie Ihre feinen Freunde Sie plötzlich empfangen werden. Nix mehr Bussibussi. Darf man als Dieb eigentlich noch bei der Polizei arbeiten?«

»Wollen Sie mir drohen?«

Sandels Grinsen legte schlechte Zähne frei. »Jetzt fängt er plötzlich an zu weinen, der Kleine. Pardon«, er prostete mit dem leeren Glas Terz zu, »der große Starkommissar und Bestsellerautor.«

Terz schob ihn sachte im Rücken. »Ich muss mich für einen Bussibussi-Empfang herrichten. Guten Abend.«

Sandel stemmte sich dagegen. »Sie schieben mich nicht ab! Jetzt und hier machen wir einen Vertrag, in dem wir meinen Anteil festlegen!«

»Wenn Sie eine höfliche Aufforderung nicht begreifen«, Terz fasste Sandel mit hartem Griff am Oberarm, »dann muss ich mich verständlich machen.«

»Lass mich los!«

Terz packte fester zu und zwang Sandel Richtung Flur. Sandel ließ das leere Glas fallen, und die Splitter verteilten sich über den Wohnzimmerboden. Seine Zunge schlingerte.

»Loslassen! So wirst du mich nicht los!«

Er schlug mit der Flasche zu.

Terz wich aus. Die Flasche glitt Sandel aus der Hand. Mit einem dumpfen Ton landete sie auf dem Boden, ohne zu zerbrechen. Der Angriff hatte Terz zornig gemacht. Er drückte Sandels Arm, dass dieser aufschrie.

»Ah! Fass mich nicht an!«

Ein stechender Schmerz schoss durch Terz' Schienbein, als es von Sandels Fuß getroffen wurde. Wütend stieß er den Mann zurück. Sandel wankte ein paar Schritte nach hinten. Bevor er begriff, dass sich unter einem seiner Füße die Flasche wegdrehte, stürzte er bereits. Einen Augenblick schien er mit rudernden Armen in der Zeit festgefroren.

Knirschend traf sein Kopf die Steinskulptur auf dem Sofatisch. Der Mantel dämpfte das polternde Aufschlagen am Boden. Leise kollerte die Flasche über das Parkett, bis sie gegen Terz' Fußspitzen stieß.

# 4

Die Abendsonne blendete in den Raum, Millionen heißer Finger schienen Terz zu betasten. Sandels Augen stierten ins Leere. Terz hatte genug Tote gesehen, um zu wissen, was vor ihm lag. Zwei Leichen waren entschieden zu viel für einen Tag.

Vor allem, wenn eine davon in seinem eigenen Wohnzimmer lag.

Er kniete nieder und suchte einen Puls.

In ein paar Minuten kamen die Kinder!

»Das hast du absichtlich gemacht«, murmelte Terz, als könnte er Sandel damit zum Aufstehen provozieren. Reflexartig zog er Sandels Mantelkragen unter dessen Kopf, damit nicht zu viel Blut auf das Parkett lief.

Er musste die Kollegen rufen. Es war ein Unfall gewesen. Mit hastigen Schritten eilte er zum Telefon. Sandel hatte recht mit der Medienlust an der Geschichte. Und nun würde auch noch ein Toter mitspielen. Wut stieg in ihm hoch, auf Sandel, auf sich.

Er griff zu dem Schnurlostelefon, das neben seinem Handy auf dem Sofatisch lag. Da klingelte das Gerät. Überrascht zuckte Terz zurück. Beim zweiten Mal meldete er sich.

Die Stimme im Hörer kam ihm bekannt vor.

»Er wird seine Gründe haben.«

Es war seine eigene.

»Natürlich! Sie haben mein Buch gestohlen! Sie haben ein Vermögen damit gemacht! Davon will ich meinen Teil!«

Sandel! Entsetzt starrte er auf die Leiche neben seinem Sofatisch. Ein Anruf aus dem Reich der Toten!

»Sie sind ein Dieb! Ein Betrüger! Sie, ein Mann des Gesetzes!«

Er hörte sich mit Elena telefonieren. Mein Gott, sie konnte jeden Moment mit den Kindern und seiner Mutter hereinplatzen!

»Ha! Der Kommissar, der Starkommissar als Dieb! Das werden Schlagzeilen!«

Noch immer war sein Blick an den toten Sandel gefesselt. Jemand hatte ihr Gespräch aufgezeichnet und spielte es nun ab. In der Wohnung gab es eine Wanze. Wer hörte ihn ab? Warum?

»Die Medien werden sich auf Sie stürzen wie die Geier! Niemand wird Ihre Bücher mehr kaufen!«

Die Tonqualität war nicht besonders gut. Doch die Stimmen waren deutlich zu erkennen. Der Gesprächston wurde schärfer.

»Lass mich los! Loslassen! So wirst du mich nicht los! Ah! Fass mich nicht an!«

Rumpeln, Stille.

Unverändert lag Sandel da und glotzte aus stumpfen Augen an die Decke.

»Sie wollten doch nicht Ihre Kollegen rufen?«

Diese Stimme war neu. Der Mann musste Terz sehen.

Er fuhr herum und suchte fieberhaft die Fenster der gegenüberliegenden Häuser ab. Der Schatten des frühen Abends machte sie zu blinden Löchern. Einen Sekundenbruchteil lang meinte er im vierten Stock eines Gebäudes eine Silhouette zu erkennen. Die Figur verschwand und tauchte nicht mehr auf.

»Was werden die Kollegen denken?«

»Wer sind Sie?« Auch auf den Dächern entdeckte er niemanden.

»In der Wohnung ihres geliebten Kollegen und Bestsellerautors finden die Herren Kommissare eine Leiche mit einem Manuskript, das den Büchern des Kollegen verdammt ähnelt. Was werden sie erst denken, wenn sie erfahren, dass der Tote seinen Anteil wollte und es zu einem Streit kam?«

Terz meinte ein Klicken zu hören.

»Lass mich los! Loslassen! So wirst du mich nicht los! Ah! Fass mich nicht an!«

Noch einmal das furchtbare Geräusch des fallenden Körpers.

»Das müssen die Kollegen natürlich nicht erfahren«, sagte die fremde Stimme.

»Verdammt, Sie haben sehr gut gesehen, dass ich unschuldig bin!«

»Das beweisen Sie einmal Ihren Kollegen.«

»Sie sollten mir helfen, statt –«

»Jeder hilft sich selbst«, schnitt der Anrufer Terz das Wort mit einem meckernden Lachen ab. »Sie landen im Gefängnis. Adieu, Bulle.«

Kam sich wohl witzig vor mit seinem Filmtitelzitat. Aber der Mann hatte recht. Sandels Leiche, das Manuskript und die Tonbandaufnahme würden die Phantasie einiger neidischer Kollegen zu Höhenflügen inspirieren. Die Unfallvariante würde ihm niemand abkaufen. Sandel war so unglücklich gestürzt, dass die tödliche Verletzung oberhalb der imaginären Hutkrempenlinie lag. Eine kriminaltechnische Faustregel sagte, dass unfallbedingte Kopfverletzungen meist unterhalb jener Linie lagen, an der eine gedachte Hutkrempe den Kopf umschloss. Mörder dagegen schlugen im Allgemeinen darüber zu.

»Sie werden die Leiche wohl verschwinden lassen müssen. Bevor Ihre Familie nach Hause kommt – oder jemand die Polizei ruft.«

»Was wollen Sie?« Er hasste dieses Ausgeliefertsein. Der andere war am Drücker, und er konnte nichts dagegen tun.

»Geld, was denken Sie?« Tut. Tut. Tut.

Terz schleuderte das Telefon ins Sofa. Dann griff er wieder hin. Zögerte. Wenn er jetzt anrief, war seine Karriere zu Ende. Und nicht nur sie.

»Starkommissar prellt armen Autor um Erfolg und ermordet ihn!« Die Wahrheit würde niemanden interessieren. Selbst wenn sie irgendwann herauskam.

Elena und die Kinder mussten jeden Moment in der Tür stehen. Wohin mit dem toten Sandel? In Gedanken raste er durch die Wohnung. Im Wohnzimmer war kein Platz. Die Schlaf- und Kinderzimmer kamen nicht in Frage. Überhaupt hasste er den Gedanken, sein Heim mit einer Leiche zu teilen. Er brauchte ein Zwischendepot. Morgen konnte er den Körper woanders entsorgen.

Sie hatten ein Kellerabteil. Aber wie brachte er die Leiche unbemerkt hinunter? Sie besaßen keinen Koffer, der groß genug war. In einen Teppich gewickelt? Der einzige lag im Wohnzimmer, war zu groß und zu schwer.

Im Hof balzten zwei Amseln um die Wette.

Die Terrasse. Das Fass. Elenas italienische Verwandten hatten ihnen das ausgediente Weinbehältnis zur Wohnungseinweihung geschenkt. Er hatte es zu rustikal gefunden, aber nichts gesagt und es dem Familienfrieden zuliebe als Stehtischchen auf die Terrasse platziert. Er stürzte hinaus. Von einem der umliegenden Fenster wurde er jetzt beobachtet. Entdecken konnte er niemanden. Er kippte das Fass, rollte es ins Wohnzimmer und stellte es auf. Die Oberseite war fest verschlossen. Er bearbeitete sie mit Fäusten und den Ellbogen, holte sich aber nur Prellungen und blaue Flecken. Nervös lauschte er. Waren im Treppenhaus Schritte oder die Stimmen der Kinder zu hören?

Er hastete auf die Terrasse zurück. In einem großen, schweren Tontopf zog Elena Rosen. Terz schleppte ihn ins Wohnzimmer. Mit zitternden Muskeln stemmte er ihn auf Brusthöhe. Krachend durchbrach der Topf die Fassoberseite und blieb stecken.

Mit Mühe zwang er ihn wieder heraus. Sein Hemd klebte durchgeschwitzt am Körper.

Modriger Weingeruch stieg ihm entgegen, als er sich über die Öffnung beugte. Groß genug musste sie eigentlich sein. Die zersplitterten Bretter legte er neben das Fass.

Terz durchsuchte die Taschen des Toten. Im Mantel fand er einen Schlüsselbund und steckte ihn ein. Aus der Küche holte er eine Plastiktüte. Er zog sie über Sandels Kopf. Kein Haar sollte an der Fassinnenseite haften bleiben. Auf dem Boden klebten nur ein paar Blutstropfen.

Er schob seine Arme unter Rücken und Schenkel des Toten. Sandel war leichter, als die untersetzte Gestalt vermuten ließ. Terz setzte ihn in die Öffnung. Rumpf und Beine rutschten in den Hohlraum, bis sie an Achseln und Kniekehlen hängen blieben. Der eingehüllte Kopf kippte auf die Brust.

Terz hob die widerspenstigen Glieder, half nach. Der Körper sackte in das Fass, bis nur mehr die Füße herausragten. Terz schob und drückte, bis auch sie verstaut waren. So gelenkig war der im Leben sicher nie gewesen. Er achtete darauf, dass Sandels Hände das Holz nicht berührten. Die zersplitterten Reste der einstigen Oberseite setzte er wieder ein, aber eine große Lücke blieb frei. Terz verklebte sie notdürftig mit einer weiteren Plastiktüte.

Das volle Fass rollte er auf die Terrasse. Mit der zerstörten Seite nach unten stellte er es an seinen angestammten Platz.

Er wischte Sandels Fingerabdrücke von der Flasche und warf sie in den Müll. Das Blut putzte er mit Küchenpapier auf, das er in der Toilette runterspülte. Auf der Steinskulptur und dem Tisch fand er keine sichtbaren Spuren, wischte aber sicherheitshalber auch einmal darüber. Mit dem Staubsauger beseitigte er die Splitter des zersprungenen Trinkglases und mögliche andere Überbleibsel. Sandels Manuskript versteckte er in seinem Arbeitszimmer. Natürlich würde diese Vertuschungsaktion einer professionellen Spurensuche nicht standhalten. Das musste er später machen. Aber für die Familie genügte es.

Das Telefon klingelte. Terz meldete sich.

»Gut gemacht«, sagte die Stimme und legte auf.

Wutentbrannt schmiss er das Gerät auf das Sofa. Scheppernd fiel es zu Boden, sprang auf, und die Batterien rollten davon. Fluchend hastete Terz ihnen nach, setzte sie mit fahrigen Fingern wieder ein und legte den Hörer in seine Basis. Er bot einen erbärmlichen Anblick. Hemd und Haare klebten am nass geschwitzten Körper, seine Kleidung war schmutzverschmiert. Er hastete ins Bad.

Unter der sanften Massage der Wasserstrahlen entspannten sich seine Muskeln langsam. Während er die vergangenen Minuten abzuwaschen versuchte, hörte er die Kinder in die Wohnung stürmen. Seine Schläfen pochten, die Seife glitt ihm zweimal aus der Hand, und jedes Mal unterdrückte er einen Fluch nur halb. Beim Abtrocknen begann er sich etwas zu beruhigen.

Für den Abend wählte er den dezent herben Duft eines kleinen englischen Parfumeurs, mit dem er angenehme Erinnerungen verband. In einen Bademantel gewickelt trat er ins Wohnzimmer. Durch die Glasfront strahlte die Sonne und ließ die Wände leuchten.

Elena und seine Mutter räumten in der Küche, Kim und Lili flogen ihm entgegen.

»Vatermaster!«

»Papa-o!«

Wusste der Teufel, woher sie neuerdings diese seltsamen Bezeichnungen für ihn hatten.

Terz wirbelte Lili hoch. Sie roch nach frischer Luft.

»Ratervater, ich habe ein Tor geschossen!«, krähte die Sechsjährige über seinem Kopf.

»Ich auch, ich auch«, wollte ihre achtjährige Schwester nicht nachstehen.

Elena kam aus der Küche, und er begrüßte sie mit einem Kuss.

»Mh, che buono, wie gut du riechst«, sagte sie mit ihrer dunklen, immer etwas heiseren Stimme.

Dem überwiegenden – weil männlichen – Teil von Terz' Kollegenschaft war sein Faible für wohlriechende Essenzen bislang entgangen. Wahrscheinlich, weil er es in deren Einsatz über die Jahre zu einer Meisterschaft des Dezenten gebracht hatte. Das weibliche Geschlecht dagegen bemerkte es im Allgemeinen wohlwollend.

»In diesen Belangen bist du wie eine Frau«, zog Elena ihn immer auf.

Jetzt musterte sie ihn und fragte: »Ist was?«

Ich will heute Abend nicht zu Konsul Meyenbrincks Fest gehen, hätte er am liebsten gesagt und einen Vorwand erfunden. Doch Elena hatte ein untrügliches Gespür für Ausreden. Und ihr Misstrauen durfte er jetzt keinesfalls wecken.

»Nichts«, antwortete er so unbefangen wie möglich. Sie gingen in die Küche, wo seine Mutter aus einem halben Dutzend Tüten Einkäufe in den Kühlschrank sortierte.

»Gib acht, wo du hintrittst«, begrüßte sie ihn freundlich-streng. Nie versiegende Mutterliebe aus einer Zeit, da der pubertierende »Konni« seine spinnenartigen Gliedmaßen so geschickt koordinierte wie ein sturzbesoffener Puppenspieler seine Marionetten. Mit dem liebevollen Ärger des erwachsenen Sohnes über solch unvermeidlich wiederkehrende Ermahnungen drückte er ihr einen Kuss auf die Wange. Braun gebrannt, schlank, mit den karierten Hosen und der sportlichen Bluse schien sie eben vom Golfplatz zu kommen. Sie sah zehn Jahre jünger als achtundfünfzig aus.

Draußen tobten die Kinder, und Terz wollte sie zur Ruhe rufen. Er trat ins Wohnzimmer, und ihm stockte der Atem. Sie spielten Fangen um das Fass auf der Terrasse! Mit ihren kleinen Händen hielten sie sich am oberen Rand fest. Die Tonne vibrierte.

Terz stürzte zur Tür, doch dann wurde er sich seiner Aufregung bewusst und zügelte seinen Schritt. Er spürte sein Herz bis zum Gaumen pochen. Möglichst ruhig sagte er: »Kinder, helft Omi bitte in der Küche.«

Die Mädchen liefen weiter, während sie ihn ansahen. Sein erneuter Blick war offenbar ernst genug, um sie zu stoppen. Sie hielten an, ließen das Fass aber noch immer nicht los.

»Ihr macht Omi keinen Kummer, gell?« Er konnte die Kinder heute Abend doch nicht hierlassen!

»Keine Sorge, Papadapa, geht ruhig auf eure Party.«

»Ihr wollt uns wohl los sein? Vielleicht sollten wir besser hierbleiben.«

»Was sind denn das für Töne?« Er drehte sich um. Elenas grüne

Augen leuchteten in der Sonne, der schwarze Pagenkopf dagegen schluckte das Licht. »Wann müssen wir los?«

»Das mit dem Hierbleiben meine ich ernst.«

»Mama ist extra wegen der Kinder gekommen«, schloss Elena die Diskussion und sah auf die Uhr. »Ich muss mich fertig machen!« Sie verschwand im Ankleideraum.

»Und was ist mit dir?« Die Mädchen stellten sich vor ihm auf und stemmten ihre kleinen Hände in die Hüften. »Willst du etwa so zu dem Fest gehen?«

»Ihr habt vollkommen recht. Ich muss mich noch anziehen.«

Er nahm ihre Hände, brachte sie zu Omi in die Küche und schloss die Tür zur Terrasse.

Als er eine Viertelstunde später in Smokinghose in das Wohnzimmer zurückkehrte, lauschten Kim und Lili ihrer Großmutter auf dem Sofa. Sie sah von ihren Papieren hoch und strich die Haare hinter die Ohren. »Gut siehst du aus, Junge.«

»Was liest Omi euch denn da vor?«

»Omi hat eine tolle Idee.«

Oh-oh.

»Der Club Ge-de-er-we«, erklärte Lili altklug.

»GRDW«, verbesserte Berthe Terz.

»GRDW?«

»Geld regiert die Welt«, klärte Lili ihn auf.

»Mutti …«

»Eine wunderbare Idee, Junge. Ist mir vor ein paar Tagen gekommen, bei einer Fernsehdokumentation über Fleischproduktion. Bei Tier- und Fleischtransporten durch ganz Europa werden Milliarden an Subventionen missbraucht. Und nicht nur da. Für welchen Unsinn die Politiker Geld ausgeben, das schreit zum Himmel. Und das von unseren Steuergeldern.«

»Aber du zahlst doch gar keine –«

»Man sitzt da und denkt: Die regieren über unsere Köpfe hinweg, und der Einzelne kann nichts tun. Denkt er. Aber man kann etwas tun«, erklärte sie entschieden.

»Wählen, zum Beispiel …«

»Da treibst du doch nur den Teufel mit dem Beelzebub aus. Ein Denkzettel alle vier Jahre genügt nicht. Politiker sollen tun, was der Wähler will, und nicht, was sie selber wollen. Man muss sie da packen, wo es wehtut: beim Geld. Und jeder aufrechte Bürger ist eingeladen, mitzutun. Deshalb gründe ich den Verein ›Geld regiert die Welt‹. Die Vereinsmitglieder zahlen keine Steuern mehr, oder nur einen Teil, und legen den Rest auf ein – gut verzinstes – Treuhandkonto.«

»Aber …«

»Und wenn der Staat den Rest vom Geld will, dann erklärt man denen: Erst ändert ihr eure Politik, dann gibt's das Geld.«

»Das nennt man auch Erpressung.«

Sie wurde versöhnlich. »Aber nein, das ist wie überall anders auch. Geld gibt es erst nach erbrachter Leistung. Und siehst du irgendwo erbrachte Leistungen? Ich sehe nur Umweltkatastrophen, Subventionsschwachsinn, Korruption, Krieg.«

»Von den Steuern wird unter anderem die Polizei bezahlt, also mein Gehalt«, wagte Terz einzuwenden.

»Tust ja auch nichts dafür. Außer Bücher schreiben und Interviews geben.«

»Und dann wären da noch Kindergärten, Krankenhäuser, Straßen …«

Sie streckte ihm ein Formular entgegen. »Hier sind deine Beitrittsunterlagen. Du musst nur unterschreiben. Bei deinem Einkommen kannst du sicher ein Vermögen an Steuern sparen.«

»Steuervermeidung unter dem Deckmäntelchen einer besseren Welt. Wunderbar, Mutti! Aber ich habe jemanden, der sich um meine Steuern kümmert. Oder darum, dass ich keine zahle.«

»Na, dann kannst du jetzt sogar für einen guten Zweck keine Steuern zahlen.«

»Aber die Kinder –«

»Man kann nicht früh genug beginnen, die Jugend zu sensibilisieren.« Sie zog ihre beiden Enkel an sich und küsste sie. »Nicht wahr, meine Engelchen?«

»Ich mache mit!«, erklärte Kim begeistert.

»Ich auch!«

»Mutti!«

»Ah, Elena-Schatz!« Berthe Terz sprang auf und bewunderte ihre Schwiegertochter.

Eine Perlenkette schmiegte sich als einziger Schmuck zum Kleinen Schwarzen um den Ansatz ihres Halses. Elenas Figur konnte sich diese Bescheidenheit leisten. Terz hauchte einen Kuss auf ihre Wange.

»Du siehst großartig aus.«

Sie lächelte ihn an. »Ich weiß.« Dann beugte sie sich zu den beiden Mädchen. »Neun Uhr, capito?«

Die beiden nickten. Anordnungen in Mamas Muttersprache war widerspruchslos Folge zu leisten, das wussten sie.

»Um neun Uhr liegen die beiden im Bett, da kannst du sicher sein«, versicherte Berthe Terz.

Zum letzten Mal erwog Terz eine Ausrede, um hierbleiben zu können. Elena würde keine gelten lassen. Und neugierig werden.

In Abwesenheit von Terz und seiner Frau durften die Kinder nicht auf die Dachterrasse. Hoffentlich hielten sie sich daran. Und seine Mutter auch. Morgen musste Terz den Inhalt des Fasses loswerden.

Elena hakte sich bei ihm ein. »Gehen wir? Das Taxi wartet.«

»Geht nur.« Berthe Terz winkte ihnen zu.

An der Tür drehte er sich noch einmal um.

»Und bitte, Mutti – verschone die Kinder mit deinem Geld-regiert-die-Welt-Verein.« Je mehr er sie bat, desto weniger würde sie darauf eingehen. Desto weniger würden sich die Kinder für das Fass interessieren.

»Jaja, Junge, amüsiert euch gut.« Seine Mutter und die Kinder steckten wieder die Köpfe zusammen. »Also ...«

Elena zog ihn aus der Wohnung. »Geld regiert die Welt – wieder eine ihrer Ideen?«

Terz seufzte. Ausnahmsweise aber nicht wegen der Einfälle seiner Mutter.

Das Taxi kutschierte sie durch einen herrlichen Sommerabend auf den Straßen von Winterhude und Rotherbaum mit ihren altehrwürdigen Villen und Bürgerhäusern. Was die Reeperbahn-St. Pauli-Hafen-Touristen versäumten, während sie vergeblich in der schrillen Neonschminke von Deutschlands bekanntester »Amüsiermeile« die längst verschwundene abenteuerlich heile Welt Hans Albers' und seiner »Großen Freiheit« suchten! Doch wie die meisten Hamburger liebte auch Terz dieses heruntergekommene Viertel, in das sie nun kamen, selbst wenn das Hirn der Stadt immer in den feinen Kontoren und Villen der Nobelviertel gelebt hatte und ihr heimlicher Puls mit den Jungen und Kreativen im Karolinenviertel und der Schanze schlug.

Elenas Aufmerksamkeit galt Wichtigerem. »Winfried Sorius? D'avero? Was ist geschehen?«

»Wissen wir noch nicht. Vielleicht Herzversagen. Vielleicht ein Unfall. Vielleicht Mord. Was weißt du über ihn?«

»Nicht viel. Er spielte gut. Er war charmant. Un gigolo. Und ich glaube, ich kenne keine Frau, bei der er es nicht versucht hat.«

»Ist bekannt. Bei dir auch?«

Sie kicherte. »Naturalmente. Wie ein Weltmeister.«

»War er denn erfolgreich? Ich meine, bei den anderen.«

»Oh, durchaus, dem Vernehmen nach. Glaubst du, eine Frauengeschichte steckt dahinter?« Bevor er antworten konnte, erklärte sie: »Ich glaube es nicht.«

»Schatz, wir stehen ganz am Anfang der Ermittlungen. Wir wissen nicht einmal, ob es Mord war.«

»Sagen wir mal, es war ...«, sie hielt inne, strich sich durchs Haar, sah aus dem Fenster, »... keine Frau. Einen Sorius verlässt man und tötet ihn nicht.«

»Immerhin – dein Tipp reduziert die potenziell Verdächtigen um fünfzig Prozent.«

»Geld. Er ist sicher wegen Geld umgebracht worden.«

Ihre Art, Motive und manchmal auch Täter sofort zu bestimmen, irritierte ihn schon längst nicht mehr. Manchmal lag sie damit sogar richtig. »Warum Geld?«

»Es geht doch immer ums Geld.«

»Das aus dem Mund einer Italienerin? Was ist mit der Liebe? Leidenschaft?«

»Du und deine Vorurteile. Außerdem doch nicht bei einem fast Sechzigjährigen. Wir sind in Deutschland.«

»Du und deine Vorurteile ... Wann hast du ihn zuletzt gesehen?«

»Wenn du mit sehen sprechen meinst, das muss ein paar Wochen her sein.«

»Kam er dir irgendwie anders vor als sonst?«

Elena dachte kurz nach. »Nein. Aber heute Abend werden ein paar Frauen aus dem Club da sein. Ich glaube, die eine oder andere kannte Sorius besser.«

»Er machte Werbung für den Bürgermeister. Und vielleicht noch für andere, die heute anwesend sind. Ein paar Gespräche werden sich von ganz allein darum drehen.«

»Aber dir erzählt sicher keine Frau etwas über eine Affäre mit Sorius.«

»Warum sollten sie bei meiner Frau gesprächiger sein?«

»Ach, weißt du, unter Frauen ...« Anmutig wandte sie ihren Blick zur Elbe, die in der tief stehenden Sonne tausendfach blinkte.

Terz war neugierig, was »unter Frauen« ergeben würde. Viel mehr beschäftigte ihn jedoch, wie er eine Leiche auf ihrer Terrasse, ein Tonband und einen geheimnisvollen Erpresser loswerden konnte.

# 5

Konsul Meyenbrinck gehörte zu dem, was sich Hamburger Gesellschaft nannte, und gefiel sich als einer ihrer Löwen. Teil dieser Rolle war die alljährliche Veranstaltung des längst legendären Sommerfestes. Alter und neuer Adel mischten sich dort mit den Größen aus Wirtschaft, Politik, Kunst und Unterhaltung. Alt-Kanzler und -Präsidenten traf man neben Neumilliardären und Erben, Dirigenten, Intendanten und Filmsternchen. Nach dem Erfolg seines zweiten Buches war Terz zum ersten Mal eingeladen worden. Die wohlhabenden Hamburger der vergangenen Jahrhunderte hatten aus den jeweils modischen Baustilen gewählt wie von einem Kuchentablett. So genossen klassizistische Villen, Kopien des Weißen Hauses, Côte-d'Azur-Hotel-Verschnitte und Tudor-Landhäuser wie Meyenbrincks den Wasserblick an der Elbchaussee.

Zwischen Luxuskarossen stiegen Terz und Elena aus dem Taxi und gesellten sich zu der wartenden Menschentraube auf der breiten Treppe vor dem Haus. Erkennendes Zunicken unter bekannten und nicht bekannten Gesichtern, erste Small-Talk-Runden. Frisuren und Garderoben bestätigten erneut, dass sich nur Unbedeutende wie Elena und er durch Geschmack und Stil auszeichnen mussten. Terz pickte zwei Champagnergläser vom Tablett eines vorbeibalancierenden Kellners und reichte eines seiner Frau. Mit einem TV-Produzenten, den Terz gelegentlich für Kriminalfilme beriet, kamen sie zuerst ins Gespräch, schnell wuchs die Runde um einen Schauspieler in Begleitung und einen Alt-Senator mit Gattin. Sie unterhielten sich über die Gäste, das gelungene Wetter und anderes, worüber man auf einer Treppe spricht. Die persönliche

Begrüßung jedes Einzelnen durch die Gastgeber ließ die Truppe vor dem Eingang weiter anschwellen und bot Terz Gelegenheit zu einem zweiten Glas.

Das Haus war vollgestopft mit Antiquitäten, Edelmetall glänzte, Steine glitzerten. Terz nickte ein paar Leuten zu, freundliches Zurücknicken, Konversation. Elena lächelte links und rechts, wechselte hier ein paar Worte, legte dort ihre Hand auf einen Unterarm, bewunderte Schmuck, Frisuren und Kleider. Gemächlich verschob sich die Gruppe in den Garten, ein paar Mitglieder zurücklassend, neue aufnehmend. Große Windlichter brannten, obwohl es noch taghell war. Der Blick reichte über die Elbe und das Alte Land bis zu den Harburger Bergen. Durch das Wasser pflügte ein kleiner Frachter flussaufwärts.

Vielleicht würde er dort anlegen, wo in wenigen Jahren ein neues Stadtzentrum entstehen sollte. Wieder fanden gewaltige Veränderungen rund um das Gebiet statt, in dem vor gut hundert Jahren die Fachwerkbauten eines Arbeiterstadtteils geschleift worden waren, um backsteinerne Lagerräume für die Handelsleute zu errichten – die heutige Speicherstadt. Es sollte die Rückkehr der Stadt an den Fluss werden. Europas größtes Städtebauprojekt der nächsten Jahrzehnte, wie die einen schwärmten, Luxus für wenige Privilegierte, wie andere fürchteten.

Um Terz bildeten sich neue Gesprächsrunden, Elena hatte er längst aus den Augen verloren, er vermied jeden stillen Moment, der seine Gedanken zum Fass auf der Terrasse zurückbringen könnte, genoss die delikaten Häppchen und den Champagner. Sonst war er ein zurückhaltender Trinker, gerade bei solchen Anlässen, doch heute besaß der Alkohol eine geheime Anziehungskraft. Gelegentlich wurde er auf Sorius angesprochen und gab höfliche, nichts sagende Antworten. Als er merkte, dass weder Gesellschaft noch Alkohol seine innere Spannung lösten, erhöhte er die Dosis. Redete lauter, war noch amüsanter und charmanter und trank.

Geld, Macht, Bekanntheit und eventuell Entertainerqualitäten waren die Kriterien, nach denen Meyenbrinck einlud. Terz gehörte ohne Zweifel zu den letzteren zwei Gruppen. Er dachte nicht weiter über verschiedene soziale Bedeutsamkeiten nach und erzählte eine Anekdote, über die seine Runde herzlich lachte. Fodl tauchte auf, blitzte sie ab, versuchte vergeblich etwas über Sorius zu erfahren und verschwand wieder.

»Hallo, Konrad«, sang eine Stimme hinter ihm.

Fred Illau war ohne seinen Lebensgefährten da, und Terz begrüßte ihn schulterklopfend.

»Na, du bist ja schon sehr gut gelaunt heute Abend«, bemerkte sein Verleger mit einem Seitenblick auf das Glas in Terz' Hand.

Schlagartig war Sandel zurück in seinem Kopf. Durch die plötzliche Nüchternheit schoss der Gedanke, Illau auf Sandels Manuskript anzusprechen, dann entschied er sich dagegen. Die Leiche steckte schon im Fass.

»Du untersuchst den Fall Sorius?«, senkte Illau seine Stimme verschwörerisch. »Er galt als Frauenheld.«

»Jaja.« Terz kippte den Champagner hinunter.

»Dachte ich mir. Du weißt allerdings nicht, dass er bei Gelegenheit auch uns nicht verschmähte.«

Wegen solchen Geflüsters war Terz gekommen.

Fred freute sich über den gelungenen Coup. »Tu nicht so überrascht. Wir sind eben diskret. Politiker, Tycoons, ich könnte dir hier auf Anhieb dreißig Leute outen, von denen es niemand ahnt.«

»Kennst du jemanden, der mit Sorius ...?«

»Nicht konkret. Diese Leute bevorzugen Jüngere. Wenn es dir weiterhilft, kann ich mich gerne einmal umhören.«

»Hier?«

Fred lächelte vielsagend. »Mal sehen«, sagte er und schüttelte einem Mann die Hand, der eben zu ihnen gestoßen war.

Terz merkte jetzt, wie unsicher seine Zunge war und dass er zu laut sprach. Er hasste diesen Zustand bei anderen. Er förderte die Müdigkeit. Sein Blut verwandelte sich in fließendes Blei, seine

Lider brannten, wie jeden Abend um diese Zeit. Halb elf, zu früh zum Nachhausegehen. Er wanderte weiter, um aufzuwachen und auszunüchtern, hier ein Hallo, da einige Worte, dort ein Lächeln. Gern hätte er sich allein unter einen der alten Bäume am Elbhang gesetzt und in der dunklen Stille dem Wasser zugesehen, doch Gesellschaft duldet keine Außenseiter, und diese schon gar nicht. So begnügte er sich mit ein paar Minuten gesprächlosen Treibenlassens durch die Menge. Bei Bedarf setzte er zur Überbrückung drohender Solo-Momente eine dezente Variante des »Präsidentengrußes« ein: Das Winken in die anonyme Menge ließ den flüchtigen Beobachter glauben, man grüße einen Bekannten, war also in den großen Kreis eingebunden, und so blieb der Schein der Gesellschaftsfähigkeit gewahrt.

Er angelte sich ein Mineralwasser, als Innensenator Egbert Göstrau mit breitem Politikerlächeln unter der Goldrandbrille auf ihn zusteuerte. Bei ihm waren Polizeipräsident Jost Meffen und der kahl rasierte Assistent des Bürgermeisters, Bernd Söberg. Seit seinen außerpolizeilichen Erfolgen war er mit den beiden per Du. Einen vierten Mann in Terz' Alter stellte Söberg als Lukas Ramscheidt vor, Geschäftsführer und Kronprinz von Wolf Wittpohl, seines Zeichens Immobilien- und Medientycoon und einer der einflussreichsten Männer Deutschlands. Ein interessanter Kontakt, und Terz gab den besonders Erfreuten.

Göstrau schüttelte Terz die Hand, als drehe er eine Kurbel, und dröhnte: »Unser bester Mann.« Er zog ihn vertraulich näher. »Ich sah schon, Sie amüsieren sich gut heute Abend.«

»Bei so vielen netten Menschen.«

»In Ihrem Beruf ist so eine Party ja eine unterhaltsame Abwechslung. Als Politiker muss man da jeden Abend hin. Erst recht jetzt, wo der Wahlkampf ansteht.«

»Leider hat der ja nun mit einem schweren Verlust begonnen«, seufzte Meffen.

Mit andächtigem Starren ins Nichts gaben die Männer vor, den verblichenen Sorius zu betrauern. Damit stand das Thema fest. Zum Glück war Terz wieder etwas nüchterner, und die Müdigkeit wich amüsierter Aufmerksamkeit.

»Ja, eine unerfreuliche Sache«, sagte Göstrau. »Der Bürgermeister kann keine Schmuddelgeschichten in seinem Umfeld gebrauchen. Schon gar nicht im Wahlkampf.«

Dieses Mitgefühl.

Meffen legte nach. »Aufgabe der Polizei ist das Lösen von Fällen und nicht das Staubaufwirbeln. Nicht wahr, Konrad?«

Das war deutlich. So viel Sorge rang Terz seine harmloseste Miene ab: »Wo kein Staub ist, kann keiner aufgewirbelt werden.«

»Genau«, zeigte sich Göstrau erfreut über derartiges Verständnis. Der Innensenator beugte sich näher zu Terz und legte seine Hand vertraulich auf den Unterarm des Kommissars. »Ich beobachte Sie ja schon länger. Sie haben das seltene Talent, Menschen ganz natürlich für sich einzunehmen. Manche nennen es Charisma.« Mit einem Augenzwinkern fügte er hinzu: »Und Sie wissen die richtigen Prioritäten zu setzen. So jemanden können wir immer gebrauchen. Nicht nur bei der Polizei.«

Ramscheidt verfolgte das Gespräch gelangweilt.

Göstrau schenkte seinem Polizeipräsidenten einen bedauernden Blick. »Der liebe Jost wird sich zwar nicht freuen, dass ich ihm seinen besten Mann streitig machen will. Aber in einem Jahr sind Bürgerschaftswahlen. Und in der Partei kann man sich gut vorstellen, jemanden wie Sie mit einem verantwortungsvollen Posten zu betrauen. Sicherheitssprecher zum Beispiel.«

Wollte sein oberster Dienstherr ihn gerade mit der Aussicht auf einen Prestigeposten dazu bringen, den Fall Sorius schnell und diskret in den Akten verschwinden zu lassen? Terz prostete Göstrau zu:

»Wie wär es mit Innensenator?«

Dieser lachte zurück. »Sind Sie Parteimitglied? Ach, egal. Hauptsache, Sie stehen auf der richtigen Seite …«

Ob es die richtige Seite war, hing vom Standpunkt des Betrachters ab.

»Sie personifizieren eine gute Botschaft! Recht und Ordnung. Genau der Mann, den wir brauchen. Überlegen Sie es sich.« Göstrau wurde abgelenkt von einem bekannten Unternehmer, der sich zur Runde gesellte. Terz, Söberg und Ramscheidt kamen etwas abseits zu stehen. Bernd Söberg organisierte und koordinierte den Kalender des Stadtoberhaupts, unter anderem die gern veranstalteten Fototermine mit dem Vorzeigepolizisten. Terz hatte ihn als geschmeidigen Mann im Hintergrund kennengelernt, der mehr Einfluss hatte, als man gemeinhin wusste und als Söberg zugeben würde.

»Eine köstliche Vorstellung«, bemerkte Terz grinsend.

»Man ist natürlich besorgt.« Mit einer vagen Handbewegung deutete Söberg die Bedeutung des Falles an.

»Kanntest du Sorius besser?«

»Wie man Leute kennt, mit denen man häufig zusammenarbeitet. Aber ermittelt ihr denn schon?«

»Wir warten das Obduktionsergebnis ab. Vielleicht starb er einfach beim Sex.«

»Was für ein Tod.«

Sie wechselten das Thema, mit Ramscheidt tauschten sie die üblichen Elternerfahrungen aus, und der passionierte Golfspieler versuchte Terz davon zu überzeugen, die ruhende Clubmitgliedschaft in eine aktive umzuwandeln.

»Wo ist denn Ihre reizende Gemahlin?«

Elena drängte sich nicht ins Rampenlicht, aber gelegentlich war sie neben ihm auf einem Foto zu sehen.

Ramscheidts Frage erinnerte Terz an seine Neugier auf das Ergebnis von »unter Frauen«.

Sein Blick fand sie allerdings nicht im Gedränge, und er musste Ramscheidt enttäuschen. Dieser gab sich besonders interessiert, als Terz erzählte, dass Elena selbstständige Unternehmensberaterin war. Höflich erkundigte sich Terz nach Ramscheidts Frau und erfuhr, dass sie nicht arbeitete und sich um die Kinder kümmerte. Auch sie war im Getümmel verschwunden. Das Gespräch plätscherte dahin, neue Gesichter stießen zu ihnen, der Reigen drehte sich weiter, und irgendwann seilte Terz sich ab.

Es war schon nach Mitternacht, als er Elena entdeckte, die sich angeregt mit einer dünnen Blondine unterhielt. In den Lachfältchen um ihre Augen las er sofort, dass sie Neuigkeiten für ihn hatte. Terz kannte ihre Gesprächspartnerin flüchtig.

»Haben Sie schon einen Verdacht?«, fragte sie ohne Einleitung.

»Jeder hier ist verdächtig«, antwortete er augenzwinkernd.

Sie kicherte und leerte ihr Glas. »Von Ihnen lasse ich mich gern verhaften.«

Elena verdrehte die Augen.

»Wo ist denn der Herr Gemahl?«

»Ooch, was weiß ich denn? Reißt sicher irgendwo schmutzige Witze.« Sie fischte sich einen Champagnerkelch, der auch nicht ihr zweiter oder dritter war.

Gleichzeitig stürzte eine weitere Blondine auf sie zu, die nacheinander ihre Freundin, Elena und Terz, der sie noch nie gesehen hatte, umarmte. Sie begann sofort zu reden, ohne Luft zu holen. Elena nutzte die Gelegenheit, um ihren Mann zur Seite zu ziehen.

Terz spürte noch immer den Alkohol und bemühte sich um eine klare Aussprache.

»Und, wie war dein Abend bis jetzt?«

»Ohne dich? – Ich habe mich für übermorgen zu einer Runde Golf verabredet.«

Übermorgen. Da Elena meist von zu Hause aus arbeitete, musste Sandel noch einen Tag in seinem engen Quartier ausharren. Terz sah sich nach den laut lachenden Blondinen um.

»Mit ihr?«

»Nein, mit Daunwart.« Mit Schalk in den Augen erklärte Elena:

»So viel Spaß sollte Arbeit immer machen. Ich merke, wie er um mich herumschleicht, aber keine eindeutigen Avancen wagt.«

Karsten Daunwart beschäftigte Elena seit Monaten als Unternehmensberaterin.

»Umso besser.«

Sie kicherte wie ein kleines Mädchen, das seiner Schwester einen Streich gespielt hat.

»Stattdessen hat er den Auftrag noch verlängert. Herrlich, Männer!« Das Kichern wurde zu spöttischem Lachen.

»Und wenn er eines Tages doch aktiver wird?«

»Er ist nicht der Typ dafür. Viele meinen ja, sie sind so umwerfend, dass sie aufdringlich werden dürften, ohne mir auch nur einen Auftrag in Aussicht zu stellen. Er ist das Gegenteil. Er wird es nicht wagen. Wir gehen ein wenig Golf spielen, ich erkläre ihm, dass sich noch einiges aufgetan hat, was ich analysieren muss, und er erweitert das Mandat, dankbar, dass ich noch länger um ihn sein werde.«

Sie trank.

»Und irgendwann gesteht er sich ein, dass er sich nie trauen wird. Dann beendet er die Zusammenarbeit, und ich habe einen Batzen Geld verdient. Der ideale Kunde.«

Elena hatte keinerlei Skrupel, Männertriebe auszunutzen. In ihr hatte Terz eine Meisterin gefunden.

»Und wie wir uns so unterhielten, kamen noch andere Damen dazu, die ich vom Spielen kenne. Ein paar von ihnen sind Mitglieder in Gut Kaden.«

»Sorius' Club.«

»Genau. Dort lungern die den ganzen Tag herum.«

»Mit großen Ohren und noch größerem Mund.«

Wieder das Mädchenkichern. »Ach, sie können sehr verschwiegen sein, wenn sie wollen. Wir stellen uns also etwas abseits, ich, Elsbeth, du kennst sie, glaube ich, Anne und Frauke, die hast du auch mal getroffen. Wir unterhalten uns, etwas verschwörerischer

Ton, du weißt schon. Ob ihr denn schon einen Verdacht habt, möchte Elsbeth als Erste wissen. Und Frauke fragt, ob es am Ende etwas mit Amelie zu tun hat. ›Amelie?‹, frage ich unschuldig zurück: ›Welche Amelie?‹ Ich ahne schon, um wen es sich handelt, aber ich brauche noch eine Bestätigung. ›Ja, weißt du das gar nicht?‹, flüstert Anne. Ich, noch immer äußerst ahnungslos, schüttle den Kopf. Da platzt Elsbeth dazwischen, dass Amelie die Frau eines Kunden von Sorius ist. Meine Ahnung war richtig. Aber ich brauche gar nichts zu sagen, weil Frauke weiterplappert, man müsse sich vorstellen, das kommt heraus. Dann ist Sorius alle seine Kunden los. Und, na ja, jetzt sei es ja egal. Darauf kann sich Anne die vielsagende Andeutung nicht verkeifen, dass es ja vielleicht herausgekommen ist, zumindest bis zu Amelies Mann. Ich muss wieder öfters spielen, ich bin überhaupt nicht mehr auf dem Laufenden«, seufzte Elena.

Mit einem Lächeln gab Terz ihr zu verstehen, dass er ein gutes Vorspiel schätzte.

»›Ach, die Amelie‹, sage ich. ›Ja, das wäre zu dumm gewesen. Aber glaubt ihr, dass …?‹ Elsbeth lässt sich das natürlich nicht nehmen, sie senkt ihre Stimme und flüstert schon fast: ›Vielleicht sollte dein Mann das einmal überprüfen.‹ Ich habe natürlich versprochen, dir einen dezenten Hinweis zu geben.« Sie strahlte Terz an. »Ein Verhältnis mit der Frau eines Kunden! Wenn das kein Motiv ist.«

Manchmal konnte sie in seine Fälle mit mehr Eifer eintauchen als er.

»Der Mann kommt dahinter und ermordet den Liebhaber. Verdächtiger Nummer eins. Oder der Geliebte will sie verlassen, und sie ist sauer. Verdächtige Nummer zwei. Oder Sorius' Geschäftspartner kommt dahinter, fürchtet um seine anderen Kunden, beziehungsweise deren Frauen, und killt ihn. Verdächtiger Nummer drei. Oder eine andere Geliebte kommt dahinter und – finito. Verdächtige Nummer vier. Hm, die müsste man aber noch finden …«

Zufrieden mit ihrer Flut von Verdächtigen nahm sie einen ordentlichen Schluck.

»Das sind zu viele! Ich habe lieber möglichst wenige Verdächtige.«

»Wie langweilig!«

»Und als Motiv Eifersucht. Sagtest du vorher nicht, es wäre Geld?«

»Im Fall des Partners wäre es das ja auch.«

Sie trank noch einen Schluck und sah ihn unschuldig über den Glasrand an.

»Ach, ich glaube, ich habe noch gar nicht gesagt, wer Amelie ist.« Sie machte eine dramatische Pause. »Amelie Kantau. Ihr Mann besitzt eine Möbelfabrik.«

»Weißt du, wie lange das mit der Kantau schon ging?«

»Fast ein halbes Jahr, sagt das Gerücht. Und das Gerücht ist meistens sehr genau.« Wie so viele Frauen unterschied Elena nicht wesentlich zwischen Tatsachen, Fakten, Nachrichten und deren flüchtigen Geschwistern Gerücht, Klatsch und Tratsch. Im sogenannten Informationszeitalter einer so bezeichneten Kommunikationsgesellschaft mit ihrer tatsächlichen Kommunikationsflut wahrscheinlich die sinnvollste, wenn nicht sogar einzig ehrliche Strategie.

»Kamen andere Liebschaften auch zur Sprache?«

Elena zog ein zerknülltes Stück Papier aus ihrem Handtäschchen. »Hier. Mehr brauchst du hoffentlich nicht.«

Er überflog den Zettel. Sieben Namen und Adressen. Dazu sieben Von-bis-Daten. Sie reichten zwei Jahre zurück.

»Einen«, betonte Terz, »nur einen solchen Mitarbeiter möchte ich in meiner Abteilung.«

Elena nahm das Kompliment mit Gelassenheit.

»Ich sollte der Hamburger Polizei langsam wirklich Honorarnoten ausstellen.«

# 6

Nach einem letzten verstohlenen Blick auf das Fass beim Heimkommen kurz nach zwei Uhr hatte er in der Nacht ungewöhnlich schlecht geschlafen, doch wie jeden Morgen war er um sechs hellwach. Sein erster Gang galt der Tonne. Noch roch Sandel nicht. Aber spätestens morgen. Für die nächsten Tage war Hitze angesagt.

Trotz des pelzigen Gefühls in Mund und Hirn rang sich Terz zu einem Dauerlauf durch. Zum Glück lief er heute allein, sein Zustand hätte ihn zu einem schlechten Gesellschafter gemacht. Montags lief er gelegentlich mit seinem Verleger Fred Illau um die Außenalster, den See im Herzen der Stadt, am Mittwoch häufig mit einem befreundeten Personalberater und Gründer eines exklusiven Zigarrenclubs. Der Donnerstagmorgen gehörte seit Jugendtagen einer Ruderpartie im Vierer mit seinen drei besten Freunden. Am Freitag joggte er abwechselnd mit verschiedenen Bekannten, allein oder gar nicht. Samstag war Ruhetag. Wenn er sonntags lief, dann allein. Das war die beste Gelegenheit, Gedanken zu sortieren und Ideen zu gebären.

Er schnallte den Discman um und entschied sich nach kurzem Erwägen zwischen Mozart und Motown für Letzteres. Die Soulmelodien korrespondierten wunderbar mit dem dunklen ruhigen Wasser der Außenalster, auf das die ersten Strahlen der aufgehenden Sonne fielen. Doch auch die Musik und der Rhythmus seines Schritts befreiten seinen Kopf nicht. Was hatte Göstrau gestern Abend gesagt? Er stand für Recht und Ordnung. Und er stand sogar für deren sympathische Seite. Die Menschen vertrauten ihm.

Er hatte eine Leiche auf seiner Terrasse versteckt.

Terz stellte lauter und beschleunigte das Tempo.

Wie jeden Morgen holte er nach dem Sport die Zeitung aus dem Briefkasten und überflog sie im Fahrstuhl. Auf Seite fünf fand er den Artikel über Sorius' Tod. Ein paar Absätze bedauerten die entstandene Lücke im gesellschaftlichen Leben Hamburgs, ein Foto zeigte Sorius mit zwei attraktiven Models im Arm. Kein Wort über die Umstände seines Todes.

Die Lokalseiten berichteten über Terz' Autogrammstunde inklusive Bild, auf dem er der Kamera sein Buch präsentierte. Terz nahm das Knarren und Fauchen des alten Aufzugs nicht mehr wahr, als die Szene vom Vortag in seinem Kopf wiederauferstand: Der Kameramann hatte ihn beim Händeschütteln gefilmt.

Er hatte Sandel die Hand gegeben.

Aber es müsste doch mit dem Teufel zugehen, wenn man diese Verbindung je entdeckte!

Er musste nur diese Leiche loswerden.

Nach einem Stehkaffee brachte er seine Mutter, die bei ihnen übernachtet hatte und an diesem Morgen nach München flog, zum Flughafen.

»Ich habe dir die Unterlagen dagelassen«, erklärte sie auf halbem Weg.

»Was für Unterlagen?«

»GRDW«, erinnerte sie ihn nachsichtig. »Den Kindern habe ich auch welche gegeben. Sie können sie in der Schule verteilen, an die Lehrer, an die Eltern ihrer Schulkameraden –«

»Mutter!«

»Sie waren ganz begeistert.«

Terz' wählte auf seinem Handy, das in der Freisprechanlage montiert war.

»Weißt du, das Ganze macht ja nur Sinn, wenn möglichst viele teilnehmen. Jeder muss sich verweigern, das ganze Land –«

»Pronto?« Elenas Stimme schwebte elektronisch verzerrt durch das Auto.

»Schatz, Mutti hat die Kinder mit ihrem Papierkram zu GRDW-Propaganda-Agenten umfunktioniert. Sie sollen das Zeug in der Schule verteilen.«

»Grdrwer?«

»GRDW«, buchstabierte Terz' Mutter.

»Nimm ihnen das Zeug bitte ab.«

»Elena-Schatz«, flötete Berthe Terz. »Du kannst die Engelchen ruhig machen lassen. Es ist eine gute Sache.«

»Mutter!«

»Was ist GRDRW?«

»Das siehst du dann schon.«

»Dann lässt sie die Engelchen auch machen.«

»Tut sie nicht.«

»Du wirst den Erfolg von GRDW nicht verhindern können.«

»Nimm ihnen das Zeug bitte einfach weg«, sagte er noch einmal in den Raum, dann schaltete er das Handy ab. Sie fuhren die Rampe zum Abflugterminal hoch. Seine Mutter begann in ihrer Handtasche zu kramen.

»Hier sind die Schlüssel zum Haus. Du schaust einmal vorbei, ja?«

»Ich habe doch einen Schlüssel.«

»Ach so, stimmt. Wenn du bitte den Garten einmal gießt und die Blumen im Haus.« Terz drängte sich zwischen die Taxis und hielt vor dem Terminal.

»Und die Post. Wenn die keiner rausnimmt, merkt doch jeder sofort, dass niemand zu Hause ist. Eine Einladung für Einbrecher. Du musst das ja wissen, du hast die Bücher darüber geschr–«

»Ja, Mutti.« Er lud ihren Koffer auf einen Gepäckwagen und begleitete sie in die Halle.

»Ich hätte ja die Nachbarn gebeten, die Baers, du kennst sie, aber sie sind im Urlaub, und deshalb ist niemand da. Aber für dich ist es ja ohnehin nicht weit, und es ist ja immer nett, mal wieder nach Hause zu kommen, nicht wahr? Du musst mich nicht begleiten. Ich bin ja kein Kind mehr.«

»Tu ich doch gern.«

Sie küssten sich zum Abschied auf die Wange.

»Bis Mittwoch. Du vergisst nicht, mich abzuholen?«

»Bis Mittwoch.«

Über manche Dinge konnte er mit seiner Mutter nicht reden. Oder mit Elena. Eine Leiche auf der Terrasse zum Beispiel.

Am liebsten hätte Terz sich mit Alfred Kantusse auf ein paar Gläschen verabredet. Der ehemalige Chefredakteur, Theaterdirektor, Galerist, Konzertveranstalter und Bonvivant arbeitete seit einem Zusammenbruch vor zehn Jahren an seinem Opus Magnum und der Zerstörung seiner Leber. Er war der originellste, kontroverseste und intelligenteste Gesprächspartner, den Terz kannte, und einmal ein väterlicher Freund gewesen. Natürlich konnte er mit ihm, den er während eines Studienpraktikums kennengelernt hatte, ebenso wenig über die Leiche auf seinem Balkon reden. Aber über moralische Dilemmata konnte er mit ihm diskutieren, ohne sich zu verdächtig zu machen. Und selbst wenn, bei Kantusse war ein Verdacht gut aufgehoben. Er wählte die Nummer des Freundes. Mit einem kranken Fiepen gab der Anrufbeantworter zu verstehen, dass niemand da war und der Speicher voll.

Er rief beim Illau-Verlag an und ließ sich zu seiner Lektorin durchstellen.

»Wenn Sie die Fotoabzüge der gestrigen Autogrammstunde haben, schicken Sie sie mir zum Signieren.«

Sammi und Michel Brüning warteten bereits in Terz' Büro. Knut Perrell und Maria Lund kamen in Begleitung: Hinter Staatsanwalt und Marathonläufer Albert Finnen erschienen Bernd Söberg und Polizeipräsident Meffen.

»Herr Söberg ist auf Wunsch des Bürgermeisters hier«, erklärte der Staatsanwalt.

Besonders heftig hast du dich gegen den Wunsch nicht gewehrt, dachte Terz und hatte im Hinterkopf, dass Finnen als ein Anwärter für den Posten des Oberstaatsanwaltes galt.

Der Assistent des Bürgermeisters gab den Besorgten. »Du hast doch nichts dagegen, Konrad?«

Was konnte er diesem freundschaftlichen Du entgegensetzen?

»Übersiedeln wir in das Besprechungszimmer. Hier wird die Luft sonst zu dick.«

»Wer leitet die Ermittlungen?«, wollte Meffen wissen.

»Ich«, drängte Sammi sich zwischen Terz und den Präsidenten.

»Sie sind – wer?«

»Ha-Hauptkommissar Erwin Samminger«, stotterte der überrascht, dass Meffen ihn nicht kannte.

Über Sammis Kopf versicherte sich Meffen: »Du hast das ja im Auge, Konrad.«

Sie hatten sich kaum um den Tisch des kleinen Konferenzraumes verteilt, als Sabine Krahne schnaufend eintrat. Wortlos ließ sie sich in einen Stuhl fallen. Alle Blicke richteten sich auf die Gerichtsmedizinerin.

»Lasst mich erst einmal zu Atem kommen.« Sie breitete Fotos und Grafiken auf dem Tisch aus. »Meine Vermutung mit dem Herzversagen war richtig.«

Söberg seufzte erleichtert auf. »Dann war es also ein natürlicher Tod. Akte geschlossen.«

»Bernd, bitte. Wir sind die Polizei«, wies Terz ihn zurecht. »Sabine?«

»Herzversagen ja. Natürlicher Tod nein.« Sie ließ ihre Worte wirken. »Ich tippe auf etwas, das ich nur aus der Fachliteratur kenne.«

»War es denn nun Mord?«, fuhr Söberg dazwischen.

»Bernd«, mahnte Terz. »Sabine, was sagt die Literatur?«

»Karotis-Sinus. Ein Reflex, der ausgelöst wird durch Druck auf die Halsschlagader im Bereich der Karotisgabel.« Ihr Finger glitt über eine anatomische Zeichnung. »An der Karotisgabelung messen feine Nerven den Blutdruck. Der erhöht sich momentan an dieser Stelle, wenn man dorthin drückt oder schlägt. Die Sensoren glauben allerdings an Bluthochdruck im ganzen Körper, und dieser senkt Blutdruck und Pulsfrequenz. Je nach Intensität des Drucks und Sensibilität des Betroffenen führt das zu Schwindel, Bewusstlosigkeit oder sogar Herzstillstand.«

»Klingt wie Mister Spocks Zaubergriff«, warf Knut Perrell ein.

»Bei hypersensiblen Menschen kann das Syndrom schon durch einen engen Kragen oder Drehen des Kopfes ausgelöst werden, bei jedem anderen durch einen heftigen Schlag oder Druck. Solche Fälle sind allerdings äußerst selten. Ein paar sind dokumentiert: Tritte von Pferden und Kühen, aber auch Karateschläge. Häufiger kommt es zu Komplikationen im Verlauf gewisser Sexualpraktiken.«

Terz studierte die Fotos von der Leiche mit dem Lederhalsband. »Und bei Sorius?«

»So, wie er gefunden wurde, könnte man an einen Sexunfall denken. Vielleicht sollte man das auch.«

»Sollte?«

»Beim Sexunfall müsste man auch etwas wie Würgemale finden. Ich glaube, er wurde geschlagen. Wir haben eine Gewebeveränderung nur an dieser einen Stelle. Und den kleinen Bluterguss.«

»Das heißt …«

»Wer dorthin schlägt, weiß genau, was er tut.«

»Könnte ich das auch?«

»Theoretisch. Die Schläge kommen aus fernöstlichen Kampftechniken. Sie effektiv zu beherrschen, gilt als sehr schwierig.«

»Also ein Profi?«

»Die Schlüsse überlasse ich dir.«

Söberg folgte den Ausführungen mit einer tiefen Falte auf der Stirn.

»Sammi, dein Fall«, forderte Terz den Kollegen auf, in Anwesenheit des Polizeipräsidenten die Initiative eines Ermittlungsführers zu zeigen.

Es klopfte an der Tür. Bevor jemand »Herein« sagen konnte, wurde sie geöffnet. Jan Grütke blickte unschuldig in die Runde.

»Habt ihr schon angefangen?«

Meffen verbarg seine Überraschung schlecht. Terz war klar, dass der Polizeipräsident den Pressesprecher nicht zu dem Termin gebeten hatte. Doch er war zu konfliktscheu, um Grütke vor den anderen bloßzustellen.

»Jan. Komm, setz dich.«

»Was war es denn nun? Natürlich, Unfall, Mord?«

»Setz dich und stör nicht«, sagte Terz.

Sammi rückte auf seinem Stuhl hin und her. Grütke hatte noch nicht Platz genommen, da sagte Sammi schon: »Wir müssen die Frau finden, mit der Sorius zuvor Sex hatte. Vielleicht ist sie die Täterin. Oder eine Zeugin.«

»Ich würde mich nicht auf eine Frau festlegen.« Terz hielt zwei verknitterte Zettel hoch. Elenas Liste und ein paar Namen, die er von Fred erhalten hatte. »Das sind einige von Sorius' Sexualpartnern der letzten Jahre. Nicht nur Frauen, wie ihr sehen könnt.« Er schob die Papiere über den Tisch.

Söberg glotzte. »Woher hast du das?«

»Betriebsgeheimnis. Die aktuelle war die Frau eines Kunden. Vielleicht haben wir da sogar ein Motiv.«

Sammi schluckte. Finnen überflog die Listen und gab sie weiter.

»Respekt«, erklärte Meffen. »So sieht ordentliche Polizeiarbeit aus.«

Sammis Gesichtsfarbe verdunkelte sich. »Dann werden wir diese Damen und Herren als Erste befragen.«

»Brauchst du mehr Mitarbeiter, Konrad?«, wollte Söberg wissen. Ihm entging Sammis giftiger Blick.

»Vorläufig nicht«, antwortete Terz. »Was meinst du, Sammi? Ich denke, wir sollten außerdem in Sorius' Agentur vorbeisehen.«

»Das kannst du machen.« Sammi verteilte die Zettel.

Knut Perrell schnappte sich den ersten und sagte: »Ich mache mit Maria die Frauen. Ist besser, wenn da auch eine Frau dabei ist.«

Sammi nahm ihm das Papier aus der Hand. »Ich teile ein. Du und Michel, ihr macht die Männer. Ich mache mit Maria die Frauen.«

Perrell warf Maria Lund schulterzuckend einen Blick zu. Lund verdrehte die Augen. Brüning brummelte, doch Perrell stieß ihn lachend an. Söberg erhob sich.

»Ich muss. Vielen Dank, Konrad, ich weiß den Fall bei dir in besten Händen.«

Sammis Lippen wurden zum Strich, doch keiner außer Terz sah es. Auch Finnen stand auf. Die anderen folgten. In der Tür drehte sich Söberg noch einmal um.

»Du informierst mich, Konrad?«

Mit einem Schulterklopfen verabschiedete Terz den aufdringlichen Gast.

»Ich bekomme täglich einen Bericht«, befahl Finnen. »Und kein Wort an die Medien, vorläufig.«

»Natürlich nicht«, versicherte Grütke.

»Außerordentliche Erkenntnisse können mir auch jederzeit telefonisch mitgeteilt werden.«

»Mit Kopie an mich«, vermerkte Meffen beiläufig.

»Und mich«, forderte Grütke.

Terz grinste ihn an. »Hoffentlich kommen wir vor lauter Berichten noch zum Untersuchen.« Dann wedelte er mit seiner Liste. »Keine Sorge. Wir sind ja schon in den Ermittlungen.«

Vorher hatte er allerdings noch etwas zu erledigen. In seiner Hosentasche klimperten die Schlüssel von Sandels Wohnung.

Terz musste den Stadtplan dreimal konsultieren, bis er die kleine Seitengasse am Rand von Wandsbek gefunden hatte. Bevor Terz zur Polizei gegangen war, hatte er das Viertel östlich der Alster nur vom Vorbeifahren gekannt. Die meistenteils gesichtslosen Wohnbauten und Siedlungen der Nachkriegszeit, Wirtschaftswunder- bis siebziger Jahre gehörten nicht zu den Sehenswürdigkeiten der Stadt, auch wenn Terz dank häufiger Einsätze in der Gegend nach und nach die eine oder andere nette Ecke entdeckt hatte. Sandel hatte in einer Backsteinwohnanlage aus den fünfziger Jahren gewohnt, wie Terz jetzt feststellen konnte. Während seiner Ausbildungszeit hatte er einen Einsatz in einer Parallelstraße gehabt, daran erinnerte er sich jetzt. Nachbarschaftsstreit oder was Ähnliches. Er fuhr daran vorbei und parkte in der nächsten Gasse.

Er suchte die Fenster nach gelangweilten Rentnern oder Hausfrauen ab, bevor er die Straße überquerte. Die Türklingeln waren verrostet und abgegriffen, die Namensschilder teilweise nicht ausgefüllt, unleserlich, vielfach überklebt.

Sechzehn Namen. Zweite Reihe, zweites von unten: Sandel. Terz drückte. Irgendwo in der Straße bellte ein Hund. Nach einer Minute drückte er länger. Nach einer weiteren Minute probierte Terz Sandels Schlüssel. Der zweite passte.

Das Treppenhaus roch nach Lebertran und Reinigungsmittel. Im zweiten Stock fand er Sandels Tür. Mit einem leisen Klacken gab das Schloss nach. Terz stülpte den Jackettärmel über die Hand, öffnete schnell, trat in einen lichtlosen Vorraum und schloss die Tür hinter sich. Sofort biss scharfer Gestank in seine Nase. Die Augen mussten sich erst an das Zwielicht gewöhnen.

Beige Textiltapeten, die schon einige Jahrzehnte gesehen hatten, und ein wohl ebenso alter brauner Teppichboden. Zwischen Eingang und den drei anderen Türen war ein Trampelpfad abgetreten. Auf einer Bambusgarderobe hingen Jacken, darunter standen drei Paar abgelaufener Schuhe.

Terz zog Latexhandschuhe über. Hinter der ersten Tür fand er ein winziges Bad mit Dusche, die zweite führte zu einem Abstellraum. Durch die dritte gelangte er in den Wohnraum. Die einzige Dekoration bildete ein Theaterposter mit eingerollten Kanten, als wolle es von der Wand fliehen. In der Küchenecke reihten sich leere Wein- und Schnapsflaschen. Davor hockte eine Katze, deren auffällig runder Kopf ihn an jemanden erinnerte. Er kam nicht dahinter, an wen. Ihr Schwanz wellte hin und her. Lautlos kam sie näher und musterte ihn, ihre Nase ertastete Terz' Geruch.

»Oje, wer bist denn du? Für dich müssen wir wohl ein neues Zuhause finden. Du hast sicher Hunger.« Er füllte die beiden leeren Näpfe neben dem Kühlschrank mit Trockenfutter aus einer Box auf der Anrichte und mit Wasser. Schnurrend machte sich das Tier darüber her.

Im untersten Fach des Bücherregals fand Terz drei Dutzend Ringmappen, die sich als Sandels Manuskripte entpuppten. Hier war während der letzten Jahre wohl auch Sandels »Sicher Sein« verstaubt, das nun in Terz' unterster Schreibtischlade lag.

Er studierte den Titel »An diesem schönen Tag, Gernot Sandel 1989«, als er hörte, wie ein Schlüssel ins Schloss gesteckt wurde. Von seinem Platz sah er direkt auf die Wohnungstür. Der Schlüssel wurde einmal gedreht. Noch einmal. Lautlos trat Terz zwei Schritte zurück, damit er nicht sofort gesehen wurde. Gleichzeitig suchten seine Augen fieberhaft nach einem Versteck oder Fluchtweg. Doch Sandels Wohnungstür ging nicht auf. Und die Katze fraß ungerührt. Es musste der Nachbar gewesen sein.

Schnell prüfte Terz alle Ringbücher. Eine bunte Mischung aus Sachthemen, Romanen und Lyrik. Er fand kein weiteres Exemplar von »Sicher Sein«. Sorgfältig stellte er alles zurück.

Wie ein vorsintflutliches Tier ragte die altmodische Schreibmaschine auf dem Tisch aus einem Berg von Manuskripten, Exposés, Rechnungen, Werbematerial, Katalogen und Zeitschriften. Unter dem Tisch entdeckte er einen dicken Ordner mit Ablehnungsbriefen. Der erste stammte von 1981. Wie alt war Sandel eigentlich gewesen? Terz fand achtundzwanzig Briefe zu »Sicher Sein« und steckte sie ein. Daneben entdeckte er verschlossene Briefkuverts. Ein Adressvergleich ergab, dass Sandel sie an sich selbst geschickt hatte. Dazu erkannte Terz auf ihnen handschriftlich hinzugefügt die Titel der Ringbücher wieder. Sandel hatte eine Kopie der Manuskripte an sich geschickt, um anhand des Poststempels beweisen zu können, wann er sie versandt hatte. Copyrightschutz für Arme. Terz öffnete das Kuvert zu »Sicher Sein«, es war das richtige, und er steckte es zu den Ablehnungsbriefen.

Die Katze hatte ihren Napf geleert, strich um das Tischbein und beobachtete ihn. Da fiel es ihm ein: Zio Vito! Ihr Gesicht ähnelte verblüffend Elenas Onkel Vittorio!

»Na, bist du satt, Vito?«

Bei einer gründlichen Durchsicht von Sandels übrigen Papieren fand er keine weiteren Exemplare von »Sicher Sein« oder Hinweise auf dessen Existenz.

Sandels Dokumente trugen das Geburtsdatum 1959, bei zwei Sterbeurkunden durfte es sich um die seiner Eltern handeln. Weder Hochzeits- noch Scheidungspapiere, und offenbar würde auch niemand Sandel vermissen. Terz achtete darauf, alles so zu hinterlassen, wie er es gefunden hatte. Vito lag neben den leeren Näpfen und schnurrte zufrieden.

»Und was machen wir mit dir?«

Terz füllte die Schalen nach, den Rest des Futters leerte er daneben.

»Es wird wohl noch ein paar Tage dauern, bis man dich findet. Bis dahin muss das reichen. Teil es dir ein«, erklärte er der Katze, als spräche er mit einem Kind.

Einen Topf aus dem Küchenschrank stellte er mit Wasser gefüllt auf den Herd. Hier herauf konnte sie springen, wenn der Napf leer war.

»Ciao, Vito.«

Das Tier verabschiedete sich mit einem Augenzwinkern. Es war kurz vor zwölf. Die Sonne schien, als wolle sie wettmachen, was sie Hamburg bislang vorenthalten hatte. Hoffentlich wurde Sandel in seinem Fass nicht zu warm.

# 7

In Hamburg braucht man keine Anschrift, nur eine gute Adresse. Hamburg 13, wie viele immer noch sagen, gehört zu den besten der Stadt. Von majestätischen Alleebäumen und gepflegten Vorgärten durchgrünte Straßen mit hochherrschaftlichen Wohnhäusern und Villen machten Harvestehude, Rotherbaum und Pöseldorf zu einer der schönsten deutschen Stadtlandschaften. Ärzte, Anwälte, Makler, Verlage, Galerien, Boutiquen und Werbeagenturen, darunter Sorius', hatten sich hier niedergelassen. Manchmal dachte Terz, dass man hier eine Promiadressentour wie in Beverly Hills veranstalten sollte.

Wie so viele Harvestehuder Häuser wirkte die Villa in der Hansastraße wie frisch gewaschen. »Sorius & Partner Werbeagentur« erklärten strenge Buchstaben auf einem weißen Emailschild. Für Hamburg ungewöhnlich verspielter Stuck zierte den Empfangsraum, der so schlicht möbliert war wie Sorius' Villa. An den Wänden über der Treppe zu den oberen Stockwerken warben Poster für Bier, Hautcreme, einen Radiosender, ein Möbelhaus, Pudding, den Bürgermeister.

Terz erklärte der unverhohlen neugierigen Empfangsdame, zu wem er wollte. Nach ein paar Worten am Telefon brachte sie ihn in den ersten Stock. Auf der Treppe flüsterte er ihr zu:

»Könnten Sie mir einen Gefallen tun?«

»Selbstverständlich«, wisperte sie zurück. Der bekannte Mann wollte Geheimnisse mit ihr teilen!

»Ich müsste wissen, wer aus der Agentur Herrn Sorius gestern zuletzt gesehen hat.«

»Ich versuche, es herauszufinden.«

In den kleinen Kammern beiderseits des Flurs thronten Computer auf den Schreibtischen, Aktenordner stapelten sich in Regalen, schwarze Pappen mit bunten Bildern lehnten an den Wänden.

Von Hollfeldens Zimmer am Ende des Ganges war geräumig, zwei Flügeltüren zur Terrasse ließen viel Sonne ein. Mit den alten Möbeln und einem nachgedunkelten Ölgemälde glich das Büro dem eines Privatbankiers, fand Terz, nicht dem eines Werbers.

Als er eintrat, telefonierte von Hollfelden. Terz vernahm noch: »... ist jetzt da. Ich muss aufhören.«

Terz kannte von Hollfelden vom Sehen, konnte sich aber an keine Unterhaltung erinnern. Der Geschäftsführer war in seinem Alter. Er sah aus wie ein Schauspieler, den Terz blasiert fand und dessen Namen ihm nicht einfiel. Fast so groß wie er selbst, das rotblond gewellte Haar an den Schläfen von erstem Weiß durchzogen, der dunkelblaue Maßanzug saß perfekt. Terz fand das Aftershave zu süß für diesen Typ Mann.

Seine Stimme schien aus der Nase zu kommen. Aristokratischer Dünkel? Kokain?

»Ah, der berühmte Kommissar, welche Ehre.« Der Händedruck war fest und trocken. »Von Hollfelden.«

Dass er seinen Titel so betonte, reizte Terz.

»Euer Durchlaucht.«

Von Hollfelden überspielte seine Irritation.

»Winfried starb keines natürlichen Todes, sagten Sie am Telefon. Das wird Aufsehen erregen, zweifellos. Wenn es auch nicht das Aufsehen ist, das wir uns wünschen. Üblicherweise glänzen wir mit unserer Arbeit.«

»Und zur Abwechslung glänzen Sie mit einem Toten?«

Mit einer Geste bat von Hollfelden den Kommissar, sich zu setzen.

»Das Wichtigste in Kürze: Winfried Sorius gründete die Agentur 1972. Ich begann 1995 als Geschäftsführer. 1996 wurde ich Partner.« Ohne Stolz. »Mein Anteil beträgt dreißig Prozent. Durch Sorius' Tod gehen seine Anteile auf mich über. Ein prächtiges Motiv, nicht?«

»Das kommt darauf an, wie es dem Unternehmen geht.«

»Es geht ihm hervorragend!«

Von Hollfelden wollte unbedingt nach seinem Alibi gefragt werden. Nun, irgendwann würde er es auch von selbst verraten.

»Seltsame Regelung ...«

»Überhaupt nicht. Herr Sorius hatte keine Erben. Und was für ein Interesse hätte ich am Tod meines Spitzenkreativen?«

Hielt einen Minderheitsanteil am Unternehmen und sprach vom Mehrheitseigentümer wie von einem Angestellten.

»Wer hätte sonst einen Grund, Herrn Sorius umzubringen?«

»Winfried war ein erfolgreicher Mann. Mancher Konkurrent mag uns natürlich nicht. Vor allem, wenn wir ihm einen Kunden wegschnappen. Aber deshalb begeht niemand einen Mord.«

»Sie arbeiten für den Bürgermeister?«

»Ich darf stolz behaupten, dass wir ihn überhaupt erst dazu gemacht haben.«

Ein merkwürdiges Gefühl ergriff Terz. Der Boden vibrierte. Er lehnte sich zurück, als wolle er sich entspannen. Unter dem Tisch wippte ein Fuß von Hollfeldens sehr schnell auf der Zehenspitze.

»War Herr Sorius verheiratet?«

Das Vibrieren hörte auf.

»Winfried fand, dass es zu viele Frauen gibt, um sich für eine zu entscheiden.«

»Hatte er eine aktuelle Beziehung?«

»Das entzieht sich meiner Kenntnis.«

Vielleicht sagte er die Wahrheit. Bevor sie nicht mehr über Sorius' Affäre mit Amelie Kantau wussten, wollte Terz ihn dazu nicht fragen.

»Sie waren Partner.«

»Geschäftlich.«

»Hatten Sie keinen privaten Kontakt?«

»Wenig. Wir führen sehr unterschiedliche Leben. Führten.«

»Immerhin hatten Sie einen Schlüssel zu seinem Haus.«

»Winfried hatte immer einen Ersatzschlüssel für zu Hause in der Agentur. So wie ich übrigens auch. Er wusste auch, wo der zu meinem Haus ist.«

»Einen Teil von Herrn Sorius' Privatleben kann ich ja in den Klatschspalten nachlesen«, sagte Terz. »Können Sie dieses Bild etwas abrunden? Beziehungsweise geraderücken?«

»Herr Sorius war ein wohlhabender Mann, der das gute Leben schätzte. Er war ein sehr guter Kreativer, wie seine zahlreichen Auszeichnungen belegen. Wie die meisten Kreativen war er – sagen wir ruhig sehr – eitel.«

»Er liebte die Frauen.« Auch die Männer, doch solange sie das nicht verifiziert hatten, schwieg Terz darüber lieber ebenso wie über Amelie Kantau. »Wissen Sie etwas über sein Sexualleben?«

»Wie gesagt, über sein Privatleben ist mir so gut wie nichts bekannt.« Von Hollfelden hob eine Braue, um seine dezente Verwunderung auszudrücken, und nötigte Terz damit fast zu einem Lachanfall.

»Wie viele Mitarbeiter haben Sie?«

»In der Agentur angestellt sind dreiundsechzig Leute. Außerdem arbeiten wir mit freien Mitarbeitern zusammen.«

»Kommt einer von ihnen als Täter in Frage?«

Von Hollfelden dachte nach. »Nein. Natürlich trennt man sich ab und zu von jemandem. Und das nicht immer ganz friedlich. Aber das ist doch kein Grund für einen Mord.«

»Ich hätte trotzdem gern eine Liste.«

»Natürlich.«

»Für wen arbeitet Sorius & Partner?«

Von Hollfeldens Lachen klang wie aus einer Konserve. »Unzufriedene Kunden kündigen. Sie bringen nicht den Agenturchef um.« Er reichte Terz eine Mappe. »Unser Agenturporträt. Da steht alles drin. In diesem Zusammenhang darf ich Sie um Sensibilität bitten. Die Lage ist für uns schon unangenehm genug.«

Terz spürte wieder das Vibrieren. »Vielleicht wird es gar nicht notwendig sein, sie zu befragen.« Er blätterte in der Mappe.

»Seien Sie mir nicht böse, aber meine Zeit ist jetzt noch knapper als sonst. Dauert es noch lange?«

»Eine letzte Frage: Herr Sorius war kreativer Kopf der Agentur. Wer übernimmt diesen Part jetzt?«

Von Hollfelden machte eine vage Handbewegung. »Vorerst Frau Hansen. Jule Hansen. Sie ist Kreativdirektorin und war Wins Stellvertreterin.«

»Vorerst?«

»Wahrscheinlich auch dauerhaft. Wir haben bereits seit Längerem überlegt, sie zur Partnerin zu machen.«

»Ich würde gern mit ihr sprechen.«

»Sie sitzt im zweiten Stock.«

»Und ich würde gern das Büro von Herrn Sorius sehen«, sagte Terz.

Von Hollfelden stand auf. »Es liegt neben meinem.« Er öffnete eine Flügeltür.

»Vielen Dank für die Audienz.« Terz schloss die Tür, die von Hollfelden offen gelassen hatte. Wie sein Partner ums Leben gekommen war, schien den Mann nicht zu interessieren.

Sorius' Büro war noch größer als von Hollfeldens. Auf dem Schreibtisch aus Glas und Chrom stand außer einem zugeklappten Notebook nur ein Becher mit Stiften. Die Wand dahinter war zugehängt mit Urkunden von Preisen und Auszeichnungen. Zwei Flügeltüren führten auf dieselbe Terrasse wie von Hollfeldens Zimmer.

In den Schubladen fand Terz Stifte, Radiergummis, Büroklammern und anderen üblichen Kleinkram, in den Regalen stapelten sich Bücher über Werbung, Verpackung, Schrift, Fotografen.

Terz trat auf die Terrasse. Ein Vogel sang. Linker Hand spiegelte sich eine Birke in der Glastür zu von Hollfeldens Zimmer. Dahinter saß der einzig verbliebene Agenturbesitzer an seinem Schreibtisch und beobachtete Terz. Als ihn der Blick des Kommissars traf, vertiefte er sich schnell in ein Papier.

Im Flur begegnete Terz einem jungen Mann.

»Ich bin neu hier. Führen Sie mich ein wenig herum«, erklärte er dem Verdutzten. Bevor dieser nachfragen konnte, wies Terz auf die Kammern beiderseits des Flurs. »Wer arbeitet in diesen Mäuseställen?«

Prustend antwortete der junge Mann. »Die Kundenberatung.« Zögernd fragte er: »Sind Sie nicht Konrad Terz?«

»Sehe ich so aus?«

»Ja.« Er begriff: »Klar sind Sie das.«

Eifrig führte er den Kommissar durch das Haus: vom zum Atelier ausgebauten Dachboden durch das Geschoss darunter mit denselben Kämmerchen wie im ersten Stock.

»Hier sitzen die Texter und die Kreativdirektorin.«

»Mit der würde ich gern einmal sprechen.«

»Ich habe sie heute noch nicht gesehen. Ihr Zimmer ist dahinten.«

Terz entließ den jungen Mann und klopfte an die offene Tür, neben der ein kleines Schild »Jule Hansen, Kreativdirektorin« verkündete. In diesem Raum hatte alles seinen Platz. Der große leichte Tisch, das Sideboard, der japanische Schrank, die wandfüllende Kalligrafie. Hinter dem Tisch saß eine Frau, als gehöre sie zur Einrichtung. Das schlichte schwarze Kostüm kontrastierte mit dem ungebändigten dunklen Lockenkopf, der über Skizzen gebeugt war und nun zu ihm aufsah.

»Ich kenne Sie«, sagte Hansen. »Sie schreiben Bücher. Sie kommen wegen Win, nicht?«

Sie wirkte konzentriert, aber nicht nervös.

»Herr von Hollfelden sagt, Sie waren Stellvertreterin von Herrn Sorius. Sie müssen ihn ganz gut gekannt haben.«

»Stellvertreterin. Nun ja. Vielleicht war ich das einmal. Vielleicht war ich es in manchen Dingen noch immer. Im Wesentlichen betreute ich aber meine Kunden und Win seine. Was macht eigentlich die Polizei hier? Ich dachte, es war ein Herzanfall?«

»Leider nein.«

»Sie meinen – mein Gott – wie wurde er denn …?«

»Das darf ich nicht sagen.«

»Was möchten Sie wissen?«

»Wie gut kannten Sie Herrn Sorius?«

»Er war so etwas wie mein Ziehvater. Beruflich, meine ich. Ich begann hier vor neun Jahren als Juniortexterin. Alles, was ich über Werbung weiß, lernte ich von ihm.«

»Und jetzt sollten Sie Partnerin werden?«

Hansen atmete durch, schob ihre Notizen zur Seite und lehnte sich zurück.

»Ja.«

»Außer, Herr von Hollfelden hat etwas dagegen.«

»Hatte er bis jetzt nicht. Außerdem braucht er mich mehr denn je.«

Auf dem schwarzen Bücherbord hinter ihrem Kopf lag eine skurril geformte, von Sonne und Salzwasser weiß gebleichte Wurzel. Ein einfaches Utensil, so wirkungsvoll in Szene gesetzt, dass Terz meinte, das Meer rauschen zu hören.

»Kennen Sie jemanden, der einen Grund hätte, Herrn Sorius umzubringen?«

»Er war obsessiv. In allem, was er tat. Und skrupellos. Vor allem, was Frauen betraf. Wenn Sie ein Motiv suchen, finden Sie es am ehesten in diesem Bereich. Eine verstoßene Geliebte. Oder ein eifersüchtiger Ehemann. Denke ich.«

»Und Ihr Verhältnis zu Herrn Sorius?«

Ihr Lachen klang hell. »Nein, da war nichts.«

»Ich meinte das generell.«

»Hätte er mich sonst zur Partnerin machen wollen? Wir verstanden uns ausgezeichnet. Wir waren« – in ihrer Stimme schimmerte etwas Zerbrechliches – »gedanklich auf einer Ebene.«

»Wann haben Sie Herrn Sorius zuletzt gesehen?«

»Vorgestern irgendwann. Ich bin spät gegangen.«

»War er da noch in der Agentur?«

»Keine Ahnung.« Sie sah auf ihre Uhr. In diesem Haus schienen alle in Eile. »Ich muss zu Dreharbeiten«, erklärte sie. »Wenn Sie noch Fragen haben, finden Sie mich auch morgen dort.«

Terz besichtigte noch die Räume im Erdgeschoss. Büros, zwei Besprechungszimmer. Hinter dem Tresen traf er schließlich wieder die Empfangsdame. Ihre Stimme hatte etwas Verschwörerisches:

»Gesehen haben ihn einige, bevor er ging. Das war gegen neun Uhr.«

»Ist Ihnen etwas aufgefallen?«

»Da nicht.« Sie sprach noch leiser. »Aber kurz davor. Eine Texterin meint, eine Diskussion aus Sorius' Zimmer gehört zu haben. Lautstark. Eigentlich ein Streit. Mehr weiß sie nicht. Sie hatte es eilig.«

»Einen Streit?«

»Zwischen Win und Jule.«

»Jule Hansen? Die Kreativdirektorin? Ich war eben bei ihr. Worum ging es?«

»Das hat sie nicht gehört.«

Terz ließ die Texterin zum Empfang rufen. Eine übergewichtige Frau in schrillem Outfit kam die Treppen herab und stellte sich vor. Sie konnte Terz nicht mehr erzählen als die Empfangsdame.

»Können Sie das bitte mit einem Boten schicken?«, fragte von Hollfelden, der unbemerkt dazugetreten war und der Empfangsdame ein Kuvert reichte. Er nickte den Anwesenden zu und verschwand Richtung Toilette.

Terz entließ die Texterin und fragte die Frau am Empfang: »Ist Frau Hansen noch da?«

»Nein. Sie ist vor ein paar Minuten gegangen.«

»Zu Dreharbeiten, ich weiß.« Er würde morgen vorbeisehen.

»Brauchen Sie die Adresse?«

»Bitte.«

Wer solche Kollegen hatte, brauchte keine Feinde.

Den restlichen Nachmittag verbrachte Terz mit Papierkram. Gegen vier schien wie üblich Schlafmittel seinen Kreislauf zu lähmen. Er holte seine Schlüssel hervor, lehnte sich im Stuhl zurück und schlief die Sekunden, bis seine Hand den Bund entspannt zu Boden gleiten ließ und er durch das Klimpern geweckt wurde. Zur endgültigen Erfrischung holte er sich einen Espresso. Um fünf wechselte er auf die andere Seite des Flurs zur täglichen Lagebesprechung. In dem Raum roch es nach abgestandener Luft, obwohl die Fenster weit offen waren. Brüning drehte eine Tasse Kaffee zwischen den Händen. Perrell und Lund unterhielten sich lachend, daneben wartete Sammi ungeduldig. Kaum saßen alle, warf er Terz ein Papierknäuel hin.

»Drei von den Frauen leugnen, Sorius auch nur zu kennen. Die Kantau hat sogar mit dem Anwalt gedroht, falls wir sie derart verleumden sollten.«

»Das wird ihren Seitensprung aber auch nicht geheim halten«, konterte Terz.

»Wo hast du diese Liste her? Aus der Gerüchteküche?«

»Man muss nur darin zu kochen verstehen, Sammi. Ich werde mit ihr reden. Wer sind die anderen?«

»Die nicht Eingeringelten«, versuchte Lund wieder konstruktiv zu werden.

Terz überflog die Namen. »Und die Übrigen?«

»Eine hat ein Alibi, das wir noch prüfen müssen. Eine andere war zur Tatzeit im Urlaub und ist es noch. Zwei haben wir noch nicht.«

»Und die Männer?«

»Drei hatten tatsächlich was mit ihm. Sie wussten aber nichts und haben Alibis. Die anderen habe ich noch nicht erwischt«, erklärte Brüning.

»Erzählten sie etwas über ungewöhnliche Sexualpraktiken?«

»Was ist heute noch ungewöhnlich?«

Sammi grinste. »Das kannst du ihm ja morgen helfen herauszufinden, Konrad.«

»Das entscheide ich. Zuerst mache ich die Kantau.«

»Soll ich mitkommen? Mich kennt sie schon«, regte Lund an.

»Dich brauche ich woanders«, bestimmte Sammi.

Michel Brüning trank seinen Kaffee aus, Knut Perrell strich über seinen Schnurrbart und studierte den Himmel hinter dem Fenster.

Terz erzählte von seinem Besuch in der Agentur.

Sammi horchte auf. »Diese Hansen hat also gelogen?«

»Nein. Sie hat höchstens nicht alles erzählt. Wenn es den Streit wirklich gab. Ich sehe morgen noch einmal bei ihr vorbei.«

»Diese Agentur sehe ich mir einmal genauer an«, sagte Sammi in einem Ton, als habe Terz nicht sorgfältig gearbeitet.

»Wegen der vielen hübschen Frauen, die da rumlaufen, oder was?«

Sammi warf ihm einen harten Blick zu, sagte aber nichts mehr. Sie beendeten die Besprechung mit der Aufgabenteilung für den nächsten Tag. Als sie den Raum verließen, blieb Terz mit Maria Lund etwas zurück.

»Mit dir und Sammi alles in Ordnung?«

Sie verzog das Gesicht. »Er nervt einfach nur. Das ist alles.«

»Er steht auf dich.«

»Er ist notgeil.«

»Sollte er Probleme machen, komm sofort zu mir.«

»Keine Sorge«, sagte sie und wollte gehen.

Mit einer sachten Berührung am Unterarm hielt er sie zurück. »Eines noch. Du weißt, dass Beziehungen unter Kollegen ein Problem sein können. Vor allem, wenn sie in derselben Gruppe arbeiten.«

Maria Lund lachte laut. »Ich mit Sammi? Davon träumt er!«

»Sammi meine ich nicht.«

Lund wurde rot.

»Es geht mich nichts an. Oder doch, ein wenig. Im Ernstfall muss ich mich auf alle verlassen können. Ist da was, das ich wissen müsste?«

Lund lief noch dunkler an. »Nein.« Es klang fast bedauernd.

»Es wird ein herrlicher Abend«, sagte er mit einem Lächeln und ließ sie mit ihrer Verwirrung allein.

Er ging ein paar Stockwerke tiefer in die Asservatenkammer. Mit dem alten Beamten, der nach einer Verletzung seit Jahren hier Dienst tat, verstand er sich gut. Terz musste keine Formulare ausfüllen oder warten, bis ihm die angeforderten Stücke ausgehändigt wurden. Er durchstreifte die Regalreihen, bis er gefunden hatte, was er suchte.

Als er nach Hause kam, saß Elena mit Kim auf der Terrasse bei den Hausaufgaben, und Lili übte Klavier.

»Heyjo, Daddyo«, begrüßte ihn seine Jüngere, ohne ihr Spiel zu unterbrechen. Ihm war unwohl bei dem Gedanken, dass in diesem Idyll ein Toter versteckt war. Unverändert und unbeachtet stand das Fass keine drei Meter von seiner Frau und Tochter entfernt.

»Papomagnifico!« Er begrüßte Kim mit einem Küsschen auf die Wange, Elena mit einem Kuss auf den Mund und lehnte sich an das Fass. Nichts roch. »Mathe?«

Kim strahlte ihn stolz an. »Wieder eine Eins. Warst du in der Schule auch so gut?«

»Nein, mein Schatz«, log er. Hinter dem Panoramaglas starrte Lili konzentriert auf ihr Notenblatt. Leise schwangen die Töne ins Freie.

Er setzte sich zu Elena und Kim. Auch hier roch er nichts.

Seine Tochter musterte ihn mit großen Augen. »Hast du heute eine Leiche gesehen?«

Seine Kinder wussten um seinen Beruf, ohne wirklich zu verstehen, worum es ging. Sterblichkeit und Tod begann er selbst gerade erst zu begreifen. »Nein.«

»Mathematik, gute Dame«, erinnerte Elena streng. »Wir sind noch nicht fertig.«

Terz ging zurück ins Wohnzimmer und sah die Post durch. Elena hatte geöffnet, was an sie beide adressiert war. Ein paar Briefe baten um Vorträge oder Autogramme. Ein gepolstertes Kuvert war an ihn vertraulich gerichtet. Es war nicht frankiert und trug keinen Absender.

Vorsichtig, um möglichst wenige Fingerabdrücke zu hinterlassen, beförderte er eine Audiokassette und einen zusammengefalteten Zettel ans Tageslicht:

*500.000,– Euro. Kleine, nicht notierte Scheine. Nächsten Mittwoch, 19.00 Uhr. In die Mülltonne Ecke Jarrestraße/Großheidenstraße. Keine Polizei (haha).*

Ein Erpresser mit Humor, das hatte ihm gefehlt. Terz zog sich in sein Arbeitszimmer hinter der Galerie zurück und legte das Band in die kleine Stereoanlage.

Es enthielt tatsächlich fast sein ganzes Gespräch mit Sandel bis zu dessen tragischem Ende. Terz hörte es ein zweites Mal an. Seine Stimme war sofort zu erkennen, was spätestens ein technischer Stimmenvergleich beweisen würde. Es fielen keine Namen. Wenn man lang genug grub, würde man vielleicht Tondokumente von Sandel finden. Sonst wäre er nicht zu identifizieren.

Doch die Indizien könnten genügen. Die anderen Manuskripte in Sandels Wohnung, Absagebriefe, die verschlossenen Kuverts mit den eigenen Manuskripten. Während Elenas Golfpartie morgen musste er Sandel entsorgen.

Fünfhunderttausend Euro. So viel hatte er nicht. Kredit bekam er auch keinen mehr, seine Mutter hatte ihr Vermögen langfristig angelegt, mit dem Darlehen für die Wohnung waren seine Möglichkeiten überreizt. Erst die Einnahmen aus seinem nächsten Buch würden alles wieder einrenken.

Sie könnten sich einschränken. Könnten sie? Elena müsste mit dem Golfspielen aufhören. Er sollte sofort seine nie genutzte Clubmitgliedschaft kündigen. Statt Wein um dreißig Euro die Flasche konnte man zu Aldi gehen. Maßschuhe waren zwar bequemer, aber er hatte Jahrzehnte ohne überlebt, genauso ohne Maßanzüge. In der Stadt musste man keinen benzinfressenden Geländewagen fahren. Ohnehin beständig neu zu kaufende Kinderkleidung brauchte keine Markenware zu sein. Auf Reiten, Hockey und Musik konnten sie verzichten. Konnten sie? Und wie sollte er es erklären?

Geld kaufte nun einmal nicht nur Luxus. Es schuf auch Chancen. Kontakte zu noch mehr Geld. Eine bessere Zukunft.

Die würde er nicht an einen Erpresser verschenken.

Außerdem würden all diese Einschränkungen nie eine halbe Million bringen.

Terz packte das kleine Reserve-Spurensicherungskit aus, das immer in seinem Schreibtisch bereitlag. Auf dem Papier und der Kassette fand er nur Fragmente seiner eigenen Fingerabdrücke, als Lili ihn zum Abendessen rief.

»Und? Wie sieht es aus?«

Immerhin hatte Elena ihre Neugier zurückgehalten, bis die Kinder im Bett waren. Ein Glas Amaro in der Hand und Arbeitsunterlagen im Schoß lag sie neben ihm auf dem zweiten Deckchair unter dem lauen Sternenhimmel. Terz erzählte von seinem Tag und den Reaktionen der angeblichen Sorius-Geliebten.

»Die soll sich nicht so aufführen«, empörte sich Elena, als sie von Kantau hörte.

»Ich werde sie morgen einmal besuchen«, erklärte Terz.

»Vielleicht sollte ich das tun.«

»Wolltest du nicht Golf spielen?«

»Verschoben. Droh damit, ihrem Mann alles zu sagen. Sie hat viel zu verlieren.« Zufrieden über ihren taktischen Ratschlag nahm Elena einen Schluck Amaro.

»Wieso?«

»Vor ihrer Hochzeit war sie eine mausearme Tippse in seinem Büro. Meines Wissens gibt es einen Ehevertrag.«

»Ich meine, wieso hast du dein Golfspiel verschoben?«

»Ein potenzieller Auftraggeber möchte mich kennenlernen.«

»Wo kommt der her?«

»Na, von dir, dachte ich.« Sie sah ihn verständnislos an. »Ein gewisser Ramscheidt. Anscheinend hast du bei Meyenbrinck so von mir geschwärmt, dass er mich heute sofort anrief. Da bekäme ich einen Fuß bei Wittpohl in die Tür. Das darf ich mir nicht entgehen lassen.«

»Und Daunwart?«

»Mache ich weiter, bis er genug hat.«

»Aber die Kinder ...«

»Julie hätte Zeit, ich habe sie schon gefragt.«

»Wann bist du dort?«

»Wir gehen mittagessen.«

Damit war sie wahrscheinlich zu kurz abwesend. Das hieß noch ein Tag in der Hitze für Sandel. Bald würde er von ganz allein in kleinen Portionen davonwandern.

Unter dem Vorwand, noch arbeiten zu müssen, ließ er Elena allein schlafen gehen. Er hörte noch einmal das Tonband ab. Was tut man gegen Erpresser?

Er brauchte das Original.

Terz stieg ins Wohnzimmer hinab, in der Hand das kleine Gerät aus der Asservatenkammer. Es erinnerte an eine altmodische Fernbedienung mit Display. Langsam ging er alles ab, sein Blick kroch in jeden Winkel, doch das Gerät blieb stumm. Terz überprüfte den Raum noch einmal, dann die offene Küche. Die Treppen auf die Galerie, die Galerie, sein Arbeitszimmer, Elenas. Nichts. Entweder war die Wanze nicht mehr aktiv oder irgendwie abgeschottet oder – es gab keine Wanze.

Nachdenklich betrachtete er in der Glaswand zum nächtlichen Hof sein Spiegelbild. Wenn er den Fokus seines Blicks änderte, verschwammen die Züge und er konnte hindurchsehen, aber dort waren nur das Dunkel der Nacht und der Schatten des Fasses.

# 8

Sein mittwochmorgendlicher Laufpartner Thomas Ayl, Zigarrenclubgründer und als solcher mitten im Szenegeschehen, hatte den Werbemann Sorius natürlich gekannt und versprach, sich umzuhören. Den Vormittag hatte Terz ursprünglich für Sandels Entsorgung vorgesehen, stattdessen fuhr er ins Büro. Er bereitete sich einen Cappuccino auf der Espressomaschine zu, die er eigens für die Abteilung gekauft hatte. Allein der Gedanke an jene schwarze Flüssigkeit, die in anderen Abteilungen stundenlang auf der Wärmplatte oder in einer Thermoskanne vor sich hin moderte, machte ihn trübsinnig. Dann las er das Agenturporträt von Sorius & Partner, in dem prominente Namen versammelt waren: eine Biermarke, eine Kosmetikfirma, ein Lebensmittelhersteller, eine Handelskette, ein Verlag, die Partei des Bürgermeisters und viele andere. Ihm graute bei dem Gedanken, sie womöglich alle befragen zu müssen.

Dann studierte Terz den Bericht der Techniker. Niemand war mit Gewalt in das Haus eingedrungen. Dank der Reinigungsfrau gab es wenig Spuren, die konkreteste waren lange hellblonde Haare aus dem Bett von Sorius.

Als Nächstes widmete er sich den Unterlagen, die Lund über das Opfer zusammengetragen hatte.

Winfried Sorius, Absolvent einer Fachschule für Grafik und Gestaltung, hatte sich bald nach Studienende selbstständig gemacht. Nach einigen Jahren verkaufte er Anteile seiner Agentur an ein internationales Network. Zwei Jahre später wurde er Chef der deutschen Niederlassung mit mehreren hundert Angestellten. Nach drei Jahren erwarb er seine Anteile zurück und war wieder sein eigener

Herr und der über drei Dutzend Angestellte. Das Eintreten von Hollfeldens, einem ehemaligen Mitarbeiter des damaligen Oppositionsführers und heutigen Bürgermeisters, brachte die Agentur umsatzmäßig weit nach vorn.

Terz überflog Lunds Beschreibung der Wohnungseinrichtung. Die Mehrzahl waren teure Designerstücke, zweimal fiel der Name Kantau. Das mochte nichts weiter heißen, es war nahe liegend, dass ein Werbeagenturbesitzer Produkte seiner Kunden verwendete. Auch wenn Terz immer gedacht hatte, das genauere Wissen um die beworbenen Artikel müsste den Fachmann abschrecken. Oder nahmen Werber ihre Texte und Witzchen für Waschpulver und Cellulitecremes ernst?

Beeindruckt schien Maria Lund von Sorius' Garderobe. Anerkennend äußerte sie sich über das Pflegesortiment des Mannes. Der Wunsch war zu erahnen, dass mehr Männer sich mit dieser Sorgfalt um ihr Äußeres kümmern sollten.

Von Terz' eigener Ausstattung zur Verschönerung seines Erscheinungsbilds konnte man direkte Schlüsse auf seine Eitelkeit ziehen, pflegte Elena liebevoll zu spotten. Dabei hätte er seiner Liebe zu Düften aller Art auch als Einsiedler gefrönt. Sein Faible für gut geschnittene Anzüge, maßgefertigte Schuhe und ein gepflegtes Auftreten wurzelte dagegen vielleicht in einer gewissen – sehr dezenten – Eitelkeit.

Eine ausführliche Liste zählte noch einmal die Papiere aus Sorius' Arbeitszimmer auf, hauptsächlich Entwürfe für den anstehenden Wahlkampf des Bürgermeisters. In den Dokumentenmappen fanden sich die üblichen Urkunden, aber keine Unterlagen zu Unterhaltszahlungen eines bislang unbekannten Kindes oder andere Geheimnisse, die den Kreis möglicher Verdächtiger erweitert hätten.

Vielleicht war es Zeit, sich noch einmal mit Frau Hansen über einen gewissen Streit zu unterhalten.

Der Alsterlauf, vor nicht viel mehr als hundertfünfzig Jahren ein Bach im Sumpfgebiet nördlich der Stadt, gehört heute zu Hamburgs nobelsten Adressen. Wo reiche Kaufleute und Senatoren ihre Villen in das trockengelegte Gebiet gebaut hatten, residierten nun vermögende Privatleute, Firmen und Konsulate. Im Sommer paddelten die Hamburger durch die Kanäle und träumten beim Blick durch herabhängende Weidenzweige davon, auch einmal hier zu wohnen.

Terz parkte den Wagen in der Einfahrt des Hauses im Tudorstil.

Als auf sein Klingeln niemand reagierte, öffnete er die Gartentür und versuchte es am Haustor. Niemand öffnete, doch er hörte Stimmen hinter dem Haus.

Über einen schmalen Pfad gelangte er am Gebäude vorbei in den Garten. Dort fand er ein gepflegtes Idyll. Deckchairs ruhten verstreut unter alten Bäumen, das Wasser blitzte zwischen Blättern, die in der Sonne flirrten, am Ufer wartete ein Kanu, die ehemalige Gärtnerlaube war zu einem Atelier ausgebaut.

Das Bild wurde von einer Filmcrew zerstört. Scheinwerfer, Schirme und Kameras drängten sich um einen Frühstückstisch, an dem eine falsche Familie von Models tafelte. Hansen gab einem langhaarigen Mann Anweisungen, als sie Terz entdeckte. In Freizeitkleidung wirkte sie noch zierlicher als im schwarzen Anzug.

»Das ist ja eine Überraschung. Was treibt Sie her?« Ihr schiefer Blick versuchte den Grund seines Kommens abzuschätzen.

»Schön haben Sie es hier.«

»Eine Freundin hat das alles von ihrer Großmutter geerbt. Das Haupthaus, Garten, das Gartenhäuschen. Die alte Dame malte früher hier. Ich wohne darin zu einem Freundschaftspreis. Und zur Aufbesserung ihrer Haushaltskasse vermietet meine Freundin manchmal an Filmteams. Wollen Sie etwas essen? Da drüben ist das Catering. Was trinken? Kaffee?«

Mit Antipasti und Orangensaft ausgerüstet schlenderten sie zum Wasser, wo die Filmleute nicht jedes Wort übertönten.

»Sie sind nicht wegen des Büfetts hier«, sagte Hansen.

»Wofür drehen Sie?«

»Margarine. Aber deshalb sind Sie auch nicht gekommen.«

»Wie war Ihr Verhältnis zu Winfried Sorius?«

»Hatten wir das nicht schon? Es war gut. Hätte er mich sonst zur Partnerin gemacht?«

»Noch sind Sie es nicht.«

Ihre Hand wedelte ungeduldig durch die Luft.

»Sie haben sich also immer gut verstanden?«

Eine Elster landete hinter Hansen im Gras und hüpfte über das Grün. Hansens Lippen kräuselten sich, bis ein spöttisches Lächeln das Gesicht überzog. So hatte sie eine gewisse Ähnlichkeit mit Elena.

»Ach, hat uns wohl jemand gehört, was? Meine Kollegen, o, là, là!« Die Flügel ihrer markanten Nase vibrierten, als nehme sie eine Witterung auf. Roch sie Gefahr? »Ich muss Sie aber enttäuschen. Wir stritten nur über eine Kampagne. Er mochte meine Entwürfe nicht.«

»Hatten Sie privaten Kontakt zu ihm?«

»Ich hatte in den letzten Jahren kaum Privatleben. Meier kann Ihnen da wahrscheinlich mehr erzählen.«

»Meier?«

»Sein Partner.«

»Ich dachte, das ist Herr von Hollfelden.«

Ihr Lachen ließ die Elster auffliegen. »Eine lustige Geschichte: Eines Tages lerne ich auf einer Party einen Typ kennen, von Beishof, glaube ich. Sie wissen schon, die Sorte alter Kleinadel, die noch heute eine – so nie vorhanden gewesene – Tradition hochzuhalten vorgibt. Ich erzähle ihm, dass ich in der Werbung arbeite. Er hat auch einen Cousin, dem eine Agentur gehört, sagt er. Meier. Das ist ja nun nicht gerade ein seltener Name. Ich kenne die Branche. Ein Meier als Agenturbesitzer fällt mir nicht ein. Aber alle kenne ich ja nun auch nicht. Ich nenne ein paar Agenturnamen. Nein, er glaubt nicht, dass die seines Cousins so heißt. Wo ich eigentlich arbeite? Ich sage Sorius & Partner. Ja, und da fährt er hoch und ruft: ›Aber das ist sie ja! Sorius & Partner!‹ Ich erkläre ihm, dass die Agentur Sorius und von Hollfelden gehört. Da lacht er. ›Von Hollfelden? So lässt er sich nennen? So hieß seine Großmutter. Seine Mutter heiratete einen Meier. Bürgerlich. In unserer Familie heißt er Meier.‹«

Sie zuckte mit den Schultern. »Was soll's. In diesem Land liebt man Adelstitel. Eine seltsame Sehnsucht nach Feudalherren und Unterdrückung. Sie würden lachen, wenn Sie sähen, wie viele von uns Werbeleuten und unseren Auftraggebern, die tagtäglich neue und noch neuere Produkte in moderner und modischer Verpackung an den Mann bringen, privat den Lebensstil ausgestorbener Dekadenz nachzuahmen versuchen. Da kommt so ein Adelstitel gut an.«

Ob sie sich der Ironie dieser Worte aus dem Mund einer Propagandameisterin moderner Dekadenz bewusst war? Die Filmleute machten eine Pause, und der Regisseur kam auf sie zu. Hansen bedeutete ihm zu warten.

»Meier – von Hollfelden – egal, erklärte, er hatte wenig privaten Kontakt mit Sorius.«

»Der hat wahrscheinlich nicht einmal zu seiner Frau und seinen Kindern privaten Kontakt, obwohl sie sich Familie nennen. Aber über Win müsste er schon etwas wissen.«

»Wo waren Sie in der Tatnacht?«

Jule Hansen versuchte, ihre Haare zurückzustreichen, mit wenig Erfolg. Sie wirkte völlig unbefangen.

»Hier. Und dafür gibt es keine Zeugen. Meine Freundin, der das Haus gehört, und ihre Familie sind im Urlaub.«

Die Filmcrew hatte sich mittlerweile über die ganze Wiese ausgebreitet, sodass Hansen ihn durch das Häuschen hinausbringen musste. Die Einrichtung war ein buntes Sammelsurium aus Designerläden, Antikshops und von Flohmärkten, auf einem kleinen Podest entdeckte der Kommissar ein wunderschönes Samuraischwert.

»Können Sie damit umgehen?«

Sie lachte. »Nein. Geschenk eines Verehrers. Es ist zweihundert Jahre alt und wahrscheinlich ein Vermögen wert.«

»Seltsames Geschenk.«

»Allerdings. Ich bekam es, nachdem ich ihm einen Korb gegeben hatte. Sie wissen, was die japanischen Krieger mit diesen Schwertern unter anderem taten. Tun mussten.«

»Er forderte Sie zum rituellen Selbstmord auf?«

»Weil ich ihn verschmähte.«

»Eine selbstbewusste Person.«

»So selbstbewusst, dass er sich niemandes anderen bewusst ist. Und ein Spinner, wie schon das eigenwillige Geschenk zeigt. Das war auch der Grund für meine Absage.«

»Trotzdem haben Sie das Schwert hier?«

»Warum nicht? Es ist wunderschön. Und ich habe nicht vor, es zu benutzen.«

»Wo trifft man so seltsame Kavaliere?«

»Im Karatekurs. Ein bisschen was muss man ja für den Körper tun. Und als Frau zur Selbstverteidigung.«

Im Weitergehen fragte Terz: »Sind Sie gut?«

»Sehr gut. Wenn Sie noch Fragen haben, kommen Sie jederzeit vorbei.« Sie reichte ihm eine Visitenkarte. »Rufen Sie vorher an, ob ich da bin. Am besten auf dem Handy.« Hansen begleitete ihn zur Gartentür und gab ihm die Hand. »Wann erscheint Ihr nächstes Buch?«

»Haben Sie schon eines gelesen?«

»Erwischt.« Sie verstand es, ähnlich wie Elena, einem Mann Blicke zu schenken. »Aber jetzt, wo ich Sie kenne, vielleicht sollte ich einmal.«

Zu Mittag aß Terz mit jenem TV-Produzenten, der ihn gelegentlich um kriminalistische Tipps für eine Serie bat. Danach fuhr er zu Frau Kantau. Die Villa in Klein-Flottbek war ein Prachtbau nahe dem Trabrennplatz. Wie in alten Filmen öffnete ein schwarz gekleidetes Dienstmädchen mit weißer Schürze die Tür. Sie führte den Kommissar durch eine geräumige Empfangshalle in den Salon. Zwischen modernen Möbeln wurde Terz von zwei afrikanischen

Masken mit kreisrunden Mündern und leeren Augen beschworen. Sein Studium eines Stuhls, der wie ein Hochhaus aussah, wurde von einer kühlen Stimme unterbrochen.

»Ich bin Amelie Kantau.«

Diese Frau hatte immer schon gewusst, dass sie schön war und eines Tages auch reich sein würde. Sorius musste einen halben Kopf kleiner und doppelt so alt gewesen sein. Weiß Gott, was Frauen wie diese an Männern wie Sorius fanden. Sie trug ein figurbetontes elfenbeinfarbenes Seidenkleid und die langen hellblonden Haare hochgesteckt. Ihre Wimpern waren eine Spur zu dunkel getuscht. Terz nahm in einem braunen Würfel Platz, Kantau setzte sich auf die Couch gegenüber. Langsam breitete sie beide Arme über die Rückenlehne, und Terz konnte nicht übersehen, dass sie keinen BH trug, dann schlug sie die Beine übereinander, wodurch der Schlitz ihres Rockes einen Blick auf ihren perfekten Oberschenkel freigab. Diese Frau war nicht gewohnt, sich zu verteidigen, sondern zu erobern.

»Sie kommen hoffentlich nicht mit derselben Geschichte wie Ihre Kollegen gestern?« Wie nicht anders zu erwarten, waren ihre Zähne makellos.

»Soll ich damit lieber zu Ihrem Mann gehen?«

»Das können Sie gern tun. Er wird Ihnen kein Wort glauben.«

»Vielleicht muss ich ihm nur etwas zeigen. Ein paar blonde Haare, die wir im Bett von Winfried Sorius gefunden haben.«

»Ich hatte gehofft, dass Sie weniger langweilig als Ihre Kollegen sind.«

»Wollen Sie es auf einen Vergleich ankommen lassen?«

»Wollen Sie mir höchstpersönlich welche auszupfen?«, fragte sie mit einem perlenden Lächeln.

Terz antwortete nicht und wartete.

Amelie Kantaus reizende Miene wurde um keinen Deut unsicherer, als sie schließlich sagte: »Sehen Sie, Frauen wie ich haben viel zu tun. Wir müssen Golf spielen, Wohltätigkeitsveranstaltungen organisieren, zum Friseur gehen und zur Maniküre, täglich ins

Fitnessstudio, wenn man keinen Privattrainer hat, Hauspersonal und Kindermädchen organisieren und bei den abendlichen Geschäftsterminen unserer Männer das ›Trophy Wife‹ geben, wie die Amerikaner sagen würden. Das denken Sie doch in etwa, oder?«

Terz dachte das nicht, er wusste es. Er kannte aber auch genug andere, die unterschätzt wurden, bestens ausgebildet waren und ihren Männern an Fleiß, Disziplin und auch Erfolg um nichts nachstanden, bloß dass sie es nicht an die große Glocke hängten. Amelie Kantau gehörte seinen Informationen nach allerdings nicht zu jener Sorte. Er fand die Koketterie, mit der sie sich selbst vor ihrem leeren Leben schützte, langweilig. Er musste jedoch zugeben, dass er sich der Attraktivität ihrer hübschen Hülle trotzdem nicht ganz entziehen konnte.

»Wann bitte schön sollte ich denn da noch Zeit finden für einen Liebhaber?«, fragte sie spöttisch.

»Zum Beispiel Montagabend.«

Sie schwieg lange und musterte ihn aus ihren lichtblauen Augen, während die Finger ihrer rechten Hand auf die Sofalehne trommelten. Die appetitlichen Lippen hatten sich fast geschlossen und etwas vorgeschoben, als warteten sie auf einen Kuss. Sinnlich selbst im Augenblick höchster Anspannung, denn Terz' geübtem Blick entging nicht, dass Amelie Kantau in ihrem Inneren gerade angestrengt abwog, was sie ihm sagen durfte oder musste. Und was sie ihm verschweigen konnte. Frauen wie sie waren gewohnt, dass Männer ihnen fast alles glaubten oder wenigstens so taten. Doch diese Situation war anders.

Endlich legte sie ihren Zeigefinger vor den Mund, als wolle sie jemandem bedeuten zu schweigen.

»Und wenn ich Herrn Sorius gekannt hätte?«

»Dann müsste ich Sie noch einmal fragen, wo Sie Montagabend waren.«

Amelie Kantau konnte ein Erbleichen nicht verhindern, behielt aber die Fassung. »Sie glauben doch nicht –«

»Was ich weiß, muss ich nicht glauben.«

Ihr Blick hielt seinem stand. »Ich war hier.«

»Wer kann das bestätigen?«

»Das Mädchen hatte frei.«

»Jemand behauptet, eine Person aus Sorius' Haus kommen gesehen zu haben. Ihr Aussehen passt genau auf die Beschreibung.« Letzteres stimmte zwar nicht, aber Kantau lachte angestrengt.

»Wenn Sie uns zu einer Gegenüberstellung zwingen, erfährt Ihr Mann mit Sicherheit von allem.«

Sie schwieg lange, dann explodierte sie. »Na gut, verdammt! Ich war bei ihm! Aber ich habe ihn nicht umgebracht! Was glauben Sie eigentlich? Warum sollte ich das tun?«

Schon bis dahin hatte Amelie Kantau die Dame nur oberflächlich gespielt, dieser vulgäre Ausbruch überraschte Terz aber doch. Walter Kantau, aus alter hanseatischer Familie, konnte mit ihren Umgangsformen keine große Freude haben.

»Aus Angst?«

»Blödsinn! Wäre unsere Affäre bekannt geworden, hätte ihm das genauso geschadet. Die Frau eines Kunden!«

»Wann waren Sie dort?«

»Ich kam gegen acht und ging gegen elf.«

»Wissen Sie, wie er gefunden wurde?«

»Es interessiert mich nicht.«

»Er war nackt. Nur um den Hals trug er ein Lederband.«

»Ersparen Sie mir Ihre schmutzige Phantasie.«

»Wie lange ging das schon mit Ihnen beiden?«

»Sechs Monate.«

»War es etwas Ernstes?«

Sie sah ihn verblüfft an, schnaubte und lachte. »Ich bitte Sie!«

»Hat er Ihnen von irgendwelchen Problemen erzählt?«

»Ich weiß nicht, was Sie mit Ihren Geliebten machen, Herr Kommissar, aber Herr Sorius war Gentleman genug, mich mit seinen Problemen zu verschonen.«

Eine elegante Antwort, die er von dieser Frau nicht erwartet hätte. Vielleicht war es dieses eigenartige Oszillieren zwischen ordinär und distinguiert, das ihren Mann an ihr reizte. Neben ihrem Äußeren natürlich. Terz verkniff sich die Erklärung, dass er mit seiner Geliebten über alles sprach, da sie zugleich seine Frau war.

»Haben Sie vielleicht trotzdem eine Idee, wer ihn umgebracht haben könnte?«

»Vielleicht fragen Sie einmal Ihre Frau. Die scheint über Wins Liebesleben ja außergewöhnlich gut unterrichtet zu sein. Die beiden spielten doch gelegentlich miteinander ... Golf?« Offenbar ahnte sie, woher seine Informationen stammten.

»Hoffen Sie lieber, dass ich nicht Ihren Mann frage.«

Amelie Kantau begriff, dass ihre Attacke ein Fehler gewesen war. Auf einmal wirkte sie müde.

»Ich schwöre, dass ich nichts damit zu tun habe. Wie starb er? Ihre Kollegen wollten nichts sagen.«

Immerhin fragte sie.

»Das kann ich auch nicht.«

Im Büro braute er sich einen Espresso und dachte über seine Gespräche nach. Kantau war undurchsichtig und Hansen fast zu keck. Beide hatten kein Alibi, doch er hielt sie nicht für Mörderinnen. Obwohl seine nachmittägliche Sekundenschlafzeit anstand, spürte er keinerlei Müdigkeit. Vielleicht sollte er einmal Herrn Kantau einen Besuch abstatten. Zuerst aber musste er ein Versäumnis nachholen. Bisher hatte niemand die Namen von Sorius' Geschlechtspartnern durch den Computer geschickt. Er war beim zweiten, als die Tür aufgerissen wurde und Sammi hereinstürmte.

»Wir haben sie!«

»Wen?«

»Die Mörderin von Sorius.«

Hinter ihm betrat Maria Lund den Raum. Terz stand auf und

reichte ihr wie einer Fremden die Hand. »Hauptkommissar Terz. Wurden Sie über Ihre Rechte aufgeklärt?«

Lund sah ihn verwirrt an, dann begriff sie und lachte.

Sammi wedelte mit einem Papier durch die Luft. »Ich glaube, das solltest du dir einmal ansehen.«

Terz streckte die Hand aus, doch statt ihm den Zettel zu geben, begann Sammi zu erzählen:

»Das fand dieser von Hollfelden heute Vormittag in der Agentur, gerade als wir da waren. Er hatte in Sorius' Computer Unterlagen gesucht. Dabei entdeckte er einen Brief, den Sorius offenbar vor ein paar Tagen geschrieben hat.«

Sammis bemüht dramatische Schilderung nervte Terz. Noch mehr nervte ihn der Computer von Sorius. Dass sie ihn nicht sofort untersucht hatten. Heute fand man Hinweise, Indizien und Beweise häufig nicht mehr in Schubladen. »Komm zur Sache.«

Sammi strahlte triumphierend. »Es war Jule Hansens Entlassung. Sorius wollte seine Kreativdirektorin nicht zur Partnerin machen. Er wollte sie feuern!«

Terz riss Sammi das Papier aus der Hand und las. In knappen Worten erklärte Winfried Sorius das Arbeitsverhältnis mit Jule Hansen unter Einhaltung der gesetzlichen Fristen per Monatsletztem für beendet. Der Brief trug das Datum 11. Juni. Letzter Freitag, drei Tage vor dem Mord. Er gab Sammi den Ausdruck zurück.

»Wissen wir, ob er ihn auch abgeschickt hat? Und ob sie ihn erhielt?«

Sammi steckte das Papier ein und antwortete nicht.

»Hansen behauptet, diesen Brief nie gesehen zu haben«, erklärte Lund.

»Das Beste ist«, ignorierte Sammi den Einwand und stach mit dem Zeigefinger in die Luft, »sie kann Karate.«

»Ich weiß«, erwiderte Terz.

»Ich stelle mir das so vor. Sie will Partnerin werden, das hat von Hollfelden dir erzählt. Sorius stellt es sogar in Aussicht, aber in Wirklichkeit will er nicht teilen. Immerhin ist die Agentur sein Lebenswerk. Hansen hat sich über Jahre krumm gemacht für ihn. Endlich soll es so weit sein. Doch statt des erhofften Geldsegens und Ansehens kommt der Schock. Sorius wirft sie raus. Einfach so.« Er schnippte mit dem Finger. »Es kommt zum Streit. Sie kann Karate. Sie dachte, es würde wie Herzversagen aussehen. Selbst Krahne war sich ja zuerst nicht sicher. Pech für Hansen, dass wir eine fähige Medizinerin haben.«

»Hast du den Computer von Sorius mitgenommen?«

Sammi starrte ihn an wie ein Junge, den man mit den Fingern im Süßigkeitentopf erwischt hatte.

»Hast du wenigstens eine Kopie von der Festplatte machen lassen?« Die geeignete Gelegenheit, seine eigene Nachlässigkeit auf Sammi abzuwälzen. Und dem fiel das nicht einmal auf.

Lund sprang ein: »Ich kümmere mich sofort darum.«

»Und ich höre mir noch mal Frau Hansen an.«

Jule Hansen saß in dem kleinen Verhörraum wie im Wartezimmer des Zahnarztes vor der Wurzelbehandlung. Als Terz eintrat, sprang sie auf.

»Endlich ein vernünftiger Mensch! Wegen Ihres Kollegen hier musste ich die Dreharbeiten abbrechen. Er führte mich ab wie eine Schwerverbrecherin. Fehlte gerade noch, dass er mir Handschellen anlegt! Wer bezahlt den Drehausfall?«

»Setzen Sie sich«, bat Terz.

Sammi und Lund nahmen neben ihm Platz. Hansen zögerte, dann ließ sie sich nieder, stützte die Ellbogen auf den Tisch und verschränkte die Finger, dass die Knöchel weiß hervortraten.

»Haben Sie einen Anwalt?«

»Ist unterwegs.«

In ihren großen Augen meinte Terz Wut und Ratlosigkeit zu sehen, nicht Angst.

»Erzählen Sie mir, was geschehen ist.«

Sie seufzte, lehnte sich zurück, fuhr mit einer Hand langsam über ihr Gesicht, als wolle sie den Ausdruck darauf wegwischen. Tatsächlich kam darunter etwas wie Trotz zum Vorschein.

»Das habe ich heute bereits getan. Ich bin unschuldig.«

Terz musterte sie aufmerksam. Die Falten von ihren Nasenflügeln zu den Mundwinkeln waren tiefer als zuvor. Ihre Augen glänzten. Er wartete.

»Ja, wir hatten einen Streit. Aber wegen ein paar läppischen Entwürfen! Nein, er hat mir nicht gekündigt. Das hätte er auch nie getan.«

»Wie erklären Sie sich dann den Brief?«

Sammi fuhr dazwischen: »Ich werde Ihnen sagen, wie es war!«

Terz stoppte ihn mit einem zornigen Blick. Hansen stieß ungeduldig Luft durch die Nase.

»Ach ja! Ich beherrsche eine Kampfsportart! Ein Schlag und schon habe ich Win ins Jenseits befördert, so stellen Sie sich das vor? Wissen Sie, wie schwer es ist, einen Menschen umzubringen?«

»Nein. Aber Sie offenbar. So, wie Sie reden.«

Terz unterbrach ihn. »Der Brief.«

»Ich schwöre, dass ich nichts davon wusste und ihn auch nie erhielt.«

»Ich glaube ihr«, erklärte Terz, nachdem er die Tür zum Verhörraum geschlossen hatte.

Sammi schüttelte unwillig den Kopf. »Willst du sie gehen lassen?«

»Ich war heute bei Frau Kantau.« In kurzen Worten erzählte er von dem Gespräch.

Sammi wurde ganz aufgeregt. »Dann wissen wir also, wer die Unbekannte mit der Sonnenbrille war. Der Obduktionsbericht legt Sorius' Tod mit ziemlicher Sicherheit auf elf bis zwölf. Da war Kantau nach den Zeugenaussagen und eigenen Angaben schon weg.«

»Ihr Motiv wäre ebenso gut wie das von Hansen. Vielleicht ist sie zurückgekommen.«

»Oder der Bericht irrt«, gab Lund zu bedenken. »Ein wenig Toleranz ist bei diesen Werten immer drin.«

»Für eine Verhaftung ist es zu wenig«, sagte Terz. »Wie bei Hansen.«

»Die bleibt erst einmal hier«, erklärte Sammi bestimmt. »Dann wird sie weich.«

»Ich glaube nicht, dass da etwas weich werden kann.«

»Glauben, glauben. Wissen müssen wir, mein Freund. Don't judge a book by its cover.«

»Der erste Eindruck zählt«, erwiderte Terz. »Redensarten gibt es für jede Sichtweise.«

Schnaubend kehrte Sammi in den Verhörraum zurück.

Auf dem Weg in sein Büro schaute Terz bei Perrell und Brüning vorbei, die zurück waren, aber nichts Neues herausgefunden hatten. Terz berichtete von seinen Gesprächen und von Hansens Verhalten.

Sein Kaffee war kalt geworden. Während er die Namen von Sorius' Bettpartnern und Gespielinnen in den Computer eingab, dachte er über das Kündigungsschreiben nach. Warum entließ man jemanden, dem man eben noch die Teilhaberschaft in Aussicht gestellt hatte? Etwas an der Geschichte kam ihm seltsam vor. Doch seine Gedanken glitten ab zu dem Fass auf der Terrasse. Er hatte einen Toten bei sich zu Hause versteckt, darüber sollte er sich Sorgen machen! Ein Unbekannter versuchte ihn zu erpressen, und wenn Terz nicht eine aberwitzige Summe zahlte, würde dieser sein Leben zerstören. Erst auf den zweiten Blick wurde ihm deshalb bewusst, was er gerade auf dem Bildschirm gelesen hatte.

Gleich darauf stand er bei Perrell und Brüning in der Tür.

»Habt ihr diesen Fredo Tönnesen schon probiert?«

Brüning sah auf seiner Liste nach. »Ja. War nicht zu Hause.«

»Kein Wunder. Er ist seit einer Woche tot.«

# 9

In Michel Brünings und Knut Perrells Zimmer schien wie immer eine Bombe eingeschlagen zu sein. Am liebsten hätte Terz seine langen Arme ausgestreckt, um damit einmal über all die zugemüllten Tischplatten und sonstigen Ablageflächen zu fegen. Er gehörte nicht zu jenen, die nur hinter einem aufgeräumten Schreibtisch einen ordentlichen Geist wähnten. Für ihn war das Chaos ein ästhetisches Problem. Er fand es hässlich.

Wie viele Chaoten fanden sich Perrell und Brüning jedoch in ihrer Unordnung perfekt zurecht. Eine jedermann zugängliche Ordnung in allen Dienstzimmern seiner Abteilung stand auf seiner Agenda trotzdem ganz oben. Schließlich musste man sich in Perrells und Brünings Unterlagen auch zurechtfinden, wenn die beiden nicht da waren.

Terz widerstand seiner Abräumlust und bediente sich stattdessen Perrells Telefon. Er musste sich zweimal verbinden lassen, bis er Krahnes herbe Stimme hörte. Mit kurzen Worten erklärte er ihr den Grund seines Anrufs.

Fünf Minuten später meldete sich die Gerichtsmedizinerin zurück.

»Fredo Tönnesen starb an Herzversagen«, erklärte sie. »Steht im Bericht des Amtsarztes.«

Terz, Brüning und Perrell lauschten der Stimme aus dem laut gestellten Apparat.

»Das war eine Routineuntersuchung, wie es scheint.« Pause, während sie den Bericht überflog. »Nein, nichts Auffälliges. Herzversagen.«

»Mit dreiunddreißig?«

»Das kommt häufiger vor, als man denkt.«

»Und wenn ich dir sage, dass der Typ mit dem Fall Sorius zusammenhängt?«

Stille am anderen Ende der Leitung.

»Dann ist das auffällig, würde ich sagen.«

»Ist Tönnesen schon unter der Erde?«

»Hier steht, das Begräbnis ist morgen.«

»Wir brauchen eine Obduktion. Was sagt das Protokoll über den Todeszeitpunkt?«

»Donnerstag, der zehnte. Gegen Mittag.«

»Ich rufe Finnen sofort an.«

Der Staatsanwalt sträubte sich erst, doch Terz konnte ihn überzeugen. Eine Viertelstunde später rief Finnen zurück. »In einer Stunde ist Tönnesen in der Universitätsklinik.«

Terz eilte ins Verhörzimmer. Ohne sich um Sammis Ärger über die Unterbrechung zu kümmern, fragte Terz: »Wo waren Sie am Donnerstag, den zehnten, gegen Mittag?«

Hansen sah ihn an, als hätte er sie nach dem Fortpflanzungszyklus der Blattläuse gefragt. Dann begann sie wortlos in ihrer Handtasche zu kramen, die neben ihr auf dem Boden stand. Sie zog einen elektronischen Planer heraus und begann zu tippen.

»Mit Kunden essen.«

»Kennen Sie einen Fredo Tönnesen?«

»Den Namen habe ich noch nie gehört.« Es klang aufrichtig.

Terz gab Sammi ein Zeichen, ihm aus dem Raum zu folgen. Draußen klärte er ihn über seine Entdeckung auf. Er brauchte nicht zu erwähnen, dass die Überprüfung Tönnesens und der anderen Sammis Aufgabe gewesen wäre, und er sah, dass diesem das auch bewusst war. Terz öffnete die Tür zum Verhörzimmer. Hansen drehte sich zu ihnen um. »Lass sie gehen. Sofort«, befahl Terz und ließ Sammi stehen.

Der Beamte, der zu Tönnesen gerufen worden war, befand sich im Haus.

»Die Nachbarn hatten sich über die Wellensittiche beschwert, die wie verrückt kreischten«, erzählte er. »Als Tönnesen nicht öffnete, ließen sie vom Hausmeister aufsperren. Dann riefen sie uns. Dass er keinen Arzt mehr brauchte, konnte man schon riechen. Der Mann lag in seinem Wohnzimmer auf dem Boden. Zusammengeklappt, sagte der Gerichtsmediziner später. Mit dreiunddreißig. Einfach so.«

»Fiel dir in der Wohnung etwas auf?«

»Nein. Auch der Arzt fand nichts. Sonst hätte ich ja einen von euch gerufen.«

»Hatte der Mann Angehörige?«

»Eltern, glaube ich.«

»Ich brauche eine Kopie deines Protokolls.«

»Was ist los? Hat er etwas ausgefressen?«

»Das wollen wir herausfinden.«

Eine halbe Stunde später traf das Team gleichzeitig mit Tönnesens Leiche in der Universitätsklinik Eppendorf ein.

»Hast du Hansen gehen lassen?«, fragte Terz Sammi.

Sammi nickte grimmig.

Terz rieb sich Mentholcreme unter die Nase und bot den anderen davon an. Bis auf Sammi nahmen alle.

»Für Konrad sollte man die Leichen parfümieren«, spottete er.

Keine schlechte Idee eigentlich.

Krahne wartete bereits.

»Du kannst dir denken, wonach ich suche«, sagte Terz.

Tönnesen sah sogar tot noch gut aus. Krahne machte sich an seinen Hals. »Es wird nicht ganz einfach, da noch etwas zu erkennen«, murmelte sie, als spräche sie mit dem Toten.

Stumm beobachteten Terz und die anderen, wie sie zuerst Mund und Augen, danach den Hals mit einer Lupe untersuchte, daran herumdrückte, die Stelle schließlich mit einem Skalpell bearbeitete, sich wieder aufrichtete und sagte:

»Ich fürchte, mit deinem Verdacht hast du recht.«

»Sch...«, entfuhr es Perrell.

»Kleine Blutergüsse und subkutane Gewebeveränderung deuten auch hier auf einen Schlag hin. Genau über der Karotisgabel.«

Im Raum war es so still, als wären die Toten unter sich.

»Dann sind es jetzt also zwei«, brach Terz das Schweigen.

»Haben wir am Ende eine Serie?«, sprach Perrell die geheime Befürchtung aller aus.

Sammi versuchte, das Kommando zu übernehmen. »Wir müssen alle schwulen Toten der letzten Wochen untersuchen.«

»Wenn wir eine Serie haben, brauchen wir eine Sonderkommission«, gab Terz zu bedenken.

»Aber nein. Noch schaffen wir das allein.«

Vor dem Gebäude holte Terz erst einmal tief Luft. »Ich informiere Finnen. Er wird entscheiden, ob wir eine Soko einrichten.«

»Noch wissen wir zu wenig«, meinte Sammi.

Terz runzelte die Stirn. »Und unsere Verdächtigen kommen uns abhanden.«

»Kantau könnte beide aus Eifersucht umgebracht haben. Und wer weiß, welche Motive bei Hansen noch auftauchen.«

Terz lächelte ihn nachsichtig an.

»Was ist? In meinen Fällen wird einfach nichts vernachlässigt«, brauste Sammi auf.

»Vielleicht dein Krawattenknoten«, erwog Terz und zog den Knoten, der wie immer zu groß war, kleiner. »Wie machen wir weiter, Chef?«

Mit unterdrückter Wut gab Sammi zurück: »Wir sehen uns Tönnesens Wohnung an. Die Spurensicherung muss noch einmal hin. Freunde, Verwandte, Arbeitskollegen müssen befragt werden.«

»Ich habe schon mit dem Viersiebzehner gesprochen, der bei ihm war, und Tönnesens Register angesehen. Als Jugendlicher wurde er bei ein paar kleinen Diebstählen und Drogendelikten erwischt. Eine Zeit lang ging er wohl auf den Strich und spielte in indizierten Pornos mit. Seit ein paar Jahren herrscht allerdings Ruhe.«

»Irgendwas muss zu finden sein«, beharrte Sammi.

»Auf jeden Fall vorerst kein Wort an die Medien«, forderte Terz.

Die anderen nickten stumm.

Es war acht Uhr vorbei, als Terz nach Hause kam, die Kinder lagen bereits im Bett. Dachte er, bis er ins Wohnzimmer kam. Auf der Terrasse standen Elena, Kim und Lili – die Kleinen im Pyjama auf Stühlen – über das Fass gebeugt.

Das war es dann also. Terz sah die Jahre vorbeiziehen, Elena und er als Studenten, Liebe, Hass und endgültig Liebe, und dann eröffnete sie ihm, dass sie schwanger war, viel zu jung, sie beide, und doch die Freude, selbstverständlich bekommen wir es, dann das Drama mit ihrer erzkatholischen Familie in Italien, monatelang kein Wort vom Vater, Vorwürfe von der Mutter, bis die kleine Kim alle verzauberte und versöhnte, zwei Jahre später Lili, noch mehr schlaflose Nächte und Glück und begeisterte Familie, Elena studierte fertig, begann zu arbeiten, erfolgreich auch er, alles nicht immer einfach, jetzt hatten sie es geschafft, vorerst, endlich, und nun standen sie da und starrten in das Fass.

Terz erwog schemenhaft, sich leise umzudrehen und unbemerkt zu verschwinden, um nie wieder aufzutauchen.

Kim erspähte ihn.

»Vogelvater«, quietschte sie und wandte ihren Blick wieder gebannt in das Fass, während ihre Hand ihn aufgeregt näher winkte. »Schau, was wir gefunden haben!«

Die Szene verschwamm vor seinen Augen, ihn schwindelte, rasend pochten zwei Vorschlaghämmer gegen seine Schläfen, wie gegen einen reißenden Strom gezogen folgte er dem Winken seiner Tochter.

Nun hob auch Elena ihren Blick, Terz wagte kaum, ihm zu begegnen. Lili begrüßte ihn mit einem beiläufigen Hallo und wandte sich wieder dem Fass zu.

»Als wir nach Hause kamen, saß er hier«, erklärte Kim. »Und fiepte ganz jämmerlich.«

Fiepte.

Terz trat zu ihnen und starrte auf die Tonne. Zuerst konnte er es nicht glauben, dann begann sich die Spannung zu lösen, er musste lächeln, laut, befreit lachen. Auf dem Fass stand ein Schuhkarton, darin saß ein Vogeljunges auf Gras gebettet. Der kleine Schnabel streckte sich gierig der Pipette in Lilis Hand entgegen. Bedachtsam träufelte das Mädchen einen Tropfen in den rosa Schlund.

»Der ist ja süß!«, rief Terz, um seine Familie von dem unmotivierten Heiterkeitsausbruch abzulenken.

»Weißt du, was das ist?«, fragte Kim altklug. »Eine kleine Amsel.«

»Wie heißt sie denn?«

»Vogel.«

»Vogel?«

»Genau. Vogel.«

»Guter Name. Aber ihr wollt sie doch nicht über Nacht hier auf dem Fass stehen lassen?«

»Nein. Sie schläft bei uns«, erklärte seine Jüngere entschieden.

»Vorsicht«, mahnte Elena, als Lili das Glasröhrchen zu weit in den Hals des Vögelchens zu senken drohte. Das Federknäuel schüttelte sich, zog den Kopf ein und schloss die Augen.

»Ich glaube, Vogel will jetzt schlafen«, konstatierte Kim.

»Und ihr auch, aber pronto«, forderte Elena.

Die Kinder in ihren kindlich schlampig übergezogenen Pyjamas, rosa und blau, mit Sternen, Mond und Tieren, sprangen von den Stühlen, Kim streckte sich nach der Schachtel und hob sie vorsichtig vom Fass. Lili griff auch zu, und gemeinsam trugen vier kleine Hände die Box vorsichtig wie ein übervolles Wasserglas zu ihrem Nachtquartier.

Die Sterne über sich, Elena im Deckchair neben seinem, ein kühl angelaufenes Martiniglas in der Hand, fragte Terz: »Hast du als Kind auch aus dem Nest gefallene Vogeljunge aufzuziehen versucht?«

»Mehrmals«, antwortete sie.

»Hat eines überlebt?«

Als Antwort schenkte sie ihm nur ein trauriges Lächeln.

Niemandem, den er kannte, war es je gelungen.

Terz erzählte von Tönnesen.

»Eine Serie?«, fragte Elena.

»Werden wir sehen. Wie war dein Termin bei diesem Ramscheidt?«

»Sieht so aus, als bekäme ich den Auftrag. Ablaufanalyse und -optimierung.«

»Wovon hängt das ab?«

»Keine Ahnung. Wie gut ich ihm gefalle?«

»Er ist verheiratet.«

»Wie ich. Er hat übrigens morgen Abend ein paar Leute eingeladen und würde sich freuen, wenn ich auch komme. Mit dir, natürlich«, fügte sie kokett hinzu.

»Ich hatte auf einen Abend zu Hause gehofft ...«

Mit einem Mal fiel ihm, warum auch immer, Ramscheidts Bemerkung auf Meyenbrincks Fest ein: Wo ist denn Ihre reizende Gemahlin? Hatte er das »reizend« nicht besonders betont? Bevor Terz einwilligen konnte, bearbeitete Elena ihn schon weiter.

»Ich bekomme damit einen Fuß bei Wittpohls Konzern in die Tür. Ramscheidt ist Vorstand von TotalRise, das ist Wittpohls Holdinggesellschaft! Nicht irgendeine Unterfirma, dort laufen die Fäden zusammen. Das ist eine großartige Chance für mich. Stell dir vor, was daraus werden könnte, vielleicht brauche ich bald Angestellte!«

»Ist schon gut. Ich komme ja mit. Aber geht das überhaupt alles mit dem Job für Daunwart und den Kindern?« Und sofort wollte er sich für den letzten Satz die Zunge abbeißen.

»Vielleicht kümmerst du dich ja einmal mehr um sie«, erwiderte Elena schnippisch. Und als Terz darauf nichts sagte, fuhr sie milder fort: »Ich habe schon mit Julie gesprochen. Sie fängt morgen an.«

Ihr ehemaliges Au-pair-Mädchen Juliette Detoile hatte in Hamburg die Liebe gefunden und war geblieben. Nun studierte sie und besserte zur großen Freude der Mädchen ihr Konto gelegentlich bei Terzens als Kindermädchen auf.

»Wann morgen?«, fragte Terz und merkte, dass seine Stimme zu aufgeregt klang.

»Sie holt die Kinder von der Schule ab, macht ihnen Mittagessen und bringt sie dann zum Hockey.«

Unvermittelt wandte sie sich um und reckte ihr Gesicht in die Luft. »Sag, findest du nicht auch, dass es hier seltsam riecht?«

»Nein. Wonach denn?«

»Keine Ahnung. Süßlich. Aber nicht gut.«

Terz vermied, das Fass anzublicken.

Sie stand auf, die Nase wie ein Marder schnuppernd in der Luft. »Woher kommt denn das?«

Schnüffelnd streifte sie über die Terrasse, beugte sich zu den Rosen. »Die sind es nicht.«

»Vielleicht ein Baum. Oder etwas in der Regenrinne.«

»Che schifo! Am Ende vermodern da irgendwelche Vögel!« Tatsächlich versuchten dort immer wieder ungeschickte Tauben ihr Glück, deren Nester und Junge dann von Wolkenbrüchen ertränkt wurden. Sie beugte sich über das Geländer, doch es war schon zu dämmrig, um noch etwas zu erkennen.

Terz legte seinen Arm um ihre Schulter. »Lass uns einfach hineingehen.« Seine Nase tauchte in ihr Haar. »Du riechst nämlich sehr gut.«

Sie flirtete, dann entwand sie sich.

»Irgendwoher muss das kommen. Hier ist es schwächer. Jetzt wird es stärker.« Beim Fass hielt sie an. Beugte sich tiefer. Wandte sich prüfend ab, kehrte zurück. »Hier. Hier ist es am stärksten. Dein Fass.«

»Okay, gehen wir morgen zu Ramscheidt.«

Elena schien ihn gar nicht gehört zu haben.

»Ist da noch Wein drin?« Prüfend betastete sie die Tonne.

Terz eilte an ihre Seite. Jetzt roch er es auch. Das Odeur erster Verwesung kannte Terz zur Genüge.

»Es ist leer.«

Elena versuchte das Fass zu kippen. »Vielleicht hat sich ein Tier darunter verfangen.« Sie stemmte sich mit ihrem ganzen Gewicht dagegen, doch nichts bewegte sich. »Ist das schwer!«

»Dann konnte auch kein Tier darunterkriechen.«

Sie hielt inne. »Da hast du recht.«

»Lass es. Ich werde es morgen wegbringen und reinigen lassen. Gehen wir schlafen. Ich habe dir noch gar nicht von Amelie Kantau erzählt.«

Als hätte sich das Fass in Luft aufgelöst, stand Elena vor ihm. »Genau! Was war?«

Na also. Er legte seinen Arm wieder um ihre Schulter und steuerte sie behutsam in die Wohnung. Das Fass hatte sie bereits vergessen. Und wenig später lenkte sie auch seine Sinne ganz davon ab.

# 10

Mit regelmäßigen Bewegungen zogen sie die Ruder durch das Wasser, der schmale Körper des Bootes schoss über den grünblauen See im Herz der erwachenden Stadt. Die anstrengende Bewegung und die Geräusche des Wassers erforderten Konzentration, erlaubten keine langen Gespräche. Nur zwischendurch konnte Terz kurze Fragen stellen.

Als Sanierer überblickte Anton Locht die Hamburger Geschäftswelt ganz gut. Er kannte einige der Unternehmen und deren Leiter, für die Sorius & Partner gearbeitet hatte.

»Allerdings hatte mich noch keines nötig.«

»Kennst du Walter Kantau?«

»Treffe ich ab und zu. Sag bloß, er ist in die Sache verwickelt.«

»Ist er nicht«, wiegelte Terz ab. »Aber falls du etwas hörst – selbstverständlich usv!« Unter dem Siegel der Verschwiegenheit, die absolut verbindliche Abkürzung aus Studententagen, als es dabei üblicherweise um Frauen gegangen war.

Der Speditionskaufmann Christian Levebvre kannte Sorius' Geschäftspartner von Hollfelden. »Wenn auch nur flüchtig und von früher, als er noch für den heutigen Bürgermeister arbeitete. Ein geschickter Geschäftsmann, schon damals.«

Der Anwalt Hinnerk Fest kannte keinen der Beteiligten. Aber wie die anderen beiden auch versprach er Terz mitzuteilen, was ihm zu Ohren käme. Dann brauchten sie ihren Atem wieder zum Rudern. Zum Abschied präsentierte Levebvre ihm zwei Strafmandate. Terz steckte sie kommentarlos ein. Kleine Gefälligkeiten.

Nachdem er die Kinder zur Schule gebracht hatte, kehrte er zur

Wohnung zurück und parkte den Range Rover vor dem Haus. Die Terrasse lag noch im Schatten. Ob ihn jetzt jemand beobachtete? Der Erpresser musste wissen, was Terz mit dem toten Sandel tat. Ohne Leiche keine Erpressung.

Er legte sein Mobiltelefon auf den Küchentisch. Dann rollte er das Fass durch die Wohnung zum Lift. Trotz der behelfsmäßigen Abdeckung verbreitete Sandel in der engen Kabine Verwesungsgeruch. Hoffentlich wollte jetzt niemand zusteigen.

Nervzerreißend langsam sank die Kabine Stockwerk um Stockwerk in die Tiefe. Auf jeder Etage sah Terz in das leere Treppenhaus. Im zweiten Stock erwiderte eine ältere Dame seinen Blick, wollte den Lift aber nicht anhalten.

Mit einem metallischen Geräusch hielt er im Erdgeschoss. Terz versicherte sich, dass im Treppenhaus niemand war. Rasch rollte er das Fass bis zur Eingangstür. Stufe für Stufe ließ er es in den Vorgarten hinab. Wie oft hatte er sich Gespött anhören müssen, weil er als Großstädter einen Geländewagen fuhr. Schade, dass er niemandem von dem Nutzen des Wagens erzählen konnte. Aus den Augenwinkeln prüfte er die Umgebung. Sein Erpresser hielt sich versteckt, wenn er überhaupt da war.

Aus zwei Holzbrettern von einer nahen Baustelle baute er eine Rampe zur Ladefläche. Das Fass ließ sich einfacher hinaufrollen, als er erwartet hatte.

Über die Eppendorfer Landstraße fuhr er nordwärts, den Rückspiegel im Blick. Eppendorfer Marktplatz, zweimal links, auf den Ring Zwei. Rechts rein, Richtung Uniklinik, Martinistraße links. Fast seit Fahrtbeginn hatte ein schwarzer Alfa Spider mit geschlossenem Verdeck dieselbe Route. Terz bog in die Löwenstraße, zurück auf den Ring Zwei. Der schwarze Alfa folgte, hielt Abstand.

Die Straße Richtung Altona war relativ frei. Mal sehen, was sein Verfolger sich traute. Trotz Linksabbiegeverbots bog Terz mit dem Range Rover auf die Gegenfahrbahn und fuhr zurück. An einer Tankstelle hielt er. Der Sportwagen tat es ihm gleich und wartete hinter der Waschanlage. Beim Verlassen der Tankstelle notierte Terz das Kennzeichen seines Verfolgers im Kopf. Das Gesicht des Fahrers konnte er nicht erkennen.

Der Range Rover war Terz' Privatwagen, doch für Notfälle lag ein Blaulicht unter dem Armaturenbrett. Er hob es auf das Dach – Blaulicht, Sirene, Gaspedal. Die nächsten Ampeln nahm er bei Rot. Bog scharf rechts ab. Gleich die Nächste links, Blinken und Martinshorn aus, wieder rechts und noch einmal links. Und tschüs. Kein Alfa mehr.

Er schob Johnnie Taylor in den CD-Schlitz. Die funkigen Rhythmen drehten seine angespannte Stimmung ins Schwungvolle. Eine Viertelstunde später kaufte er an einer Tankstelle einen Kanister Benzin. Nach weiteren zehn Minuten war er auf der Autobahn Richtung Berlin. Johnnie Taylor schlug ruhigere Töne an. Bei einer der nächsten Ausfahrten fuhr er ab. Von der Landstraße bog er in einen Waldweg und hielt unter den ersten Bäumen. Er verschmierte die Kennzeichen mit feuchter Erde und umspannte die Reifen mit vorbereiteten Lumpen. Dann fuhr er tiefer in den Wald. Bei ein paar Holzstapeln und einer großen Kiste mit Reisig hielt er.

In diesen Wäldern und den umliegenden Feldern hatte er als Jugendlicher manchen Nachmittag verbracht. Er steuerte den Wagen ins Unterholz, wo er von der Forststraße nicht zu sehen war. Es war kurz nach zwölf Uhr.

Terz öffnete die Heckklappe, löste den Strick und ließ das Fass auf den Waldboden fallen. Schnell rollte er es zu der Reisigkiste. Jetzt kam der schwierigste Teil. Terz rieb sich Menthol unter die Nase.

Der Gestank war trotzdem überwältigend. Sandels Leichenstarre hatte sich bereits gelöst. Schlaff steckten die kalten Glieder in der Tonne. Terz zog die Latexhandschuhe an. Er zerrte an den Füßen, dann an der Tüte mit dem Kopf, wieder an den Füßen. Zentimeterweise arbeitete er den Körper heraus.

Hatte er eben ein Stöhnen gehört? Terz gefror.

Aus dem Wald kamen Stimmen. Er duckte sich hinter den Holzstapel. Über die Forststraße spazierten zwei alte Leute. Die trockene Stimme des Mannes erzählte.

Alte Leute können sehr langsam gehen. Dafür sehen und riechen sie schlecht. Terz' Wadenmuskeln begannen sich in der unbequemen Haltung zu verkrampfen.

Als er von den Alten nichts mehr hörte und sah, setzte er seine Arbeit fort. Sandels Schultern sperrten sich. Terz kippte das Fass, schüttelte es, hoffte auf die Schwerkraft. Sandel wollte nicht.

»Komm schon, Diogenes«, schnaufte er und drückte Sandels Schulter zur Seite. Endlich rutschte der Körper ein Stück weiter. Terz zog, stemmte sein Bein gegen die Fasskante. Mit einem Ruck kam Sandel frei, und Terz fiel auf den Waldboden.

Er hatte lange überlegt, wie er die Leiche am besten loswürde. Komplettes Vernichten war zu aufwendig und schwierig. Er hätte den Kadaver zerteilen und Stück für Stück im Müll oder woanders deponieren müssen. Auflösen in Säure kam nicht in Frage. Woher sollte er unauffällig und schnell ausreichend Säure bekommen? Vergraben wäre eine weitere Möglichkeit. Anstrengend, langwierig. Mit hoher Wahrscheinlichkeit wurden die Überreste irgendwann entdeckt. Selbst nach Jahren konnte man heute noch Spuren feststellen. Dasselbe galt für Wasserleichen. Deshalb konnte er Sandel auch nicht einfach in die Elbe werfen.

Seltsam, dass er »Sandel« dachte statt »Sandels Leiche« oder »Sandels Körper«. Als ob der Mann noch leben würde. Als ob er ihm noch Schwierigkeiten machen könnte.

Man würde Reste des Toten finden. Man würde ihn identifizieren. Man durfte nur keine Spuren sichern, die in irgendeiner Weise auf Terz wiesen.

Er hievte den Körper in die Kiste und bedeckte ihn mit Reisig. Darauf verteilte er den Inhalt des Benzinkanisters. Sorgfältig suchte er die umliegenden Meter nach Fußspuren ab und vernichtete alle, die er fand. Fass und Kanister verstaute er wieder im Kofferraum.

Am Zigarettenanzünder entflammte er einen Reisigzweig und kehrte zu Sandel zurück. Er hatte noch nie eine Leiche angezündet und fühlte, wie ihn etwas davon abhalten wollte, als ob ihn jemand an seinem Arm wegzog. Unsinn, eine Feuerbestattung war ganz normal! Aus sicherer Entfernung warf er das brennende Hölzchen und traf beim ersten Mal. Die Kiste explodierte in einem Feuerball.

Zwischen den Flammen erschienen bizarre Formen, unklar, ob Äste oder Glieder. In einer plötzlichen Eingebung schlug er ein Kreuzzeichen und murmelte hastig: »Im Namen des Vaters oder an welchen Gott du auch immer geglaubt hast.«

Gleich darauf musste er den Kopf schütteln über seine Sentimentalität. Als ob es für den Toten noch wichtig wäre. Doch vielleicht war es das für den Überlebenden.

Er verharrte, ein Vogel zwitscherte Sandels Requiem. Die Flammen fingerten nach den untersten Ästen der Bäume. Aus feuchtem Holz stiegen Rauchschwaden und fingen sich zwischen den Blättern, arbeiteten sich langsam hoch. So verabschiedeten die Inder ihre Toten. Warum stecken wir die unseren in die Erde, wenn sie in den Himmel wollen?

Auf dem Weg zum Auto verwischte Terz die restlichen Fußabdrücke. Am Waldrand montierte er die Lumpen von den Reifen, steckte sie in die bereitliegende Tüte und warf diese in den Kofferraum. Als er losfuhr, sah er im Rückspiegel eine dünne Rauchsäule aus dem Wald hochsteigen. Durch das offene Fenster zog Frischluft in den Wagen. Es war halb eins.

Das Haus am Stadtrand von Ahrensburg hatte sein Vater ein paar Jahre vor seinem Verschwinden gebaut. Die Flachdach-Villa aus den siebziger Jahren war durch Bäume und eine hohe Hecke vor Einsicht geschützt. Terz stellte den Range Rover vor der Garage ab. Die Post seiner Mutter deponierte er auf dem Wohnzimmertisch. Zu Hause war immer der Ort gewesen, wo es roch wie auf einer taufrischen Sommerwiese, der Lieblingsduft seiner Mutter.

Das Fass lud er im Garten ab und spritzte es mit dem Schlauch aus. Im Abstellraum zwischen Garage und Wohnbereich fand er das chlorhaltige Reinigungsmittel seiner Mutter. Er sprühte reichlich von der stechend riechenden Flüssigkeit gegen die Innenseite des Fasses und begann mit Gummihandschuhen bewaffnet zu schrubben. Als Nächstes kam die Außenseite dran.

Während das Fass trocknete, klebte er die Ladefläche des Wagens komplett mit Spurensicherungsbändern ab, die auch den kleinsten Krümel aufnahmen. Mit einem breiten Pinsel trug er Wasserschutzbeize auf die Innenseite des Fasses auf, dann lud er es in den Wagen. Kein Polizeihund würde unter den scharfen Dämpfen je die Witterung eines Toten aufnehmen können.

Die Rückfahrt blieb ohne weitere Aufregung.

Jeder hat eine dunkle Seite, hatte Kantusse bei Gelegenheit erklärt. Wer sie zu heftig spürt, wird Polizist. Um sicherzugehen, dass sie ihn nicht übermannt.

Stammtischpsychologie, erwiderte Terz. Für intellektuelle Spießer.

Das Spießerargument schlechthin: den anderen Spießer nennen, hatte Kantusse erwidert. Projektion nennt man das. Und unbeirrt fortgesetzt: Ihr seid eine Seite der Münze. Und jeder kann sie umdrehen. Nur eine Frage der Umstände.

Das ist es immer.

Ja, sagte Kantusse und leerte die Whiskyflasche. Sein Schatten.

Vielleicht ist es keine Münze, hatte Terz angeregt. Sondern eine Kugel. Ohne Seiten.

Ich weiß nicht, ob du den richtigen Beruf hast, war Kantusses Antwort gewesen.

Schwarz. Weiß. Und viele Graustufen, gab Terz zurück.

Du kommst über Banalitäten nicht hinaus, was? Kantusse neigte zu persönlichen Beleidigungen. Die Gesellschaft zwingt uns zur Grenzziehung irgendwo im Grau. Schuldig. Unschuldig. Ich möchte diese Diskussion beenden. Sie führt zu nichts. Mit diesen Worten hatte er die nächste Whiskyflasche geöffnet. Danach hatten sie gestritten und zwei Monate kein Wort miteinander gesprochen.

In Müllcontainern am Stadtrand entsorgte er die Lumpen, mit denen er die Reifen umwickelt hatte, und die Klebebänder. Sein nächstes Ziel war eine Autowaschanlage.

Kurz vor drei Uhr kam er an. Er hatte das Fass bereits vor dem Lift abgestellt, als der alte Nazi Kranewitz mit seinem Schäferhund die Stufen herabkam. Wie üblich steckten in den schlappen Ohren des Tieres stützende Kartonecken, um die Form wenigstens vorzutäuschen, die sich für die Lauscher eines rechten teutschen Wolfshundes gehörte. Es gab bessere Situationen um aufzufallen, doch Terz konnte der Versuchung nicht widerstehen.

»Ihr Hund hat da was in den Ohren.«

Kranewitz erstarrte, als Terz die Pappecken aus Hermanns Ohren zog. Als die Spitzen fröhlich schlapp machten, kam der Lift, Terz schob das Fass hinein und hörte durch das Klappern der Tür Kranewitz fluchen: »Vor sechzig Jahren …«

Auf der Fahrt ins Dachgeschoss spielte er mit den Kartonecken, im Kopf den Gesichtsausdruck von Kranewitz, als die potemkinschen Spitzohren seines Hundes einknickten! Als ob man ihm die Würde nahm, indem man dem Hund seine zurückgab.

Terz' Mobiltelefon auf dem Küchentisch zeigte keine Anrufe. Das Bewegungsprofil des Geräts würde seine Aufenthaltsorte der vergangenen Stunden nicht verraten.

Das Fass stellte Terz zurück an seinen Platz auf der Terrasse. Zufrieden sah er sich um. Durch welches Fenster er jetzt wohl belauert wurde?

Fredo Tönnesens Eltern lebten in Hamburgs östlichstem Stadtteil Farmsen.

Terz parkte seinen Wagen vor dem gesichtslosen vielstöckigen Siedlungsbau. Das Treppenhaus zwang ihm Udo Jürgens' Zeilen

»… es roch nach Bohnerwachs und Spießigkeit« in den Kopf. Immerhin nicht nach Pisse und die Wände waren frei von Graffiti.

Ein kleiner gedrungener Mann begrüßte ihn mit misstrauischem Blick. Die winzige Wohnung mit Sechziger-Jahre-Flair war eine Räucherkammer.

»Ich dachte, die Sache ist erledigt«, bellte Tönnesen senior und hustete.

»Wir müssen noch ein paar Fragen stellen.«

»Bei einem Herzinfarkt?« Er zündete sich eine Filterlose an, mit Händen so groß wie sein Gesicht.

»Vielleicht war es kein einfacher Herzinfarkt.«

»Hat ihn wer abgemurkst? Würde mich auch nicht wundern.«

Frau Tönnesen saß stumm neben ihrem Gatten.

Terz war beeindruckt von so viel Vaterliebe. »Warum?«

»Hat immer nur Schwierigkeiten gemacht, die Schwuchtel. Mit vierzehn ist er abgehauen. Seitdem hab ich ihn praktisch nicht mehr gesehen.«

»Und Sie, Frau Tönnesen?«

Die Augen in dem zerfurchten Gesicht waren zu dunklen Löchern geschminkt, vom Mund war nur ein bitterer Strich übrig, und die mit knallrotem Lippenstift auf der umliegenden Haut gemalten Lippen zerliefen in einem Faltengespinst. Die schwarz gefärbten Haare hatte sie unordentlich hochgesteckt, um den grauen Nachwuchs zu verbergen.

»Ich habe ihn selten gesehen.« Ihre Stimme war rau von Jahrzehnten Alkohol und unterdrückten Tränen.

»Wann zuletzt?«

Ihr Blick glitt an Terz vorbei ins Nichts. Obwohl sie nicht rauchte und die Wohnung vernebelt war, öffnete niemand ein Fenster.

»Vor ein paar Monaten.«

Ihr Mann sah mürrisch zu ihr hinüber. Er drückte seine Zigarette aus und zündete eine neue an.

»Fiel Ihnen etwas auf? Hat er etwas erzählt?«

Herr Tönnesen schien seine Lunge auskotzen zu wollen: »Was soll er erzählen? Wie er anderen Typen einen runterholt?«

»Ich habe Ihre Frau gefragt«, fuhr Terz ihn an.

Überrascht verstummte Tönnesen.

»Mir ist nichts aufgefallen«, antwortete seine Frau leise.

»Haben Sie irgendetwas aus dem Nachlass Ihres Sohnes?«

Vater Tönnesen fuhr mit der Zigarette durch die Luft und bestreute sich mit Asche. »Von dem wollen wir nichts.«

Terz ignorierte ihn und erhob sich. »Wenn Ihnen doch noch etwas einfällt, rufen Sie bitte an.« Er reichte Frau Tönnesen eine Karte.

Sie begleitete ihn zur Tür. »Wurde … wurde er ermordet?«

Sein Blick ruhte auf ihrem grotesk verschminkten Gesicht. Dass diese zwei Menschen einen so hübschen Sohn gehabt hatten.

»Er starb schmerzlos.«

Tönnesens Arbeitskollegen mussten warten. Terz hatte Wichtigeres zu tun. In seinem Büro setzte er sich mit einer Tasse dampfenden Kaffees an den Computer. Er tippte das Kennzeichen seines morgendlichen Verfolgers ein. Der schwarze Alfa war zugelassen auf einen gewissen Ansgar Biel. Er wohnte in einer Parallelstraße zu Terz' Wohnung. Zum Hof, konnte man annehmen.

Zufrieden lehnte Terz sich zurück und trank seinen Kaffee. Herr Biel besaß noch das Tonband. Das hätte Terz gern gehabt. Auch wenn Sandels Leiche von der Terrasse verschwunden war, man konnte Terz' Stimme erkennen. Es bedurfte zwar vieler Zufälle, um die richtige Verbindung herzustellen, und noch mehr Glück, eine Sprachprobe von Sandel zu finden. Doch Kommissar Glück half oft. Und nicht nur ihm. Wer hätte gedacht, dass er je in diese Situation kommen würde? Nein, dem Glück durfte er so wenig Chancen wie möglich geben. Fremdem Glück, um genau zu sein.

Biel. War der Mann verheiratet? Wusste seine Frau von der Geschichte? War sie womöglich die Erpresserin? Er musste mehr über ihn herausfinden. Der Computer meldete, dass Biel nicht vorbestraft war. Und ledig.

Außer Sammi nahmen alle Terz' Anregung begeistert auf, die übliche Tagesbesprechung zur Abwechslung in einem Biergarten im nahen Stadtpark abzuhalten. Perrell und Terz holten Getränke.

Weder die Befragung der übrigen Männer noch der verbliebenen Frauen hatte etwas ergeben.

»Ganz schön heikel manchmal, diese Befragungen«, fand Maria Lund. »Die wollen natürlich alle nicht mit einem Mord in Verbindung gebracht werden. Und noch weniger, dass ihre Verhältnisse an den Tag kommen.«

»Darauf können wir keine Rücksicht nehmen«, schimpfte Sammi. Er war noch immer stinksauer über Jule Hansens Entlassung.

Brüning und Perrell hatten begonnen, Todesfälle von Homosexuellen zu untersuchen. Bisher waren sie auf nichts gestoßen.

»Jemand sollte Tönnesens Nachbarn noch einmal fragen, ob sie etwas gesehen haben«, regte Terz an. »Maria, Knut, macht ihr das morgen?«

Sammi fuhr hoch. »Aber ich ...«

»Irgendwer muss es doch machen«, meinte Terz arglos. »Und es hilft dem Teamgeist, wenn jeder mit jedem arbeitet.«

»Ich hole noch etwas zu trinken«, sagte Lund.

Knut Perrell sprang auf. »Ich helfe dir.«

Sie unterhielten sich noch ein wenig, Perrell und Lund beschlossen, zu bleiben. Darauf wollte auch Sammi noch etwas trinken. Terz musste am Abend mit Elena zu Ramscheidt, wollte davor noch nach Hause und verabschiedete sich.

Kurz vor sieben parkte er in seiner Straße. Er sah zur Wohnung hoch, überlegte es sich anders und spazierte um den Block in die Isestraße, bis er vor das Haus kam, in dem Biel wohnte. Er klingelte bei Biel. Eine Stimme meldete sich.

»Paketdienst. Eine Lieferung für Herrn Biel«, sagte Terz in die Gegensprechanlage, und die Tür sprang auf. Er nahm den Lift ins Dachgeschoss.

Oben gab es nur ein Apartment. Terz drückte auf den Klingelknopf mit Biels Namen. Aus der Wohnung hörte er ein leises Summen. Nach ein paar Sekunden dann Schritte. Das kleine Loch in der Tür wurde dunkel.

Die Tür öffnete sich einen Spalt. Terz sah in ein dunkles Auge unter einer schwarzen Braue. Auf Brusthöhe erkannte er die Glieder einer Sicherheitskette. Eine blecherne Stimme fragte:

»Wer sind Sie?«

»Polizei«, erklärte Terz. »Kommissar Terz. Herr Biel?«

Der Mann hatte eine ungesunde Gesichtsfarbe. Immer? Oder nur im Moment?

»Ja.«

Als rechtschaffener Bürger müsste er jetzt eigentlich die Tür aufmachen. Die Tür wurde geschlossen.

Ein paar Sekunden lang geschah nichts, dann klimperte die Sicherheitskette, und die Tür schwang auf. Dahinter wartete ein Mann Mitte vierzig mit unsicherem Lächeln. Seine langen angegrauten Locken waren zu einem Pferdeschwanz gebunden, er trug einen grauen Dreitagebart. Das schwarze Sweatshirt über der verknitterten schwarzen Leinenhose bot eine ideale Unterlage für die Schuppen auf seinen Schultern.

»Polizei? Habe ich etwas angestellt?«

»Aber nein. Ich habe nur ein paar Fragen. Darf ich reinkommen?«

Biel zögerte einen Sekundenbruchteil, bevor er zur Seite trat und den Kommissar hereinbat.

Im Wohnzimmer blieb Terz stehen. Drei offene Türen gewährten Blicke in die anderen Räume. Eine vierte war geschlossen. Hinter der Terrasse und den Baumwipfeln sah er zu seiner eigenen Wohnung.

»Was für Fragen sind das denn nun?«

Terz schaute kurz in jeden Raum.

»Im Rahmen einer Ermittlung sind wir auf Ihren Namen gestoßen.«

»Was für eine Ermittlung?«

»Heute wurde bei Wedel ein Mann tot aufgefunden. Ein Schriftsteller«, fügte er bedeutsam hinzu. »Er roch wie ein Weinfass.« Biel musste glauben, dass Terz von der Leiche auf seiner Terrasse sprach. Seine Stimme überschlug sich fast.

»Sie untersuchen diesen Fall?«

Statt einer Antwort öffnete Terz die geschlossene Tür.

Der Raum war schmaler, aber länger als das Wohnzimmer. Auf mehreren aufgebockten Holzplatten unter den schrägen Dachfenstern drängten sich ein bunter Applecomputer und andere technische Geräte, Scanner, Drucker, CD-Brenner, Fax, Hi-Fi-Anlage, verschiedene Camcorder, mehrere Fotoapparate, Teleobjektive, Mikrofone, Kabel. Über die gegenüberliegende Wand zog sich ein Regal, gefüllt mit Video- und Musikkassetten. Am Ende des Zimmers sah Terz in eine Dunkelkammer. Biel war allein in der Wohnung.

»Was machen Sie da? Das geht Sie nichts an.« Biel versuchte ihn hinauszubugsieren.

Ungerührt studierte Terz die Etiketten der Kassetten. Nummern- und Buchstabenkombinationen. Hier konnte er lange suchen, wenn er kein Inhaltsverzeichnis hatte.

»Ich sehe mich um.«

»Ich dachte, Sie wollen Fragen stellen!«

»Dazu komme ich noch.« Er holte Handschuhe aus der Hosentasche, zog sie über und nahm ein Band aus dem Regal.

Biel hatte die Fäuste neben den Schenkeln geballt. Sein ganzer Körper zitterte.

»Verlassen Sie – lassen Sie! Ich rufe –«

»Die Polizei? Die ist doch schon da. Aber bitte, tun Sie sich keinen Zwang an. Was wollen Sie denen erzählen? Auf Erpressung stehen ein paar Jahre.«

Biels Gesichtsfarbe unterschied sich nicht von der Wand hinter ihm. Seine Lippen hatte er fast verschluckt, die Augen wollten aus dem Kopf springen.

»Erpressung? Wovon reden Sie?«

Terz untersuchte eine andere Kassette. »Geben Sie mir die Aufnahme, und wir vergessen die Geschichte.«

»Ich weiß nicht, wovon Sie sprechen.«

Terz durchwühlte die Unordnung neben dem Computer.

»Sind Sie verrückt?«

»Ah, was haben wir denn da?« Terz hob das Richtmikrofon. »Damit nehmen Sie wohl Vögel auf.«

»Sie sagen es.«

»Und schon mal Ihre Nachbarn, was?«

Biel trat einen vorsichtigen Schritt auf ihn zu. »Verschwinden Sie sofort aus meiner Wohnung, Sie Bastard! Sie missbrauchen Ihre Polizeigewalt.«

»Ich gebrauche nur Ihr schlechtes Gewissen. Sie können jederzeit bei der Polizei anrufen.« Mit seinem vor Empörung bebenden Kinn tat Biel Terz fast leid. »Es war ein Unfall, das wissen Sie.«

»Ihre Kollegen werden das nicht glauben.«

»Sie verstehen noch immer nicht. Natürlich können Sie mir schaden. Aber ich kann Sie für die Erpressung ins Kittchen bringen.«

»Sie haben keine Beweise.«

»Der Erpresserbrief. Er trägt Ihre Fingerabdrücke.«

Terz hatte es nicht für möglich gehalten, dass Biel noch bleicher wurde. Der Bluff funktionierte. Fordernd streckte er die Hand aus.

»Geben Sie mir das Band. Ist für uns beide besser so.«

Biel schwankte, als zerrten zwei Pferde in entgegengesetzten Richtungen an seinen Schultern. Dann drehte er sich mit einem Ruck um und zog ein Tonband aus dem Regal.

Terz steckte es in das Kassettenfach der Hi-Fi-Anlage. Er hörte seine und Sandels Stimme.

Biel unterbrach: »Moment mal. Woher wissen Sie, dass es meine Fingerabdrücke sind?«

»Hätten Sie mir sonst das Band gegeben?«, erwiderte Terz mit Unschuldsmiene.

»Und überhaupt! Ich hatte Handschuhe …«

Als Antwort schenkte Terz ihm ein mitleidiges Lächeln.

»Sie …!«

Biel wollte ihm das Band entreißen. Terz hielt ihn mit seinen langen Armen fern und steckte es ein. »Gibt es Kopien?«

Biels Zähne knirschten. Er hatte nicht damit gerechnet, enttarnt zu werden, und deshalb auch kein zweites Exemplar versteckt. Zur Sicherheit nahm Terz die Bänder neben der Lücke, die seines zurückgelassen hatte, mit. Hilflos lief Biel hinter ihm her zur Tür. Zum Abschied reichte Terz ihm die Hand. »Ich hoffe, dass die Sache für Sie damit auch erledigt ist.«

Biel reagierte nicht.

Terz zuckte mit den Schultern. »An Ihrer Gastfreundschaft sollten Sie noch feilen. Wenigstens etwas zu trinken hätten Sie mir anbieten können.«

Die Tür schlug vor seiner Nase zu.

# 11

Juliette Detoile entsprach dem Klischee des französischen Kindermädchens fast zu perfekt. Klein, schlank, mit hinreißendem Akzent. Obwohl ihr Hamburgs attraktivste Junggesellen nachliefen, war sie seit vier Jahren mit einem Lehramtsstudenten zusammen. Die Mädchen hingen an ihr mit einer Begeisterung, die manche Eltern eifersüchtig gemacht hätte. Als Erstes bekam sie natürlich Vogel präsentiert. Noch hielt dieser sich gut, streckte seinen Schnabel gierig in die Luft und schluckte eifrig von Kim und Lili dargereichte Flüssigkeit und tote Fliegen.

Terz und Elena machten sich für den Abend bei Ramscheidt fertig. Terz wählte Elenas Lieblingsduft und einen dunkelbraunen Anzug, den sie gemeinsam mit ihm ausgesucht hatte. Kein Schlips. Ein letzter prüfender Blick vor dem großen Spiegel. Keck fiel eine Locke in die Stirn. Er war zufrieden.

Elena erschien in einem eng anliegenden bordeauxroten Seidenkleid, dessen Ausschnitt und Rocklänge Terz für einen solchen Anlass gewagt schienen. Die großen Perlen der Kette und des Armbands schimmerten im selben seidigen Glanz wie ihre Haut.

»Du setzt ja alle Mittel ein für Ramscheidt.«

»Das darf ich wohl als Kompliment nehmen.«

Die Kinder schenkten ihnen zum Abschied kaum einen Blick, so beschäftigt waren sie mit Vogel und Julie.

Terz fuhr selbst, er wollte ohnehin nicht zu viel trinken. Der Verkehr auf dem Ring Zwei war nach der abendlichen Stoßzeit bereits entspannt. Bei der Holstenstraße erfüllte intensiver Brauereiduft die Luft. Über die Max-Brauer-Allee gelangten sie auf die Elbchaussee und fuhren stadtauswärts bis Othmarschen. Lange hatten Elena und Terz überlegt, ob sie den Kindern zuliebe in eine der hübschen Villen oder – eher erschwinglich – eines der weniger hübschen Einfamilienhäuser mit sattgrünen Gärten ziehen sollten. Den Ausschlag für den Eppendorfer Dachboden hatte dann jedoch der für die Lage ungeheuer günstige Preis gegeben.

Ramscheidts Haus in der Bernadottestraße war eine blassgelbe Fachwerkvilla vom Ende des 19. Jahrhunderts. Vom Garten her hörten sie Lachen, Stimmengewirr, Gläser.

Ramscheidt begrüßte sie im Sportjackett, braun gebrannt, mit weiß strahlenden Zähnen. Er stellte ihnen seine Frau Wibke vor, eine unscheinbare Person mit aschblonder Prinz-Eisenherz-Frisur und freundlichem Lächeln, die zehn Jahre älter als ihr Mann wirkte.

Ramscheidt begleitete Elena mit einer vertraulichen Berührung am Arm in einen anderen Teil des Gartens.

»Sie entschuldigen«, sagte er über die Schulter zu Terz, »wir müssen noch kurz über Geschäftliches sprechen.«

Entschiedener, als Terz ihr das zugetraut hatte, zog Wibke Ramscheidt den Kommissar zu anderen Gästen und führte ihn ein.

Eine sehr blonde Immobilienmaklerin und ihre schmuckbehangene Freundin erkannten Terz. Ihr Begleiter lächelte ihn steif an. Die Maklerin fragte mit hoher Stimme:

»Oh, Herr Kommissar, dieser furchtbare Mord an Winfried Sorius, weiß die Polizei da schon etwas?«

»Kannten Sie ihn?«

»Nur vom Sehen«, musste sie zugeben. Also aus den Klatschspalten.

»Gibt es denn schon Verdächtige?«, wollte ihre Freundin wissen.

Eine neben ihnen stehende Gesprächsrunde hatte zugehört und schloss sich den neugierigen Blicken an.

»Halb Hamburg kannte ihn. Halb Hamburg ist verdächtig.«

Die Runde lachte aufgeregt. »Wir auch. Wir kannten ihn ja auch. Aber nur vom Sehen. Na ja, das gilt nicht. Wer weiß. Frag den Herrn Kommissar.«

Aus den Augenwinkeln suchte Terz Elena. Die Kontur ihrer schlanken Figur verschmolz fast mit dem Schatten eines Baumes, nur die Perlen am Hals blitzen, sie trank aus einem Sektglas und plauderte angeregt mit Ramscheidt.

Die blonde Maklerin berichtete Terz redefreudig von ihren Erfahrungen mit der Polizei anlässlich einer Verkehrskontrolle, dann kam sie wieder auf Sorius zu sprechen. Terz fischte sich zwei Brötchen von einem Tablett, das ein Cateringjüngling vorbeitrug, um nicht antworten zu müssen. Dazu trank er mehr Wein, als er durfte, wenn er noch selbst nach Hause fahren wollte. Er war umringt von sensationslüsternen Vorstädtern in Cocktailkleidchen und Sommeranzügen. Obwohl er alle überragte, konnte er Elena nicht mehr sehen.

»Wundert mich ja nicht, dass es diesen notorischen Frauenheld erwischt hat«, bemerkte ein groß gewachsener Mann mit rahmenloser Brille.

»Schade für die Frauen«, antwortete Terz. »Helden gibt es so selten, finden Sie nicht?«

»Aber ist so jemand denn ein Held?«

»Das haben Sie behauptet.«

Der andere lachte. »Touché.«

Das Gespräch verlagerte sich zum Wetter und weiter zur aktuellen Stadtpolitik. Zur entstehenden Hafencity spalteten sich die Meinungen, wobei die Ablehnung überwog, auch wenn sie sich mehr gegen die geplante Architektur als das Projekt an sich richtete. Wie neuerdings häufig, fragte man sich, ob Hamburg langsam in der Bedeutungslosigkeit versinken würde, nachdem in den letzten Jahren viele wichtige Firmenzentralen in Deutschlands neuen Nukleus Berlin abgewandert waren. Wie ein Staubsauger zog die altejunge Hauptstadt Geld und Menschen an. Statt davon zu profitieren, gelang es ihr jedoch trotzdem, völlig überschuldet zu sein. Lange hatten die Hamburger Stadtoberen dem Exodus tatenlos zugesehen. Nun versuchte man, die Firmen mit finanziellen Anreizen zu halten. So man es sich leisten konnte. Immerhin verbuddelte man so gewaltige Teile des Stadtvermögens in einen Ausbau des Airbuswerkes, dass Spötter meinten, man könnte die Geldscheine direkt in die Elbe werfen. Oder man solle das Geld den Menschen, die dadurch Arbeit bekämen, gleich bar in die Hand drücken. Auch von der Hafencity hatte man noch nicht gehört, dass sie eine Geldflut in die Stadtkassen gespült hätte. Und während die Bauunternehmer einen neuen Ferrari bestellten, konnte die Stadt aus Geldmangel nicht einmal jedem Kind arbeitender Eltern eine Tagesbetreuungsstelle verschaffen. Wie viele andere Hamburger ärgerte Terz sich über das Ungleichgewicht der Verhältnisse, auch wenn sie für ihn selbst und die Anwesenden in Ramscheidts Garten kein Problem darstellten. Hier waren die Menschen, die sich Kinder- und Au-pair-Mädchen, Tagesmütter oder Leihgroßmütter und später einmal Luxusapartments in der Hafencity leisten konnten. Kein Wunder also, dass die meisten sich schließlich einig waren, dass Hamburg dank seiner hanseatischen Tradition auch aus diesen Entwicklungen prosperierend hervorgehen würde.

Die Luft in dem Othmarschener Garten war um einige Grad kühler als weiter drin in der Stadt, Grillen begleiteten das fröhliche Plappern der Anwesenden, und endlich tauchte Elena wieder auf. Begleitet von Ramscheidt gesellte sie sich zu ihm. Sie sah das Weinglas in seiner Hand und ihn fragend an.

Er antwortete mit einem entschuldigenden Stirnrunzeln.

Ramscheidt ließ sein Gebiss strahlen. »So, Herr Kommissar, und jetzt erzählen Sie uns doch einmal etwas über die Abgründe der Hamburger Gesellschaft. Sie ermitteln im Fall Sorius, habe ich gehört.«

Elena gab mit einer stummen Geste zu verstehen, dass Ramscheidt diese Information keinesfalls von ihr hatte.

Die blonde Maklerin quietschte entzückt und klatschte aufgeregt mit den Händen. »Erzählen Sie, erzählen Sie!«

Mit möglichst vielen Worten erzählte Terz nicht mehr, als jeder in der Zeitung lesen konnte. Er war die Neugier der Leute gewohnt, und sie langweilte ihn.

»Gibt es denn nichts Neues? Keine neuen Spuren, noch ein Mord, gar nichts?«, fragte Ramscheidt enttäuscht, klopfte Terz jovial auf die Schulter und sah sich um. »Keine Sorge, es sind auch sicher keine Journalisten hier. Und wir sagen nichts weiter, Ehrenwort.«

»Noch ein Mord? Ist einer nicht genug?«

»Entschuldigen Sie meine Neugier. Ihr Beruf fasziniert mich einfach. Aber unterhalten wir uns über Lustigeres als die Toten. Wie kamen Sie eigentlich zum Schreiben? Oder besser, wie kamen Sie dazu, dass Ihr Buch auch verlegt wurde?«

Jetzt klopfte Ramscheidt dem Mann neben sich auf die Schulter. »Edwin hier schreibt nämlich auch.«

Terz seufzte innerlich. Hatte Ramscheidt ihn eingeladen, weil Terz seinen erfolglos schreibenden Freunden die Rutsche zu einem Verleger legen sollte?

Der Angesprochene versuchte eine bescheidene Geste: »Ja, aber nur so …«

»Nicht so bescheiden, Edwin«, lachte Ramscheidt. »Bloß Verleger hat er noch keinen.«

»Ich wurde von meinem Verleger angesprochen«, erklärte Terz. »Wir haben das Buch gemeinsam entwickelt. Was schreiben Sie?«

»Einen Roman.«

»Illau verlegt nur Sachbücher«, erklärte Terz erleichtert.

»Ach so.« Edwin konnte seine Enttäuschung nicht verbergen. »Und wie kommt man sonst an einen Verlag? Ich glaube, die meisten lesen die Manuskripte nicht einmal.«

»Stimmt. Bei Dutzenden, die sie jeden Tag unangefordert auf den Tisch bekommen. Und wenn Sie es schon mehrmals versucht haben, stehen Sie bereits im Computer und werden automatisch abgelehnt. Tut mir leid.«

»Ich bin ein grässlicher Gastgeber!«, rief Ramscheidt dazwischen. Er hatte erkannt, das Terz dem Mann weder helfen konnte noch wollte. »Haben Sie schon etwas zu essen bekommen?« Und mit einer Hand auf Terz' Rücken, der anderen an Elenas Taille führte Ramscheidt sie zum Büfett.

»Du kannst ruhig trinken«, flüsterte Elena ihm zu, als sie sich von der Frittata nahmen. »Ich fahre.«

Später im Auto fragte Terz seine Frau, ob der Abend erfolgreich gewesen war.

»Wenn du den Auftrag meinst, den habe ich. Ich glaube, Ramscheidt steht ein wenig auf mich.«

»Was nicht zu übersehen war.«

Verschmitzt lächelte sie ihm zu.

Seinen Dauerlauf am nächsten Morgen beendete Terz in Rekordzeit. Als er danach die Zeitung aus dem Postkasten zog, fiel ihm ein braunes Kuvert vor die Füße. Es war unfrankiert und glich jenem, in dem Biel das Tonband geschickt hatte. Auf dem Weg zum Lift riss er es auf.

Wie eine Sturmflut rauschte das Adrenalin in seinen Kopf, Hitze strömte in seine Fingerspitzen und Zehen. Verdammt-dammt-dammt! Warum hatte er gestern in Biels Wohnung nicht gleich daran gedacht? All die Ausrüstung! Was ein richtiger Voyeur ist heutzutage, der macht auch Fotos.

Fünf Aufnahmen zeigten ihn und Sandel, fotografiert mit einem guten Teleobjektiv von Biels Wohnung aus. Seine und Sandels Züge waren deutlich zu erkennen.

Auf dem ersten Bild war Sandel offensichtlich sehr erregt. Er gestikulierte mit Weinflasche und Glas.

Auf dem zweiten hatte Terz ihn am Arm gepackt.

Das dritte zeigte, wie er Sandel zurückstieß und dieser durch die Luft kippte. Biel musste seine Kamera auf Dauerfeuer gestellt haben.

Auf dem vierten kniete Terz neben dem liegenden Körper. In der erhobenen Hand hielt er die Steinskulptur vom Sofatisch.

Auf Bild fünf schlug er zu.

Bild sechs war kein Bild, sondern ein kleiner Zettel mit Druckschrift:

*An die kommen Sie nicht mehr so einfach. Aber stellen Sie sich vor, Ihre Kollegen oder eine Zeitung …*
*Das Geld können Sie mir direkt geben.*
*Zur Strafe für gestern erhöhe ich auf eine Million.*
*Sie dürfen in Raten zahlen. Die erste erwarte ich bis Ende nächster Woche: Euro 500.000,–.*

Darunter stand eine Kontonummer.

Terz zerfetzte das Papier in kleine Schnipsel. Eine Million. Lächerlich! Was für eine Vorstellung hatte Biel von seinen finanziellen Möglichkeiten? Hastig blätterte er die Aufnahmen noch einmal durch, bis der Lift unter dem Dach hielt. Er sammelte die Reste des Erpresserbriefes ein und hetzte in sein Arbeitszimmer. Wie üblich schlief die Familie noch. Auf dem Weg durchs Wohnzimmer warf er einen flüchtigen Blick über die Baumwipfel. Da drüben saß Biel jetzt und freute sich.

An seinem Schreibtisch untersuchte Terz die Fotos noch einmal genau. Auf einem hob er die Skulptur über den Kopf. Auf einem anderen schlug er sie in Sandels Schädel.

Hatte er etwas getan, woran er sich nicht erinnerte?

Nein. Es war ein Unfall gewesen. Sein liebenswerter Nachbar musste die Bilder manipuliert haben. Terz hatte keine Lupe bei der Hand. Mit freiem Auge war keine Auffälligkeit zu erkennen. Konnten Experten derartige Fälschungen entlarven? Es durfte nie dazu kommen, dass ein Experte diese Aufnahmen sah. In Terz wallte wieder das Adrenalin hoch. Vor ihm lag scheinbar der Beweis, dass er Sandel ermordet hatte. Er klebte den Brief zusammen und schob ihn mit den Bildern ins Kuvert, das er wie die anderen Manufakte dieses unseligen Falls in der untersten Schreibtischlade verwahrte. Schnell blätterte er die Zeitung durch, die er bisher keines Blickes gewürdigt hatte.

Auf Seite drei prangte die Schlagzeile: »Wer ist die brennende Leiche?«

Ausführlich berichtete der Artikel über ziemlich wenig. Ein Feuerwehrmann durfte erzählen, wie nach dem Löschen die Leiche entdeckt worden war. Ein Polizist erklärte, man habe noch keine Identifikation des Körpers, der bis auf die Knochen verbrannt sei und bei dem es sich wahrscheinlich um die Überreste eines Mannes handelte. Es gab weder Zeugen noch konkrete Hinweise.

Das hieß nur, dass die Polizei nichts an die Journalisten weitergegeben hatte. Ob Biel ahnte, wer der Tote war, wenn er davon erfuhr?

Terz wollte eben ins Bad gehen, da läutete das Telefon.

Da ein Einsatz oder der Anruf seiner Mutter über das Handy kommen würde, konnte das um diese Zeit nur einer sein. Er sah kurz durch die Terrassentür zu Biel hinüber und ließ es läuten.

Die Straßen der Innenstadt waren noch nicht menschenüberlaufen. Am Neuen Wall parkten Lieferwagen jedoch schon in zweiter Reihe und zwangen Terz, seinen Wagen im Halteverbot abzustellen. Auf seinem Weg warf er einen ausgiebigen Blick in das Schaufenster von Ladage & Oelke, entdeckte ein Paar Schuhe und einen leichten Sommerpulli, die ihm gefielen. Er bezwang die Lust, für einen Kaufrausch in das traditionsreiche Geschäft mit seinem altehrwürdigen Ambiente einzufallen, und spazierte in der angenehm frischen Luft weiter zu dem schicken Passagencafé, wo Tönnesen als Kellner gearbeitet hatte.

Als Terz sich vorstellte, strich der Manager nervös über seine Stoppelhaare.

»Polizei?«

Der Kommissar erklärte, dass er wegen Tönnesen kam.

»Ach so.« Der Manager schien erleichtert. Terz wollte den Grund für dessen anfängliche Anspannung jetzt nicht weiter verfolgen. »Herr Tönnesen hat doch hier gearbeitet?«

»Bis zu seinem überraschenden Tod, ja.«

»Kannten Sie ihn näher?«

»Da sollten Sie Manni fragen. Der steht hinter der Bar.«

»War Tönnesen in letzter Zeit irgendwie verändert?«

»Das kann man wohl sagen. Wäre er nicht abgetreten, hätte ich ihm bald gekündigt. Er wurde immer frecher, auch zu den Gästen. In den letzten Wochen trug er plötzlich superschicke Klamotten. Und einen neuen Wagen hatte er auch, so ein italienisches Cabrio. Von dem Job hier konnte er sich das sicher nicht leisten.«

»Zahlen Sie so schlecht?«

»Keine Ahnung, woher er das Geld hatte. Vielleicht weiß Manni mehr.«

Terz stellte sich an den Tresen und bestellte einen Kaffee. Manni war fast so groß wie er, sehr gut trainiert, trug die Stoppelfrisur seines Chefs, Koteletten und ein freundliches Grinsen im Gesicht.

»Ich weiß nichts Genaues«, antwortete er auf Terz' Frage. »Fredo machte nur so Andeutungen. Er hätte da jemanden, der ihm eine Menge Geld gäbe.«

»Ein Liebhaber?«

Manni musste das Fauchen der Espressomaschine überbrüllen. »Vielleicht. Wer weiß. Fredo war ein seltsamer Kerl.«

Der Barmann stellte das Getränk vor Terz ab und legte ein Amarettini auf die Untertasse.

Terz kostete den Kaffee. Er war ausgezeichnet.

»Wie lang kannten Sie Tönnesen?«

»Seit über zehn Jahren. Aber nicht besonders gut. Wir sahen uns gelegentlich. Auf Partys oder so. Über ihn kam ich an den Job hier. Ein komischer Vogel.«

»Kennen Sie seine Freunde?«

»Nicht wirklich. Er hatte immer wieder andere. Richtige Freunde hatte er gar nicht, glaube ich.«

»Und Sie?«

»Ich steh auf Frauen.«

»Deshalb könnten sie trotzdem befreundet sein.«

»Wie gesagt, lose. Fredo war zwar ein Angeber, aber was wirklich in ihm vorging oder in seinem Leben ablief, das wusste man nicht so richtig.«

»Was wussten Sie denn?«

Manni hantierte. »Eben nicht viel. Ich glaube, früher ging er anschaffen. Er deutete mal so etwas an. Aber das war wohl vor einigen Jahren. Mir schien, dass er sich nun mehr auf Unterstützung von ›Freunden‹ verlegt hatte.«

»So viel kann das nicht gewesen sein, wenn er hier arbeitete.«

»Na, na, so schlimm ist das hier auch nicht.«

»War auch nicht so gemeint. Die Quelle seines jüngsten Wohlstands kennen Sie also nicht?«

Wieder wich Manni unter einem Vorwand seinem Blick aus. Terz hakte nach.

»Es geht um Mord.«

Der Kellner fuhr hoch. Seine Augen waren unruhig geworden. Er beugte sich über den Tresen und flüsterte: »Er sagte irgendwas, jemanden in der Hand zu haben. Na ja, oder so ähnlich.«

»Sie meinen, er hat jemanden erpresst?« Bevor Biel sich in Terz' Hirn breitmachen konnte, fragte er schnell weiter: »Wen?«

Mannis verschwörerisches Gehabe hatte sich wieder in der lockeren Haltung des Bartenders aufgelöst. Er bereitete eine Apfelschorle zu und sah Terz uninteressiert an. »Keine Ahnung.« Als er Terz zweifeln sah, fügte er hinzu: »Wirklich.«

Terz zeigte ihm ein Foto von Sorius.

»Haben Sie diesen Mann mit Tönnesen gesehen?«

Manni wirkte weder überrascht noch ertappt. »Nee. Das ist

doch der, den sie letztens ermordet haben. Ich hab's in der Zeitung gelesen. Aber mit Fredo habe ich den nie gesehen, ehrlich.«

Vertrauen in die Aufrichtigkeit der Menschen ist eine Tugend, die keinem Kommissar anstand. Doch seine Erfahrung hatte ihn gelehrt, wann ein Gespräch zu Ende war. Er wollte den Kaffee bezahlen, doch Manni winkte ab.

»Geht aufs Haus. Finden Sie den Kerl.«

»Reine Routinefrage: Wo waren Sie, als Tönnesen starb?«

Manni sah ihn abschätzig an. »Hier. Können Sie alle fragen.«

Auf der Straße prüfte er als Erstes seine Mailbox. Eine Nachricht.

»Guten Tag, mein Name ist Keller. Ich bin Journalist«, erklärte eine Stimme, die Terz vertraut vorkam. Aber er kannte keinen Journalisten dieses Namens.

»Mir liegen Informationen vor, wonach Sie mir Auskunft über die Brandleiche aus Ahrensburg geben können. Mein Informant bringt Sie direkt damit in Verbindung. Bitte rufen Sie mich zurück.«

Zum zweiten Mal heute überschwemmte eine Adrenalinflut Terz' Körper.

... bringt Sie direkt damit in Verbindung ...

Er musste anhalten, ihn schwindelte.

Dann hörte er die Nachricht noch einmal ab. Natürlich würde er alles bestreiten. Doch eigentlich wusste dieser Keller schon zu viel. Terz spürte Panik aufsteigen.

Tief durchatmen. Ganz ruhig jetzt.

Er löschte die Nachricht.

Dann rief er die angegebene Nummer zurück.

»Keller.«

»Kommissar Konrad Terz hier. Sie baten um Rückruf.«

»Ah, Herr Terz, richtig.« Woher kannte Terz diese Stimme? »Ich habe eine völlig unglaubliche Geschichte gehört. Sie sollen eine Leiche auf Ihrem Balkon versteckt haben. Gehabt haben, um genau zu sein.«

Leugnen war in diesem Fall zwecklos. Schweiß presste aus jeder einzelnen seiner Poren.

»Das mache ich immer so«, flachste er. »Wo bewahren Sie denn Ihre Leichen auf. Etwa im Keller?«

»Ich werde jetzt gleich Ihre Kollegen in Hamburg und Ahrensburg anrufen. Möglicherweise sind die Leiche von Ihrem Balkon und jene aus dem Wald bei Ahrensburg nämlich identisch. Behauptet mein Informant.«

Terz verschlug es die Sprache. In seiner Wohnung lagen noch Sandels Manuskript, Biels Tonbänder, die Bilder, die Erpresserbriefe!

»Geben Sie dazu irgendeinen Kommentar?«

»Kompletter Unsinn.«

»Also nicht. Gut, dann spreche ich jetzt einmal mit Ihren Kollegen. Tschüs.«

»Halt! Moment!«

Das Freizeichen klang Terz wie das Signal eines herannahenden Zuges, der ihn gleich zerschmettern würde.

Er musste so schnell wie möglich nach Hause und das belastende Material vernichten! Woher bekam dieser Keller seine Informationen? Hatte Biel etwa geplaudert, um Terz noch mehr unter Druck zu setzen? Dann war er deutlich zu offen gewesen. Terz war geliefert, sobald seine Kollegen wirklich zu suchen begannen. Viele Spuren waren noch frisch genug, um vielleicht gefunden zu werden.

Die Kinder. Elena. In Terz' Hals bildete sich ein Kloß, wenn er daran dachte, dass sie alles erfahren würden. Abrupt hielt er an. Wo war die nächste Telefonsäule?

Terz fand eine am Jungfernstieg. Er wählte Kellers Nummer. Diesmal würde der Angerufene den Anrufer nicht über die Ziffern auf seinem Telefondisplay identifizieren können. Nach zwei Freizeichen meldete sich Keller.

»Ja?«

Terz verstellte seine Stimme: »Spreche ich mit Ansgar Biel?«

»Wer sind Sie?« Jetzt hatte er Biels Stimme eindeutig erkannt. Terz' Herz klopfte vor Erleichterung bis gegen den Kehlkopf.

»Guten Tag, Herr Keller«, sagte er mit seiner normalen Stimme.

Einen Augenblick war es still am anderen Ende.

»Herr Kommissar. Das ging ja schneller als erwartet. Habe ich Sie erschreckt?«

Mehr als das. Dafür hasste Terz ihn tiefer als für alles, was Biel bisher getan hatte.

»Ein kleiner Vorgeschmack dessen, was auf Sie zukommt, wenn Sie nicht zahlen. Die Bilder haben Sie ja bekommen. Schön, nicht?«

»Sie sind ein begabter Fälscher.«

»Ich habe keine Ahnung, wovon Sie sprechen.«

»Wahrscheinlich haben Sie die Bilder auf dem Computer manipuliert. Das ist leicht nachzuweisen.«

»Glauben Sie das nicht.«

»Ich bekomme sie vermutlich ohnehin nicht, selbst wenn ich zahle.«

»Schlauer Kommissar. Diese Bilder sind meine Altersversorgung.« Biel legte auf. Wütend starrte Terz auf den Hörer. Am meisten ärgerte ihn, dass er seine Fassung verloren hatte. Zorn baute sich in ihm auf wie Dampf in einem Druckkochtopf. Ziellos lief er durch die Innenstadt. Er brauchte Bewegung zum Nachdenken. Doch der Druck wuchs.

Viele Möglichkeiten gab es nicht. Er konnte Biel bezahlen. Das wollte er nicht.

Die Bilder würde er nicht so einfach bekommen wie das Tonband. Deshalb hatte Biel es auch so schnell herausgerückt. Er hatte ja noch die Fotos. Terz boxte gegen eine Hauswand und erntete befremdete Blicke.

Doch selbst wenn er an die Bilder kam, war das Problem nicht aus der Welt. Biel konnte seine Geschichte der Polizei erzählen. Dann würden die Kollegen genau wissen, wo sie suchen mussten.

Und etwas finden. Terz hatte das Fass sorgfältig ausgewaschen und präpariert. Ausschließen konnte er jedoch nicht, dass darin Spuren zurückgeblieben waren. Auch in der Wohnung konnte man vielleicht mikroskopische Beweise für Sandels Anwesenheit finden. Etwa, wo dieser auf Tisch und Boden geschlagen war.

Dasselbe galt für die Stelle der Leichenverbrennung.

Auf keinen Fall durfte Terz Sandels Manuskript und Biels Unterlagen länger in der Wohnung aufbewahren.

Er musste diese Bilder haben.

Mit einiger Anstrengung könnte er die irrsinnige Summe vielleicht aufbringen. »Die Bilder sind meine Altersversorgung«, ätzte Biels Stimme durch seinen Kopf. Der Kerl konnte immer wieder kommen und neue Forderungen stellen, solange er die Fotos hatte, solange er lebte.

Solange er lebte.

Terz schob den ungeheuerlichen Gedanken zur Seite. Er war Kriminalkommissar, und als solcher sollte er Leben schützen. Andererseits war er ein Kommissar, der eine Leiche auf dem Balkon versteckte und im Wald verbrannte. Der bei seinen Mitmenschen einbrach und sie ausraubte. Wie Wasser durch den Haarriss eines Staudamms begann die Idee in sein Bewusstsein zu sickern.

Es gab zwei Möglichkeiten. Biel hatte einen Unfall. Einen solchen geschickt zu inszenieren, war verflixt schwierig. Terz hatte selbst schon einige vorgetäuschte Unfälle als Morde entlarvt.

War es dagegen von vornherein kein Unfall, musste die Polizei einen Täter finden. Die Gefahr bestand, dass sie erfolgreich war.

Außer, es gab schon einen. Und die Polizei wusste, wo sie zu suchen hatte.

Er war die Polizei.

In seinem Hirn wirbelte es, als führe er Achterbahn, er nahm die Passanten um sich nicht wahr, verwarf den Einfall, blieb mitten auf der Straße stehen und lachte wie ein Irrer, dass ihn Leute verwundert ansahen. Einen Moment lang dachte er verrückt zu werden, er, der kühl kombinierende Kommissar, bis er wieder ruhiger wurde und in seinem Verstand alles geordnet hatte.

Er war Kommissar und wusste, was er zu tun hatte.

Von einer Telefonsäule wählte er Amelie Kantaus Nummer. Das Dienstmädchen meldete sich. Terz verlangte Frau Kantau. Nach kurzem Warten kam sie ans Telefon.

Terz hielt sich nicht mit Freundlichkeiten auf. Er grüßte kurz und fragte: »Wo waren Sie Donnerstag vergangener Woche? Am Nachmittag.«

»Was soll das jetzt? Woher soll ich das wissen?«

»Wer sollte es wissen, wenn nicht Sie? Denken Sie nach.«

Am anderen Ende war es still. Endlich sagte Kantau:

»Zu Hause.«

»Kann das wer bezeugen?«

»Worauf wollen Sie hinaus?«

Terz wiederholte seine Frage.

»Das Mädchen«, antwortete Kantau widerwillig.

»Sonst niemand?«

Als Tönnesen ermordet wurde, saß Frau Kantau zu Hause in der Sonne. Und nur das Hausmädchen konnte es bezeugen. Wenn überhaupt. Die Aussagen einer finanziell Abhängigen konnten schnell in Zweifel gezogen werden.

»Ich habe da noch ein paar Fragen«, erklärte Terz. »Haben Sie heute irgendwann für mich Zeit?«

»Was wollen Sie denn noch?« Sie klang trotzig. So schnell hatte sie ihre jämmerliche Vorstellung von vorgestern vergessen.

Terz wurde streng. »Wann können Sie?«

»Ich bin zum Mittagessen verabredet. Entweder Sie kommen jetzt gleich oder danach.«

»Bis gleich.«

Auf dem Weg zum Wagen lief ihm Bernd Söberg über den Weg, der Aktentaschenträger des Bürgermeisters.

»Konrad! Ich wollte dich schon anrufen. Hast du über unser Angebot nachgedacht?«

»Ich bin zugeschüttet mit Arbeit und noch nicht zum Überlegen gekommen.«

»Jaja, der Fall Sorius, nicht? Und jetzt noch dieser zweite, Finnen hat mich informiert, was ist denn das für eine Geschichte?« Söbergs Stirn warf sich in besorgte Falten.

»Wenn wir das wüssten, könntest du wahrscheinlich auch ruhiger schlafen.«

»Finnen sagt, ihr habt es womöglich mit einem Sexkiller zu tun.«

»Wir verfolgen alle Möglichkeiten.«

»Welche gibt es denn noch?«

»Alles, worüber Finnen dich informiert hat.«

Söberg merkte, dass er zu aufdringlich geworden war, und schüttelte Terz die Hand.

»Deine Frau arbeitet jetzt bei Lukas, habe ich gehört? Grüß sie von mir. Und sag Bescheid, wenn du bei uns einsteigen willst.«

Wie beim letzten Mal öffnete das Dienstmädchen und brachte ihn in den Salon. In der Jackentasche tastete Terz nach der kleinen Plastiktüte für Beweisstücke.

Nachdem das Mädchen den Raum verlassen hatte, schaute er sich kurz um und zog schnell die Tüte hervor. Mit der Kante ihrer Öffnung schabte er über den Bezug eines Stuhls und fing ein paar Fasern ein. Rasch wiederholte er die Prozedur an einem zweiten Stuhl und dem Sofa. Kaum hatte er das Tütchen verschlossen und eingesteckt, betrat Amelie Kantau den Salon.

»Was wollen Sie«, fragte sie, nachdem sie sich gesetzt hatten.

»Kennen Sie einen Fredo Tönnesen?«

Kantau starrte nachdenklich ins Leere.

»Nein«, sagte sie dann. Es klang ehrlich. »Was ist mit dem Mann?«

»Er ist tot.«

»Und das hat mit Winfrieds Tod zu tun, sonst kämen Sie wohl nicht zu mir.«

»Es sieht so aus.«

Terz beobachtete sie genau. Sie schien in keiner Weise überrascht oder beunruhigt über die Nachricht.

»Und an besagtem Tag letzte Woche, nach dem sie mich schon am Telefon fragten, wurde er wahrscheinlich ermordet. Ich erklärte ja schon, dass ich hier zu Hause war.«

»Kann das außer dem Dienstmädchen noch jemand bestätigen?«

Sie sah ihm fest in die Augen. »Nein.«

»Kannten Sie andere Männerbekanntschaften von Herrn Sorius?«

Sie musterte ihn eindringlich. »Wovon sprechen Sie eigentlich?«

Vielleicht wusste sie es ja wirklich nicht. Umso mehr Spaß bereitete es, sie aufzuklären: »Herr Sorius hatte nicht nur mit Frauen Affären.«

Die offensichtliche Neuigkeit machte sie sprachlos. Dann spuckte sie die Worte förmlich aus: »Sie und Ihre Phantasie! Verschonen Sie mich! Ich sagte das schon beim letzten Mal!«

»Gut. Ich überlasse Sie jetzt wieder Ihren eigenen Phantasien. Im Moment habe ich keine Fragen mehr.«

»Ich werde mich über Sie beschweren.« Sie erhob sich und signalisierte damit das Ende des Gesprächs. Terz folgte ihr an die Tür. Bevor sie sich umdrehte, um ihm die Hand zu geben, konnte er mit zwei Fingerspitzen unbemerkt ein Haar von ihrer Schulter zupfen. Während er es in seiner Linken verschwinden ließ, reichte er ihr die Rechte. Ihr Händedruck war kalt und schlaff.

Vor dem Haus packte er das Haar in eine weitere Beweissicherungstüte, die er zu der anderen in seine Hosentasche steckte.

Wieder im Wagen wählte Terz die Nummer des Illau-Verlags. Seit Tagen wartete er auf den Anruf wegen der Bildabzüge von der Autogrammstunde. Nach ein paar Weiterleitungen hatte er die Pressedame am Apparat.

»Haben Sie die Fotoabzüge machen lassen? Sie wissen schon, von der Autogrammstunde, aus der ich vorzeitig gehen musste.«

Nach Sandels Identifizierung würde dessen Wohnung untersucht werden. Und seine Post. Darin mussten die Ermittler ja nicht unbedingt ein Bild finden, das den Toten wenige Stunden vor seinem Ableben mit Konrad Terz zeigte.

Er würde sich anbieten, die Bilder nach dem Signieren selbst zu verschicken. Nur Sandels würde er leider vergessen.

»Die Bilder sind heute raus«, erklärte die Stimme am anderen Ende.

»Wie bitte?«

»Ich sagte –«

»Ich habe gehört, was Sie gesagt haben!« Er beherrschte sich, bevor er zu laut wurde. »Ich wollte sie doch vorher signieren!«

Die Frau am anderen Ende stammelte eine Entschuldigung. Terz legte auf.

Heute in der Post, würde das Bild morgen oder spätestens Montag in Sandels Briefkasten liegen. Terz musste am Wochenende vorbeisehen. Und am Montag wieder. Hoffentlich war die Identität der Brandleiche von Ahrensburg bis dahin nicht geklärt. Er hielt an einer Telefonsäule und rief bei Biel an. Als dieser sich meldete, legte Terz auf, ohne etwas zu sagen. Zwanzig Minuten später parkte er den Wagen in seiner Straße.

Er holte den Overall aus dem Kofferraum, da fiel sein Blick auf den Kanister. Daneben lagen in einer Plastiktüte immer noch die Schuhe, die er im Wald getragen hatte. Welcher Leichtsinn! Doch nun kamen sie ihm gelegen. Schnell entschlossen packte er beides zum Overall. Seine Bewegungen waren jetzt knapp und präzise. Er durfte nicht nachdenken, er musste handeln wie eine Maschine.

Er musste bei drei Namen klingeln, bis sich jemand meldete und Terz undeutlich »Post für Bruhns« sagte, worauf die Haustür ohne weitere Hindernisse geöffnet wurde. Terz nahm den Lift. Niemand wollte zusteigen oder sah ihn.

Vor Biels Apartment stellte er sein Gepäck ab. Ohne das Ohr

direkt anzulegen, lauschte er an der Tür. Dann zog er schnell den Overall über, setzte einen Mundschutz auf und begann hastig zu atmen. Gleichzeitig drückte er die Klingel, bis die Tür einen Spalt aufsprang. Die Sicherheitskette spannte unter Biels Gesicht, das durch den Schlitz lugte.

»Wer zum Teufel ... Sie schon wieder! Wie sehen Sie aus? Warum läuten Sie wie verrückt?«

Terz hatte sich atemlos gehechelt. »Feuer ...«, keuchte er dumpf durch seinen Mundschutz. Mit beiden Händen zerrte und riss er an der Klinke. Zwischen kurzen Atemstößen schnaufte er: »Ich wollte eben zu Ihnen, da ... haben Sie denn gar nichts bemerkt? Der Nachbardachboden brennt! Die Feuerwehr wollte mich gar nicht mehr herauflassen. Der Brand kann jede Sekunde auf Ihr Apartment übergreifen!«

Er zeigte in die Luft. »Sehen Sie, die Oberlichter. Der Rauch zieht schon darüber. Sie müssen sofort raus!«

In seinem weißen Overall mit dem Mundschutz sah er nicht aus wie ein Feuerwehrmann, aber wie eine Einsatzkraft bei einer Katastrophe, und das genügt für die Menschen. Biel versuchte, durch den Türschlitz hochzusehen.

»Was? Was reden Sie ...?«

Als er nichts erkennen konnte, öffnete er die Sicherheitskette und trat vor die Tür.

Terz packte sein Handgelenk. »Kommen Sie schon! Gleich brennt auch bei Ihnen alles!«

Biel sah ihn mit erschrockenen Augen an. Terz' gespielte Panik und sein seltsamer Aufzug hatten ihn irritiert und angesteckt.

»Aber ich ... ich muss noch ...«

Er riss sich los und verschwand in der Wohnung, ohne sich umzusehen. Terz folgte ihm und schloss leise die Tür hinter sich. Biel lief ins Schlafzimmer, wo er hastig am Fensterbrett hantierte. Es war locker, und mit einem Griff zog er darunter ein Kuvert und zwei CDs hervor. Da fiel sein Blick durch das Fenster, und er hielt inne.

Er öffnete einen Flügel und beugte sich hinaus. Mit rotem Gesicht drehte er sich um.

Terz stand unmittelbar vor ihm. Hastig verbarg Biel Kuvert und CDs hinter seinem Rücken. Lächelnd streckte Terz ihm die Hand entgegen.

»Die Bilder, bitte.«

Biel wich zurück. »Ich weiß nicht, wovon …«

Mit zwei Schritten war Terz bei ihm. Seine langen Arme griffen spielend hinter Biels Rücken und entwanden ihm Kuvert und CDs.

Biel stammelte wutentbrannt Unverständliches und versuchte seine Schätze zurückzubekommen. Terz stieß ihn weg und öffnete das Kuvert. Unter Dutzenden Aufnahmen erkannte er jene, die Biel ihm in den Briefkasten gesteckt hatte.

Der Briefumschlag war eine Fundgrube. Biel hatte darin offensichtlich alle Bilder zu dem Fall aufbewahrt: Sandels Besuch, den Unfall, die Bildfälschungen. Aber auch, wie Terz Sandel im Fass versteckte und dieses wieder aufstellte. Ebenso, wie er dieses von der Terrasse wegbrachte. Auch das Einladen ins Auto war dokumentiert. Terz hatte ihn damals nicht bemerkt. Sogar während der Verfolgung hatte Biel noch fotografiert. Bis Terz ihn abgehängt hatte. Den Abschluss bildeten Aufnahmen, wie Terz das leere Fass wieder auf der Terrasse aufstellte.

»Wo sind die Negative?«

»Welche …?«, setzte Biel an, unterbrach sich und begann hämisch zu grinsen. »Das wüsstest du wohl gern.«

Terz untersuchte die Bilder noch einmal genauer. Vereinzelt meinte er fein gepixelte Kanten zu sehen.

»Digitalbilder«, stellte er dann fest. »Es gibt gar keine Negative.«

»Das wünschst du dir!«, rief Biel, doch an seiner Miene erkannte Terz, dass seine Vermutung ins Schwarze getroffen hatte.

Er schob die Bilder in das Kuvert zurück.

In Biels Augen standen Tränen der Fassungslosigkeit und Wut.

Mit dem Kuvert und den CDs verließ Terz den Schlafraum. Biel folgte ihm wie ein Hund, aber vor der Tür zum Arbeitszimmer blockierte er den Weg.

Terz schob ihn zur Seite.

»Sie … verdammter …«, zischte Biel, wagte aber nichts zu tun.

Auf den Discs fand Terz neben den Originalbildern auch die Fälschungen. Er hatte Bilder und Kopien auf CD-ROM. Die Daten auf der Festplatte würde er noch löschen. Konnte Biel noch woanders Kopien aufbewahrt haben? Irgendwo in seinem gigantischen Archiv versteckt? Etwas in Terz sagte, dass die versteckten Exemplare und Daten die einzigen waren. Biel war der Typ dafür. Und Terz hatte gelernt, auf seinen Bauch zu hören. Außerdem hatte er keine Wahl. Er konnte Biels Archiv nicht komplett zerstören.

Außer, er zündete es an. Aber damit würde er die Bewohner des Hauses und der Nachbarhäuser in Gefahr bringen. Keine Option.

Es gab sicher keine Beweise mehr. Nur in Biels Kopf. Für einen Sekundenbruchteil weckte die traurige Gestalt in Terz Mitleid. Und Zweifel. Er war weit genug gegangen. Noch konnte die Geschichte hier enden.

»Bastard!«, keuchte Biel hasserfüllt und wich ins Wohnzimmer zurück. Biels naiver Zorn schürte Terz' Ärger wieder. Vielleicht gab der Ton in seiner Stimme den Ausschlag: Biel schien nur jetzt gerade der Schwächere. Vor Erpressern hat man nie Ruhe. Biel würde keinen Frieden geben – und sei es nur, um sich zu rächen. Terz folgte ihm. Er hatte sich die Stelle an Sorius' Hals genau angesehen.

Mit aller Kraft schlug er zu.

»Auaa!« Biel gurgelte, die Wucht des Schlages ließ ihn taumeln, seine Hand fuhr an die schmerzende Stelle. »Sind Sie verrückt geworden?«

Verflixt. Doch nicht so einfach.

Terz riss Biel die schützende Hand vom Hals und schlug ein zweites Mal zu.

»Aaah! Jetzt reicht es aber!« Sein Gegner versuchte Terz zwischen die Beine zu treten. Der Hieb ging ins Leere, der Schwung ließ ihn stolpern. Plötzlich schien sein Körper knochenlos. Polternd schlug er auf den Boden und blieb reglos liegen.

Terz' Finger suchten den Puls. Sie spürten nichts. Er verharrte neben dem reglosen Körper. Biel sah aus, als schlafe er. Terz stand auf, wandte den Blick ab und eilte zu Biels Telefon.

Bei Kantaus meldete sich wie üblich das Dienstmädchen. Terz ahmte Biels heiser-devoten Ton nach:

»Ich muss Frau Kantau sprechen.«

»Wer sind Sie?«

»Es geht um Ihren Mann.«

Das Mädchen schien nicht beeindruckt. »Ist ihm etwas zugestoßen?«

»Das kann ich nur Frau Kantau persönlich sagen.«

»Sie hat Besuch.«

»Der wird warten müssen.«

»Wen darf ich anmelden?«

»Mein Name ist unwichtig.«

»Aber –«

»Machen Sie schon!«

Eine Minute später meldete sich Frau Kantau: »Wer sind Sie? Was wollen Sie?«

»Wenn Ihr Mann nichts von Ihrer Affäre mit Winfried Sorius erfahren soll, tun Sie jetzt genau, was ich sage.«

»Was – wovon sprechen Sie, wer –«

»Versuchen Sie es gar nicht. Ich habe Beweise. Sie nehmen allen Schmuck, den Sie gerade zu Hause haben, und fahren damit zum Eppendorfer Baum.«

»Aber ich habe hier Termine.«

»Die können warten. Sonst haben Sie bald gar nichts mehr. Oder glauben Sie, Ihr Mann behält Sie, wenn er alles erfährt?«

»Ich habe kaum –«

»Schluss mit Diskussionen. Nehmen Sie Ihr Mobiltelefon mit. Ich rufe Sie wieder an.« Terz beendete das Gespräch.

Er holte den Kanister und die Tüte mit den Schuhen. Sein mitgebrachtes Paar stellte er neben Biels ungepflegte Treter: Turnschuhe, Segelschuhe, schwarze. Mit einem Spieß aus der Küche kratzte er die Erde aus den Sohlen seiner eigenen und drückte die Krümel in das Profil von Biels Segelschuhen.

Auf Biels Computer schrieb er vier Erpresserbriefe. Er formulierte sie ähnlich jenem, den er heute erhalten hatte. Biels Leichnam war noch nicht kalt. Er drückte die Papiere ein paarmal gegen dessen Finger und versteckte sie in einem Ordner unter dem Schreibtisch.

Mit einem Lappen aus der Küche wischte Terz den Kanister sorgfältig ab, um seine eigenen Fingerabdrücke zu vernichten. Er legte Biels noch warme Hand um den Griff des Kanisters, dann auch an die Seitenflächen. Dasselbe tat er mit der anderen Hand des Toten.

Mit einer Messerspitze schraubte er die Rückseite des Computers auf und entfernte die Festplatte. Zusammen mit CDs und Kuvert verstaute er sie in einer großen Plastiktüte.

Er überprüfte alle Kameras, entfernte die Filme, löschte sämtliche Aufnahmen.

Im Wohnzimmer lag Biel unverändert. Von Biels Telefon rief er Kantau auf ihrem Handy an. »Wo sind Sie?«, fragte er mit verstellter Stimme.

Sie klang gereizt und nervös. »Mittelweg. So schnell geht das nun auch wieder nicht. Wo soll ich hin?«

»Kommen Sie zu folgender Adresse«, sagte er, nannte ihr die Anschrift in der Isestraße. »Läuten Sie bei Biel.« Als er auflegte, explodierte Schwarz in seinem Kopf.

# 12

Der Druck auf seiner linken Gesichtshälfte wurde stärker. Er lag auf dem Boden. Seine Handgelenke schmerzten. In Terz' Kopf spielte eine Kanonenkugel Rollerball. Er versuchte sich zu bewegen. Von weit weg hörte er eine Stimme.

»Verstehe kein Wort«, sagte er und hoffte, dass es nicht zu gepresst klang. »Sie stehen auf meinem Ohr.«

Die Sohle radierte über sein Gesicht.

»Jetzt können wir reden, Arschloch, sagte ich!«

Unauffällig testete Terz die Bewegungsfähigkeit seiner Glieder. Seine Hände waren hinter dem Rücken gefesselt.

Schwindel, Bewusstlosigkeit, Herzstillstand. So hatte es Krahne erklärt. Bei Biel hatte es nur zu tiefer Bewusstlosigkeit gereicht. Einen Augenblick lang war Terz fast erleichtert.

Biel klang heiser. »Was ist das für ein Kanister? Wolltest du mich umbringen, du Schwein? Ich fasse es einfach nicht! Du sollst doch der Gute sein!«

»Was wollen Sie – eine philosophische Diskussion?«

Wie lange war er bewusstlos gewesen?

Amelie Kantau konnte jede Sekunde da sein.

Noch ein Tritt. »Ich sage dir jetzt, wie es weitergeht, Herr Starkommissar.«

»Ich kann mich nicht erinnern, Ihnen das Du angeboten zu haben.«

Der Fuß traf Terz unter den Rippen. Durch seine Lunge schoss ein stechender Schmerz.

»Dafür wirst du dein Leben lang zahlen. Und das ist erst der

Anfang. Ha, ich liebe es!« Biels Lachen detonierte in Terz' Kopf wie ein Dum-Dum-Geschoss. Er konnte die Fratze nicht sehen. Aber sich sehr genau vorstellen.

Die Türglocke klingelte.

Beim zweiten Klingeln wirbelte er gegen Biels Füße. Der stürzte, und Terz schnellte hoch, um sein ganzes Gewicht auf den Brustkorb des anderen fallen zu lassen. Hals und Kopf seines Gegners klemmte er zwischen die Oberschenkel, mit den Unterschenkeln versuchte er Biels rudernde Arme zu bändigen. Er musste seine Hände freibekommen!

Biel strampelte, riss an Terz' Kleidung. Versuchte, sein empfindlichstes Teil durch die Hose zu beißen. Terz bekam die Hände nicht frei. Er setzte sich noch schwerer auf Biels Hals.

»Bind mich los.«

Biel antwortete nicht. Sein Gesicht lief rot an, violett, er strampelte panisch, röchelte. Verdammt, er durfte ihn nicht ersticken. Terz rollte zur Seite, krümmte sich zusammen. Unter Gesäß und Füßen zog er die gefesselten Hände nach vorn. Neben ihm rappelte Biel sich auf. Gleichzeitig schnellte Terz hoch. Mit den zusammengebundenen Fäusten hieb er Biel gegen den Hals. Die Wut war wieder in ihm. Dieses Gefühl, das er empfunden hatte, nachdem er Biel als falschen Journalisten identifiziert hatte. Biel taumelte. Terz schlug ein zweites Mal zu. Biel blickte ihn erstaunt an, dann fiel er zusammen. Terz kniete sich neben ihn und tastete den Puls. Er spürte nichts. Diesmal würde er sichergehen.

Wieder das Klingeln aus dem Flur. Stunden schienen zu verrinnen, während Terz neben dem Reglosen kniete und darauf wartete, dass der Kreislauf wieder ansprang. Nicht einmal die Hände wagte er zu befreien. Biel hatte ihn mit einem Bademantelgürtel gefesselt, das Blut staute sich in Terz' Fingern.

Das Klingeln an der Tür stammte vermutlich von Amelie Kantau. Stand sie noch vor dem Haus oder schon an der Wohnungstür? Er blieb neben dem Toten.

Nach einer Minute meldete sich die Türglocke erneut, lang, ungeduldig.

Terz sprang auf, schlich zur Wohnungstür und spähte durch den Spion.

Das Treppenhaus war leer.

Zurück zu Biel.

Zwei Minuten waren seit Terz' Schlag vergangen. Kein Puls. Biel war tot. Der Schweiß auf Terz' Gesicht hatte sich in einen kalt-klebrigen Überzug verwandelt.

Grenzenlose Gier. Eine niederträchtige Erpressung. Und dann nicht aufhören können. Terz hatte ihm eine Chance gegeben. Aber nein. Der Kerl musste es wieder versuchen. Biel hatte Terz keine Wahl gelassen.

Die Türklingel war verstummt. Amelie Kantau hatte aufgegeben. Sein schöner Plan war zunichte. Nein, noch nicht.

Mit einem Küchenmesser durchschnitt Terz seine Fesseln. Die zerfransten Bänder steckte er in die Overalltasche, das Messer legte er zurück in die Lade. Ein Wunder, dass seine Handschuhe heil geblieben waren.

Terz' Kopf pochte an den unterschiedlichsten Stellen. Im Badezimmerspiegel begutachtete er die Schäden. Die linke Seite war rot. Ein paar kleine Schürfwunden nässten. Auf der rechten hatte er einen blauen Fleck am Jochbein. Wie würde er das alles erklären? Beim morgendlichen Laufen gestürzt. Vorsichtig tastete er den Hinterkopf unter der Overallkapuze ab. Im Nacken spürte er eine gehörige Beule. Die Haut schien intakt zu sein. Womit hatte Biel ihn geschlagen?

Der Kanister lag nicht mehr an der Stelle, wo Terz ihn hingelegt hatte. Zur Sicherheit prüfte er noch einmal Biels Puls. Dann reinigte er dessen Fingernägel. Er zog dem Toten T-Shirt und Hose aus. In der Küche fand er einen Staubsauger. Er drehte die Leiche um. Zuerst saugte er, wo sie gelegen hatte. Dann drehte er sie zurück und reinigte den Rest der Wohnung. Im Vorzimmer fand er eine

Tüte, in der er Biels Kleidung verstaute. Dazu steckte er den vollen Staubsaugerbeutel und den Bürstenkopf des Geräts. Zuletzt wickelte er Kantaus Haar zwischen die Finger von Biels rechter Hand. Die linke steckte er in die Tüte mit den Fasern von Kantaus Salonmöbeln. Ein paar blieben hängen, dann steckte er das Tütchen wieder ein.

Den Schlüssel zu Biels Alfa fand er an einem Bund im Türschloss.

Von Biels Telefon rief er noch einmal mit verstellter Stimme bei Amelie Kantau an.

»Frau Kantau, wo sind Sie?«

Ihre Stimme klang atemlos und zornig. »Bin gleich da. Schon im dritten Stock. Der Lift funktionierte nicht.«

Terz knallte den Hörer auf das Telefon. Er hatte keine Zeit zum Überlegen. Entweder öffnete er nicht. Nur im besten Fall ging Amelie Kantau einfach wieder. Und mit ihr sein Plan. Oder er ließ sie ein – und dann?

Er lief in den Flur, hörte Stöckelschuhe im Treppenhaus und öffnete die Tür einen Spalt. Dann hastete er mit seinen Tüten in Biels Bad und schloss dessen Tür, ohne sie jedoch abzusperren.

Er stellte sich in die Duschkabine und zog den grünen Vorhang zu.

Von draußen hörte er gedämpfte Rufe. Hohe Absätze auf Parkett. Amelie Kantaus Stimme. »Hallo? Ist da wer?«

Dann ein unterdrückter Schrei.

Jetzt dreht sie um und läuft weg, dachte Terz. Höchste Zeit, dass auch ich hier rauskomme.

»Hallo, Sie!« Kantau sprach zu dem toten Biel. »Was ist mit Ihnen? Sind Sie krank? Sagen Sie was!« Ein Klatschen erklang, wie von einer Ohrfeige. Noch einmal. »Stehen Sie auf!«

Stille. Dann ein leises »Verdammt«.

Terz spürte seine Zähne schmerzen, weil er sie so angespannt aufeinandergepresst hatte. Er lockerte sich.

Amelie Kantaus Schritte hallten durch das Wohnzimmer. Dem Schall nach war sie unterwegs in Biels Technikraum. Gleich darauf kehrten sie zurück, kamen näher. Die Schlafzimmertür wurde geöffnet, aber nicht wieder geschlossen. Jetzt kam sie zum Bad. Öffnete die Tür. Terz konnte sie atmen hören. Oder war es seine eigene Angst?

Durch einen winzigen Spalt zwischen Vorhang und Duschwand sah er ihre blonden Haare.

Die Hand am Türgriff, als halte sie sich in dieser Situation lieber an etwas fest, überflog ihr Blick den Raum.

Terz atmete ganz langsam und machte sich bereit. In dem Overall konnte sie ihn nicht sofort erkennen. Sobald sie den Duschvorhang aufzog, würde er die Tüten fallen lassen und sie niederschlagen müssen.

Kantau hatte genug gesehen, ließ die Tür offen und ging zurück ins Wohnzimmer.

Kantau war jetzt bei den Kameras, Aufnahmegeräten und Computern. Klappern und Kramen, das Terz lebenslang schien, verriet, dass sie nach den Unterlagen suchte, die Biel angeblich über sie besaß.

So viel Kaltblütigkeit rang Terz Respekt ab. Gleichzeitig musste er sich auf das Schlimmste gefasst machen. So langsam und leise wie möglich hängte er eine Tüte an die Duscharmaturen, damit er wenigstens eine Hand frei hatte. Sie zitterte, wenn auch mehr wegen der Konzentration als aus Angst. Nun konnte er sich sofort wehren, sollte Kantau doch noch hinter den Vorhang schauen. Andererseits, wer versteckt Erpressungsunterlagen im Bad, geschweige denn in der Dusche?

Ein paar Minuten später näherten sich Kantaus Schritte wieder, verschwanden im Schlafzimmer. Nachdem sie dort fertig war, setzte sie ihre Suche im Wohnzimmer und der Küche fort.

Terz achtete nicht auf die Zeit, lauschte nur jedem Geräusch, das die Frau irgendwo in der Wohnung machte. Das war besser als alles, was er sich ausgemalt hatte. Sie hinterließ ihre Spuren in jedem Winkel. Fingerabdrücke, vielleicht Haare, Hautschuppen, Schweißtropfen, Gewebefasern. Sie hatte Biel sogar geohrfeigt!

Dann herrschte Stille.

Terz versuchte durch den Spalt etwas zu sehen. Kantau stand vor dem toten Biel, die Arme in ihre Hüften gestemmt.

»Wo hast du das Zeug? Oder hat es nie welches gegeben?«

Sie sah um sich und dann genau auf Terz, doch ihr suchender Blick schweifte schon weiter.

In einer wütenden Geste warf sie die Arme über den Kopf und ließ sie fallen.

Ohne Vorwarnung kam sie mit entschiedenen Schritten ins Bad. Ihre Stöckel hämmerten auf den Holzboden, auf die Fliesen. Terz konnte ihr Parfüm riechen, ein leichter Sommerduft, darunter drängte etwas Animalisches an die Oberfläche. Der Geruch der Angst.

Kantau riss die Schubladen des Waschkästchens auf, durchwühlte das Regal, schnaufte zornig, fluchte leise. Entdeckte nichts.

Stille.

Als Terz das Klappern ihrer Absätze auf den Fliesen näher kommen hörte, ballte er die Faust. Nein, in einer Dusche versteckt niemand etwas Wichtiges. Es könnte nass werden.

Amelie Kantaus Schritte stöckelten aus dem Badezimmer, durch den Wohnraum in den Flur. Dann fiel die Tür ins Schloss.

Terz sah sich noch einmal um, vergewisserte sich, dass er CDs, Festplatte, Fotos, Kanister und seine Schuhe dabeihatte, und verließ die Wohnung. Die Tür lehnte er nur an. Nachdem er den Overall abgestreift hatte, fühlte er sich, als wäre er aus einem Bad mit kaltem Schweiß gestiegen.

Im Treppenhaus hörte er Stimmen. Er wartete, bis sie hinter einer Tür verschwanden. So schnell und leise wie möglich lief er hinab, die Ohren auf das kleinste Geräusch gerichtet.

Bevor er das Haus verließ, suchte er die Straße nach Amelie Kantau ab, die Schatten der Bäume, die geparkten Autos, jeden Hauseingang in seinem Blickfeld. Weder sie noch ihr Wagen waren irgendwo zu sehen.

Biels Alfa musste er fünf Minuten suchen. Im Kofferraum deponierte er den Kanister.

Ohne Hast ging Terz zu seinem Auto. Er fuhr über Klosterstern und St.-Benedict-Straße nach Winterhude.

Es war nicht ausgeschlossen, dass Amelie Kantau tatsächlich Tönnesen und Sorius auf dem Gewissen hatte. Terz' Inszenierung wäre natürlich noch besser gewesen, wenn er den wahren Täter bereits mit Sicherheit gekannt hätte. Oder die Täterin. Aber wer wusste, wann er oder sie gefunden wurde? Es konnte Wochen, Monate dauern, womöglich brachten sie ihn nie zur Strecke. So lange hatte er nicht warten können.

Wenn Kantau die Täterin war, machte ein Mord mehr oder weniger, den man ihr zur Last legte, nichts aus. Hörte Terz in sein Innerstes, glaubte er allerdings nicht an ihre Schuld.

Durch seine Inszenierung geriet sie auf jeden Fall in große Schwierigkeiten.

Besser sie als er.

An der Ecke Maria-Louisen-Straße/Dorotheenstraße versenkte er seine Schuhe in einer zum Ausleeren bereitgestellten Mülltonne, am Hofweg entsorgte er die Tüte mit Biels Kleidung in einer weiteren Tonne, deren Inhalt bereits auf den Müllwagen wartete, und in der Petkumstraße wurde er schließlich den Staubsaugerbeutel los.

Er musste nach Hause, sich umziehen. Juliette war mit den Kindern schwimmen.

Terz nahm eine lange Dusche und wählte einen fruchtigen Sommerduft, um die vergangenen Stunden zu vertreiben. Es war Zeit, dass er sich wieder seiner Arbeit widmete.

Tönnesens Nachlass lagerte in einer Altonaer Halle. Der Altwarenhändler war ein mürrischer Mann mit hängendem Schnurrbart. Er begleitete Terz zu dem Haufen, murmelte etwas und verschwand.

Auf vier Quadratmetern standen Bett, Sofa, Schränke, Regale und Dutzende Kisten. Terz öffnete eine davon. Bücher. In den anderen fanden sich ebenfalls Bücher, Küchenutensilien und Kleidung. Einer barg persönliche Dokumente und Papierkram. Terz setzte sich auf einen von Tönnesens Stühlen und studierte die Unterlagen genauer. Rechnungen, Kontoauszüge, Versicherungsscheine, Fahrkarten, Flugtickets, Autokataloge, Wohnungsangebote mit Daten kurz vor Tönnesens Tod. Etwas fehlte. Vielleicht hatte er es auch nur übersehen. Er wühlte noch einmal alles durch. Nur ein Schmierzettel mit ein paar Namen und Zahlenreihen. Das konnte doch nicht alles sein. Auf dem Handy wählte Terz eine davon, Krobat 991245. Die aufsteigende Melodie toter Anschlüsse erklang. Der ganze Krempel musste ins Präsidium. Die Techniker sollten ihn genau unter die Lupe nehmen. Und Lund jedes Stück davon überprüfen. Er suchte den Besitzer des Lagers.

»Das ganze Zeug wird abgeholt. Lassen Sie es bis dahin unverändert.«

»Aber ich bekomme es wieder.«

»Sobald wir es untersucht haben. Ist das dahinten alles? Haben Sie schon etwas vernichtet oder verkauft oder in der Wohnung gelassen?«

»Ich räume die Wohnungen komplett leer, dafür bekomme ich alles umsonst. Das hier muss ich erst mal durchsehen, bevor ich etwas verkaufe.«

»Das heißt, Sie haben kein Adress- oder persönliches Telefonbuch in der Wohnung gefunden?«

»Wenn bei dem Zeug keines ist, dann nicht.«

Terz hatte kein gutes Gefühl, als er das Lager verließ. Aber das hatte er schon seit ein paar Stunden nicht.

Die Sommerhitze hatte sich auch im Besprechungszimmer breitgemacht.

»Wie siehst du denn aus?«, begrüßte ihn Perrell.

»Beim Jogging heute Morgen ausgerutscht.«

Sammi war bei Herrn Kantau gewesen. »Er weiß wohl nichts von den Affären seiner Frau. Also habe ich ihm auch nichts davon gesagt.«

Er wird es noch früh genug erfahren, dachte Terz. Er erwähnte Amelie Kantaus dünnes Alibi für Tönnesens Todeszeit. Sammi registrierte es, wollte sie aber ausnahmsweise nicht gleich noch einmal selbst verhören.

Perrell hatte Tönnesens Nachbarn befragt. »Einer von ihnen will an besagtem Tag einen auffälligen Fremden im Haus gesehen haben, sehr groß, stark, kurze Haare oder Glatze, Narbe am Hinterkopf.«

Terz horchte auf. »Genau beobachtet. Würde er ihn wiedererkennen?«

»Keine Ahnung.«

»Tönnesen hatte einen Arbeitskollegen, auf den die Beschreibung passen könnte.« Nur an eine Narbe konnte er sich nicht erinnern. »Überprüft das einmal.« Er nannte ihnen den Namen des Cafés und beschrieb Manni. »Sonst noch was?«

Nichts. Sie kamen nicht weiter in dem Fall.

Kurz nach sieben war Terz zu Hause. Als er die Wohnung betrat, hörte er Elena auf der Terrasse schimpfen. Sie saß am Gartentisch hinter ihrem Laptop. Die Mädchen kauerten am Boden über der Vogelschachtel. Er begrüßte sie mit einem Kuss.

»Was ist denn?«

Sein Blick schweifte zu Biels Apartment, in dem die Leiche lag.

Elena klagte: »Dieses Mistgerät ist wieder einmal abgestürzt. Gleich so richtig. Ich hasse das. Jetzt muss ich wieder alles einrichten. Datum, Uhrzeit und so.« Sie sah auf. »Was ist denn dir passiert?«

»Ausgerutscht.« Zur Ablenkung fragte er: »Und wie geht es Vogel?«

»Heute ist er müde«, antwortete Kim unbeschwert.

Noch ein unauffälliger Blick über die Baumwipfel, und Terz ging ins Bad, um zu duschen. Er war fast nackt, als er innehielt. Plötzlich pulsierte ein Gefühl in seinem Kopf, als sei zwischen den Hirnwindungen eine winzige Perle versteckt. Eine Ideenperle. Sie war wichtig für den Fall, das spürte er. Aber er konnte sie nicht finden.

Elena hatte irgendetwas gesagt. Oder getan. Hatte es mit Elena zu tun? War es ein Duft auf der Terrasse gewesen oder eine Farbe, eine Lichtreflexion, die etwas in seinem Gedächtnis ausgelöst hatte? Der Blick zu Biels Apartment? Der müde Vogel?

Er würde die Perle wohl ruhen lassen müssen, damit sie Perlmutt ansetzen konnte. Noch etwas reifen, dann war sie groß genug. War es vielleicht ein Geräusch gewesen?

In Shorts kehrte er auf die Terrasse zurück.

Elena tippte auf dem Laptop, sah kurz auf, tippte weiter. Die Mädchen hatten Vogels Karton halb zugedeckt und spielten daneben. Terz blickte sich um, lauschte, schnupperte. Er spürte die Abendsonne auf der Haut. Die Fenster von Biels Apartment waren dunkle Schatten, nur die Terrasse leuchtete noch im orangefarbenen Licht. Wann der Körper wohl gefunden würde?

Nein, der Gedanke war noch nicht reif. Er würde ihn jetzt nicht finden.

Er ging zurück ins Bad und nahm die zweite lange Dusche seit Mittag.

# 13

Das Drama begann am Samstagmorgen um halb sieben. Terz war schon wach, aber noch liegen geblieben, als Kim und Lili ins elterliche Schlafzimmer stürmten, Polsterabdrücke im Gesicht, feucht glänzende Wangen, Vogels Schuhkarton in vier Händen.

»Er bewegt sich nicht mehr! Mama! Papa! Tut etwas!«

Sie begruben Vogel noch vor dem Frühstück unter dem Rhododendronstrauch in einer Ecke des Gartens. Die Mädchen schluchzten, streichelten den kleinen Erdhügel und klammerten sich an ihre Eltern, Terz umarmte sie, während sein Blick über die Häuser wanderte und an Biels Apartment haften blieb.

Er wusste nicht, wie lange er so gestanden hatte, als er zwei feuchte Spuren seine Wangen hinablaufen spürte, die sich unter seinem Kinn vereinten und als kleiner Tropfen am Hals zu kitzeln begannen. Seine Nase war verstopft, verstohlen zog er sie hoch und wischte die Tränen weg. Elena bemerkte es trotzdem. Sie lächelte ihn liebevoll an, und ihre Augen begannen feucht zu schimmern. Vielleicht dachte sie an die Vögel ihrer Kindheit.

Zur Ablenkung unternahmen sie mit Freunden der Kinder einen Ausflug ans Meer. In den Wellen war ihre Trauer um Vogel schnell vergessen. Wenn Terz nicht bei ihnen war, arbeitete er im Strandkorb an seinem nächsten Buch. Doch immer, wenn sein Blick über die blaue Wasserfläche abdriftete, wanderten seine Gedanken mit. Wie die Möwen über der glitzernden Weite glitten sie lautlos durch seinen Kopf. Ob Biel schon gefunden worden war?

Am Abend rief er Kantusse an, doch bei dem meldete sich immer noch fiepend der wortlose Anrufbeantworter. Die Mädchen verfielen wieder in Vogel-Trauer, und er konnte sie nicht trösten.

Nachdem weder Freitag- noch Samstagabend Meldungen über die Identifizierung der Brandleiche von Ahrensburg in den Nachrichten gekommen waren, ließ Terz am Sonntag seine morgendliche Alsterrunde ausfallen. Stattdessen war er kurz nach Sonnenaufgang bereits nach Wandsbek unterwegs. Bei sich hatte er einige der Kassetten und CDs aus Biels Wohnung und Schinken aus dem eigenen Kühlschrank.

Um Sandels Wohnung herum waren keine Zeichen für Polizeianwesenheit erkennbar. Er steckte zwei leere Audiokassettenhüllen von Biel ein, wobei er darauf achtete, keine Fingerabdrücke zu hinterlassen.

Im Briefkasten warteten einige Kuverts auf Abholung, doch keines vom Illau-Verlag. Fünf Tage waren seit seinem ersten Besuch vergangen. Als er die Wohnung betrat, kam Vito ihm mit lautem Maunzen entgegen.

Terz füllte den Napf mit dem Schinken. Genüsslich schmatzend machte sich die Katze darüber her, während Terz den zweiten Napf und den leeren Topf auf dem Ofen wieder mit Wasser füllte. Dann legte er die zwei Kassettenhüllen aus Biels Wohnung in das Schreibtischchaos aus Papieren, Notizen und Büchern. So leise, wie er gekommen war, verschwand er wieder.

Zum Frühstück brachte er frische Brötchen nach Hause.

Später fuhr Elena mit den Mädchen zum Reiten, Terz entzog sich dem Termin unter dem Vorwand, an seinem neuen Buch arbeiten zu müssen. Sobald er allein war, holte er einen Operngucker, blieb im Schatten des Wohnzimmers und stellte die Linsen scharf auf Biels Apartment.

Der erste Eindruck war: Katastrophenübung. Es wimmelte von Menschen in weißen Overalls. Terz erkannte zwei Techniker und vier Kriminalkommissare aus der Abteilung, die heute Bereitschaft hatte.

Biel war gefunden worden.

Dem ersten Anschein nach hatten sie noch nicht mit der Spurensicherung begonnen. Einem Impuls folgend legte Terz das Opernglas ab, schlüpfte in bequeme Schuhe, warf eine leichte Jacke über und verließ die Wohnung.

Vor Biels Haus standen vier Einsatzwagen, ein paar Schaulustige vertrieben sich den Sonntagvormittag. An der Haustür wachte ein Beamter. Er erkannte Terz und ließ ihn durch.

Am Eingang zu Biels Apartment passte eine junge Frau in Uniform auf. Die Tür hinter ihr war geöffnet.

Im Wohnzimmer umringten drei weiß Vermummte Biels Leiche. Einer entdeckte Terz. »Konrad! Was machst du hier?«

Die beiden anderen wandten sich um. Kommissar Fred Hasselbach, so groß, dass er sich immer etwas gebeugt hielt, mit seinem imposanten grauen Schnauzbart. Und Emil Wilms, untersetzt, blonde Kurzhaarfrisur und Hände wie ein Metzger. Hasselbach war wie Terz Abteilungsleiter, allerdings sechzehn Jahre älter.

»Ich wohne gegenüber«, klärte Terz ihn auf. »Da habe ich euch gesehen. Was ist passiert?«

Er hatte sich zu ihnen gesellt und ging einmal um die Leiche herum. Biel schien zu schlafen.

»Wir wissen es selbst noch nicht. Sind gerade erst gekommen«, erwiderte Hasselbach unwirsch.

Terz streunte durch die Wohnung, grüßte andere überraschte Kollegen, war zwischen all den weißen Overalls ein locker gekleideter Fremdkörper.

Beiläufig warf er einen Blick ins Bad, das Schlafzimmer, Technikraum und Küche, dann kehrte er zu Hasselbach und Wilms zurück, kratzte sich nachdenklich am Kopf.

»Pass auf, dass du uns hier nicht die Spuren verdirbst«, beschwerte sich Hasselbach.

»Natürlich. Entschuldige.« Schuldbewusst sah er an sich hinab, zupfte an seiner Jacke. »Ich gehe am besten wieder. Dann könnt ihr in Ruhe euren Job machen. Und wenn mir langweilig wird, sehe ich euch von drüben zu.«

Zufrieden setzte Terz sich mit seinem Laptop auf die Terrasse.

Gedankenverloren starrte er auf den Bildschirm, als das System hochfuhr. Während seines gesamten Aufenthalts bei Biel gestern hatte er den Overall mit Kapuze und die Handschuhe getragen. Die einzigen Spuren konnten Hautpartikel, Schweiß oder Haare aus seinem Gesicht sein. Wenn man tatsächlich welche fand, würde man es nun auf seinen Besuch am Tatort in Zivilkleidung schieben.

In der Leiste am unteren Bildschirmrand blinkte die Uhrzeit. Zwölf Uhr achtundvierzig. In Terz' Kopf begann wieder dieses Gefühl zu pulsieren, die Ideenperle. Warum tauchte es auf, wenn er auf den Bildschirm starrte? Auf die Uhrzeit? Elena hatte auch vor dem Computer gesessen. Hatte sie nicht etwas von Datum und Uhrzeit gesagt? Was war es gewesen? Ihre Festplatte war abgestürzt, und sie musste Uhrzeit und Datum neu einstellen. Das Datum.

Er sprang auf und rief im Präsidium an. Es dauerte viel zu lange, bis jemand abhob. Er fragte den Beamten nach Peer Solsteen.

»Heute ist doch Sonntag«, war die erstaunte Antwort, »da ist der nicht im Haus.« Terz ließ sich die private und die Handynummer geben. Bei Solsteen lief der Anrufbeantworter. Er erreichte ihn am Mobiltelefon, nur um zu hören, dass er erst am Abend von Amrum zurückkam. Terz musste bis morgen warten.

»Ich will Vogel wieder«, erklärte Lili, als sie nach Hause kam. »Er fehlt mir so.«

Terz musste mit den Kindern zum Grab gehen.

»Ist Vogel jetzt im Himmel?«, schluchzte Lili.

»Natürlich«, tröstete er. »Dort sind Vögel ja am liebsten.«

Kim lächelte schon wieder etwas, wurde beinahe keck. »Außer Pinguine.«

Über Nacht hatte sich der Himmel zugezogen. Als Terz am Montagmorgen von seinem Lauf um die Alster zurückkehrte, fielen erste Tropfen.

Im Lift überflog er die Schlagzeilen. Nichts über Biel. Erst auf Seite sieben fand er einen Bericht. Wenige Zeilen sprachen von Mord, kein Foto des Toten.

Gegen neun Uhr war er im Büro. An der Espressomaschine traf er Maria Lund. Perrell kam dazu. Das Strahlen der beiden war unübersehbar. Die Besprechung am Freitag war wohl nicht ihr letztes Zusammensein gewesen. Vor ihm jedoch versuchten sie sich nichts anmerken zu lassen. Terz freute sich für die beiden. Gleichzeitig war er nicht besonders glücklich über solche Verbindungen in seinem Team. Sie konnten zu Konzentrationsschwächen und Fehlern führen. Aber er wollte das junge Glück nicht trüben. Erst einmal abwarten, was sich daraus entwickelte. Sammis Auftauchen kühlte die Unterhaltung ab.

»Schade, dass du am Samstag nicht konntest«, sagte er angestrengt beschwingt zu Lund. »War eine tolle Party.«

»Ein andermal vielleicht«, wich diese aus und schenkte Perrell ein heimliches Lächeln, in dem Mitleid und Spott für Sammi mitschwangen.

Das Telefon beendete einen unangenehmen Moment der Stille. Am anderen Ende der Leitung meldete sich Sabine Krahnes unverkennbare Stimme.

»Guten Morgen, Konrad. Ich denke, du solltest dir hier einmal etwas ansehen.«

Krahne wusste, dass Terz die Obduktionsräume hasste. Umso mehr Vergnügen bereitete es der Gerichtsmedizinerin, ihn dorthin bestellen zu dürfen.

Terz schlug vor, sie solle zu ihnen kommen.

»Ich habe noch keine Fotos zum Mitbringen«, erwiderte sie.

»Ich brauche keine Fotos. Du beschreibst sehr anschaulich.

Außerdem bin ich gerade in einer Besprechung zum Fall Sorius. Und dann muss ich weg.«

»Sorius? Dann kommt gleich alle herüber.«

Ihm dämmerte, worum es ging. »Hast du noch etwas entdeckt?«

Die anderen begannen sich für das Gespräch zu interessieren.

»Das kann man so sagen.«

»Wenn du kommst, muss sich nur eine auf den Weg machen.«

Triumphierendes Lachen. »Ha! Vier. Vier müssten dann gehen.«

»Erklär dich.«

»Außer mir wären da noch Hasselbach, Wilms und Dr. Finnen.«

»Okay. Wir kommen.«

Ein paar Minuten später waren sie in der gerichtsmedizinischen Abteilung der Uniklinik Eppendorf. Neben Krahne warteten die zwei Kollegen. Sie begrüßten sich mit einem Kopfnicken. Jenseits des Tisches stand Finnen. Auf der großen Metalltasse zwischen ihnen lag ein wächserner Körper, aufgeschnitten und wieder zugenäht. Als Terz näher trat, erkannte er das Gesicht.

»Der kam schon gestern rein«, erklärte Krahne.

»Ansgar Biel«, stellte Hasselbach vor. »Kanntest du ihn eigentlich?«, fragte er Terz.

»Nein.«

Kurz erzählte er seinem überraschten Team, wie er am Vortag die Kollegen in Biels Apartment gesehen und besucht hatte.

Krahne steckte die Hände in die Manteltaschen.

»Als ich die Verletzungen sah, wurde ich sofort aufmerksam.« Sie ging um den Tisch zum Kopf der Leiche und zeigte auf den Hals.

»Das sieht fast aus wie bei Sorius!«, rief Lund.

»Genau«, bestätigte Krahne. »Nur etwas heftiger. Wir haben hier denselben Modus Operandi. Und dieselbe Todesart: Karotis-Sinus.«

»Hätte ich ihn mir gestern doch genauer ansehen sollen«, meinte Terz. »Bei Sorius sagtest du, einen solchen Fall kennst du bisher nur aus der Literatur. Und jetzt der dritte innerhalb von ein paar Tagen. Derselbe Täter?«

»Ich kann nicht sagen, ob es derselbe Täter war. Aber ich kann mit hoher Wahrscheinlichkeit behaupten, dass dieser Mann auf dieselbe Art umgebracht wurde wie Sorius und Tönnesen. Und die ist nicht eben häufig.«

Stumm betrachteten sie den vernähten Leichnam.

»Der hier hat sich aber gewehrt.« Krahne zeigte auf Blutergüsse auf Brust, Armen und Beinen. »Ich vermute, es hat einen Kampf gegeben.«

Hasselbach hielt eine durchsichtige Tüte hoch, in der sich ein hellblondes Haar ringelte. »Das fanden wir zwischen seinen Fingern.«

Sammi riss sie ihm aus der Hand. »Dieselben wie bei Sorius?«

Lund räusperte sich und sprach aus, was jetzt jeder dachte.

»Was hatten Sorius, Tönnesen und Biel miteinander zu tun?«

Jeder, außer Terz.

»Ihr habt euch schon ein wenig umgehört?«

»Ja.« Wilms war für seine Sprechfaulheit bekannt.

»Es gibt aber noch was anderes in dem Fall«, sagte Hasselbach. »Eine Sensation. Wir erzählen euch alles bei einem Kaffee.«

Irgendwie war die Neuigkeit bereits bis zu Meffen gedrungen, und so saßen sie mit Fotos, Dokumenten und Protokollen zu acht um den Tisch im Besprechungszimmer.

»Die Fälle gehören offensichtlich zusammen«, sagte der Polizeipräsident.

»Der Ansicht bin ich auch«, bekräftigte Finnen.

»Dann sollte ich die Akten des Kollegen Terz übernehmen«, schlug Hasselbach vor. Er war ambitioniert und witterte eine Profilierungschance.

Terz musste sich nicht profilieren. Aber die Kontrolle über die Ermittlungen musste er behalten.

»Wenn ihr noch Zeit habt neben dem Fall Boring …«

Hasselbachs Gesicht versteinerte. Ermittlungsfehler hatten eine

Kiezgröße trotz mehrerer Morde vor einer Verurteilung bewahrt, und Hasselbachs Abteilung musste nun alles tun, um den Mann doch noch zu überführen.

»Konrad hat den Fall seit Beginn«, erklärte Meffen. »Ich denke, er sollte weitermachen.«

Finnen stimmte zu und sagte zu Hasselbach: »Bei Bedarf unterstützen Sie ihn. Jetzt geben Sie uns einen Überblick.«

Hasselbach bemühte sich um Fassung, aber er war gehorsamer Soldat. »Biel wurde am Sonntag gefunden. Er hatte Freunde zum Frühstück eingeladen. Als sie kamen, stand die Tür offen, und sie fanden ihn. Ermordet wurde er schon Freitag gegen Mittag.«

»Irgendwelche Spuren?«

»In gewisser Weise.«

In gewisser Weise? Konnte der Mann deutlicher werden? Warum sah er ihn so an? Sah er ihn an?

»Biel war Fotograf. Offiziell. Er besaß jede Menge technischen Schnickschnack. Ziemlich teures Zeug. Die Festplatte seines Computers ist verschwunden. Außerdem waren alle Kameraaufnahmen gelöscht und die Filme aus den Fotoapparaten gezogen. Wir können nicht genau sagen, was geschehen ist. Außerdem gibt es ein paar Fasern, jede Menge Fingerabdrücke und anderes Material. Die Techniker untersuchen es gerade. Und natürlich die Haare.«

Sammi betrachtete eine der Tatortaufnahmen. »Er ist halb nackt.«

»So wurde er gefunden. Biel muss den Täter gekannt haben. Es gab keine Hinweise auf einen Einbruch. In der Wohnung kam es zur Auseinandersetzung, Krahne fand Spuren von Schlägen und Würgemerkmale.« Er zog ein paar Fotos aus dem Haufen am Tisch. Sie zeigten die Regale mit den Videos und Tonbändern.

»Biel war wohl Voyeur. Wir haben bis jetzt nur reinschnuppern können, aber darauf finden sich Hunderte Stunden Ton- und Bildaufnahmen von Nachbarn und anderen, die er heimlich beobachtete.«

Ein paar Fotokopien landeten auf dem Tisch. »Und wie es

scheint, verwendete Biel diese nicht nur zu seinem persönlichen Vergnügen.«

Terz überflog die Blätter. Es waren Duplikate seiner gefälschten Erpresserbriefe.

»Sieht so aus, als verdiente er sich ein Zubrot mit Erpressungen, wenn er bei seinem Hobby jemanden erwischte, der fremdging oder andere illegale Dinge trieb.«

»Reizend. Erwischte er viele?«, fragte Sammi.

»Wir haben hier Briefe an vier Personen. Also nicht wirklich viel. Aber die Summen sind zum Teil sechsstellig.«

Sammi pfiff anerkennend. »Habt ihr die Leute schon überprüft?«

»Er war nicht so höflich, seine Erpressungsbriefe mit ›Lieber Herr Meier‹ oder ›Sehr geehrte Frau Müller‹ zu beginnen. In den Schreiben werden keine Namen genannt.«

»Außerdem können wir annehmen, dass der Täter seine eigenen Unterlagen vernichtet hat. Falls er zu den Erpressten gehörte.«

Und niemand fragte, warum Biel die Briefe überhaupt aufgehoben hatte.

»Wisst ihr, ob Biel homosexuell war?«, fragte Lund dazwischen.

Hasselbach hob die buschigen Augenbrauen. »Nein. Das heißt, wir wissen es nicht. Von seinen Freunden hat niemand was gesagt. Wir haben aber auch nicht gefragt. Wieso?«

»Wegen der beiden anderen«, erläuterte Terz. »Tönnesen war schwul, Sorius bi.«

»Ihr vermutet einen Serientäter mit sexuellem Motiv?«

Sammi zuckte mit den Schultern. »Eine Möglichkeit von vielen.«

»Dann macht euch auf noch mehr gefasst«, erklärte Hasselbach und präsentierte einen weiteren Stapel Fotografien.

»Reiner Zufall, dass wir darauf gestoßen sind. Der Labortechniker war derselbe.«

Ein Benzinkanister, Schuhsohlen.

»Das fanden wir in Biels Wagen und in seiner Wohnung.«

»Was ist das?«, fragte Sammi.

»In den Profilen der Schuhsohlen fand sich Erde aus dem Waldstück in Ahrensburg, wo vergangene Woche eine Leiche verbrannt wurde. Ihr habt sicher von der Geschichte gehört.«

Perrell stieß einen Pfiff aus, Meffen ächzte.

»Und die Treibstoffreste aus dem Kanister dürften als Brandbeschleuniger gedient haben. Außerdem wurden auch daran Erdreste gefunden.«

»Mannomann«, entfuhr es Sammi.

»Heißt das, Biel hat die Leiche verbrannt?«, rief Maria Lund.

Hasselbach nickte, und die Spitzen seines Schnurrbarts wippten. »Sieht so aus.«

Terz studierte scheinbar interessiert die Bilder. »Wer ist der Tote?«

»Bis gestern war er noch nicht identifiziert.«

Meffen griff zum Telefon. »Ich fürchte, jetzt müssen wir Grütke dazuholen.« Er befahl den Pressesprecher zu ihnen.

»Was wissen die Kollegen sonst?«, fragte Terz, nachdem der Präsident aufgelegt hatte.

»Nicht viel«, gab Hasselbach zu. »Um genau zu sein, nichts. Zuerst hieß es, in der Nähe des Tatorts sei zur Tatzeit ein Geländewagen gesehen worden. Aber selbst darüber sind sich die Zeugen nicht mehr sicher.«

»Wir müssen also auf die Identität des Verbrannten warten.«

»Die vielleicht nie gelüftet wird.«

»Oder schon ist.«

»Sie rufen uns sofort an, wenn sie etwas haben.«

Ohne anzuklopfen betrat Grütke den Raum. Meffen und Hasselbach setzten ihn kurz ins Bild. Der Pressesprecher nickte besorgt, als sie mit ihren Erklärungen fertig waren.

Sammi erklärte forsch: »Wir können wohl davon ausgehen, dass Tönnesen, Sorius und Biel demselben Täter zum Opfer gefallen sind.«

Tut das, dachte Terz.

Die anderen nickten vorsichtig.

»Es scheint naheliegend«, sagte Hasselbach.

»Was ist mit einem Nachahmungstäter«, merkte Terz an. Vielleicht sollte er das Spiel nicht zu weit treiben.

»Die Tötungsart wurde nie bekannt gegeben«, erwiderte Sammi.

Hasselbach unterstützte ihn. »Nur der Mörder wusste, mit welcher seltenen Methode Sorius und Tönnesen ins Jenseits befördert wurden.«

Und die Polizei, der Staatsanwalt, der Assistent des Bürgermeisters, vermutlich sogar der Innensenator und der Bürgermeister selbst, dachte Terz.

»Ihr habt recht.«

Sie würden viel sinnlose Arbeit leisten müssen.

»Sorius, Tönnesen und Biel wussten von derselben Sache. Oder kannten dieselbe Person. Deshalb mussten sie sterben. Die Frage ist: Worum oder um wen handelte es sich dabei?«

»Sorius war Besitzer einer Werbeagentur ...«

»... und Biel Fotograf«, schloss Terz. »Wir müssen überprüfen, ob sie einander kannten. Oder sogar miteinander arbeiteten.«

Hasselbach wies auf die Aufnahmen aus dem Wald. »Und was hat der Verbrannte damit zu tun?«

»Ich brauche ein paar Leute von der Bereitschaftspolizei«, forderte Terz.

»Wie viele?«, fragte Finnen.

»Zehn wären gut. Zwanzig besser.«

»Sie bekommen zwanzig.« Finnen dachte an den Bürgermeister, Söberg und seine Beförderung. »Aber bleiben Sie diskret.«

»So diskret, wie man bei vier Toten bleiben kann.«

»Ich will nichts, absolut nichts davon in den Medien. Haben Sie verstanden?«

»Verlassen Sie sich auf uns«, tönte Grütke.

Wenn du dich da nicht zu weit aus dem Fenster hängst, dachte Terz.

Auf dem Flur zog Finnen Terz beiseite. »Ich brauche Ihnen nicht zu sagen, welche Aufmerksamkeit diese neuen Entwicklungen an gewisser Stelle erregen werden.«

»Doppelt so viele Leichen – doppelt so viel Aufmerksamkeit.«

»Ich möchte permanent auf dem Laufenden gehalten werden.«

Als ob sie nicht ohnehin zweimal täglich telefonierten.

»Selbstverständlich, Herr Doktor.«

»Gebt mir noch eine halbe Stunde, bevor wir zu Biels Wohnung fahren«, rief Terz. Da die neuen Entwicklungen für ihn nicht so neu waren, wollte er lieber seine Ideenperle aus der Schale lösen. Falls es etwas zu lösen gab. »Wo ist der Computer von Sorius?«

»Bei mir«, antwortete Lund.

»Bringst du ihn bitte?«

Kurz darauf zeigte Lund ihm die Datei.

Jule Hansens Kündigung durch Winfried Sorius war datiert vom 11. Juni. Zwei Tage vor Sorius' Tod.

Terz schloss die Datei. Ihr Erstellungsdatum war dasselbe wie im Text des Schreibens, der 11. Juni.

»Was suchst du?«

Terz telefonierte bereits.

Fünf Minuten später saß ihm Peer Solsteen gegenüber und starrte auf den Bildschirm des Laptops. Eigentlich bearbeitete er Eigentumsdelikte, und nur wenige Eingeweihte wussten, dass er einer der spärlich vertretenen Computercracks des Präsidiums war.

Terz wartete gespannt, während Solsteen tippte.

»Also, auf den ersten Blick scheint das Erstellungsdatum korrekt. Aber jetzt schaue ich einmal ...« Ein paar Minuten lang bewegten sich die Lippen unter dem gepflegten Schnurrbart in einem weitgehend stummen Selbstgespräch. Terz verstand nur einzelne Worte wie »Protokoll«, »Pfad« oder »Archiv«. Schließlich stieß Solsteen einen kurzen Triumphschrei aus. In seinen Augen funkelte es schelmisch.

»Hab ich ihn! Am Dienstag, den 15. Juni, stellte jemand das

Datum im Computer um auf Freitag, 11. Juni. Dann schrieb er die Kündigung. Deshalb trägt diese auch den 11. als Erstellungsdatum. Danach stellte dieser Jemand den Computer wieder auf das richtige Datum. Diese Kündigung wurde nicht am Freitag, dem 11. Juni geschrieben. Aber alle sollten das glauben. In Wahrheit entstand sie erst am Dienstag, dem 15. Ist das wichtig?«

Terz und Lund lächelten ihn an.

»Kannst du mir das irgendwie protokollieren?«, fragte Terz.

»Ich mach dir einen Ausdruck.«

In der Tür erschien Sammi. »Können wir?«

Perrell und Brüning lugten über seine Schulter.

»Ich fürchte, ihr müsst ohne mich los. Wir haben hier eben etwas gefunden.«

Er klärte seine Kollegen über Solsteens Entdeckung auf. Abschließend fragte er: »Es war doch von Hollfelden, der dich auf das Schreiben aufmerksam machte, nicht?«

Schade, dass er seine Idee nicht schon gehabt hatte, als Sammi mit Jule Hansen aufs Präsidium gekommen war.

»Er behauptete, zufällig darauf gestoßen zu sein.«

»Wer's glaubt«, lachte Perrell. »Wer soll die Kündigung sonst gefälscht haben?«

»Genau das werde ich ihn jetzt einmal fragen.«

»Ich komme mit«, beeilte sich Sammi. »Ihr seht euch inzwischen Biels Wohnung an.«

Terz wählte die Nummer der Agentur, führte ein kurzes Gespräch und legte wieder auf.

»Von Hollfelden ist bei einem Kunden und erst zu Mittag wieder zurück. Bis dahin sehen wir uns Biels Wohnung an.«

Das Siegel an der Tür zu Biels Apartment zerriss beim Öffnen mit einem gelangweilten »Flopp«.

Auf dem Wohnzimmerboden waren die weißen Kreidekonturen eines Körpers zu sehen.

Die Kommissare verteilten sich in den Zimmern, Terz besichtigte mit Maria Lund das Bad, dann die Küche. Sammi kam aus dem Arbeitszimmer zurück.

»Feines Equipment hatte der. Damit konnte man schon einiges filmen.«

»Wo wohnst du eigentlich genau, Konrad?«, fragte Lund von der Schlafzimmertür.

Verheimlichen war zwecklos. Er zeigte mit dem Finger hinüber. »Dort ist unsere Terrasse.«

»Ihr seid praktisch Nachbarn gewesen!«

Sammi lachte schmutzig. »Vielleicht hat er dich ja auch einmal gefilmt oder abgehört, Kon.«

»Konrad Terz bei einem Nachmittagsschläfchen, Konrad Terz beim Hausaufgabenmachen mit seinen Kindern, Konrad Terz beim Schreiben, Konrad Terz mit Freunden und einem Gläschen Wein. Nicht besonders aufregend. Wenn ihr was findet, lasst es mich wissen. Vielleicht kann ich es ja einmal verwenden.«

»Schade, dass du Freitag nicht zu Hause warst. Vielleicht hättest du etwas gesehen.«

»Ja. Wirklich schade.«

Statt einer Mittagspause versammelte sich die Mannschaft in einem großen Besprechungszimmer. Neben dem Kernteam waren zwanzig Frauen und Männer der Bereitschaftspolizei anwesend. Sammi und Terz lieferten eine Zusammenfassung der bisherigen Erkenntnisse. Danach wurden die Aufgaben zugewiesen: Tönnesens Nachbarn noch einmal befragen, weitere Freunde und Bekannte suchen. Am wichtigsten war, den Ursprung von Tönnesens jüngstem Geldsegen zu finden. Eine Untersuchung seines Kontos hatte mehrere Bareinzahlungen ergeben, insgesamt eine halbe Million Euro. Die Beziehung zwischen Sorius und Tönnesen musste noch einmal intensiv durchleuchtet werden. Vielleicht gab es gemeinsame Bekannte. Dasselbe galt für die Verbindungen zwischen Tönnesen,

Sorius und Biel. Unabhängig voneinander hatten Biels Freunde angegeben, dass dieser heterosexuell war.

»Das ist ganz wichtig«, erklärte Sammi. »Damit scheint eine sexuell motivierte Tat nicht mehr so wahrscheinlich.«

»Vielleicht doch, in den ersten beiden Fällen«, meinte einer der neu Hinzugekommenen. »Und vielleicht erpresste Biel dann den Mörder und musste deshalb sterben.«

Zu Biel war noch viel zu tun. Wen hatte er erpresst? Wusste einer seiner Freunde über dessen lukratives Hobby Bescheid? Zwei Beamte durften sein umfangreiches Videoarchiv sichten.

Schließlich der verbrannte Tote. Terz fiel der hungrige Vito ein.

# 14

Meier-Hollfelden, wie Terz ihn bei sich nannte, nahm eine goldumrahmte Halbmondbrille ab, lehnte sich zurück und lud die Kommissare mit einer Geste zum Sitzen ein.

»Haben Sie schon eine Spur?«

»Ja, und dazu haben wir noch ein paar Fragen.«

»Ich helfe Ihnen gern.«

Terz wollte nicht mit der Tür ins Haus fallen. »Herrn Sorius' Liebe zu den Frauen war ja kein Geheimnis. Kannten Sie seine aktuelle Begleiterin?«

»Das fragten Sie schon, glaube ich. Nein, ich kannte sie nicht.«

Sammi fuhr dazwischen: »Sie wussten nicht, dass es sich um die Frau eines Ihrer Kunden handelte?«

Meier-Hollfelden wirkte ehrlich überrascht. »Bei dieser Behauptung kann es sich nur um einen schlechten Scherz handeln.«

»Die Dame hat es zugegeben. Was meinen Sie: Wie würde ihr Mann reagieren, wenn er davon erführe?«, warf Terz ein.

Über Meier-Hollfeldens Gesicht glitt ein Schatten von Ärger. »Ich baue auf Ihre Diskretion.«

»Das kann ich mir vorstellen«, lachte Sammi gehässig.

Terz ließ sein Gegenüber nicht aus den Augen. »Und wenn Sie davon gewusst hätten?«

»Daher weht der Wind. Nun, sicher hätte ich Win nicht umgebracht. Obwohl ich im Nachhinein noch gute Lust dazu verspüre.« Ungläubig schüttelte er den Kopf. »Die Frau eines Kunden ...«

Meier-Hollfelden war es offensichtlich gleichgültig, um wen es sich handelte. Jetzt wollte Terz ihn ein wenig aus der Reserve locken.

»Genug von den Frauen. Wussten Sie von Sorius' gelegentlichen Abstechern zum männlichen Geschlecht?«

Hollfelden blieb ungerührt. »Nein. Aber es gibt viele Homosexuelle unter den Kreativen.«

»Apropos Kreative. Frau Hansen arbeitet noch hier?«

»Selbstverständlich. Wer sollte diese Aufgaben sonst bewältigen? Sie kennt sich am besten mit den Kunden aus.«

Terz setzte zu einer Antwort an, doch ihm blieb der Atem weg. Kalter Schweiß trat auf seine Stirn. Nackte Angst kroch sein Genick hoch. Schieres, blankes Entsetzen. Ohne Ursache. Er verschränkte die Arme, um das plötzlich auftretende Zittern zu verbergen. Verdammt, was war das?

»Zum Glück erhielt sie die Kündigung von Herrn Sorius nicht mehr«, zwang er über seine Lippen. Seine Stimme brach.

Wenn Meier-Hollfelden Terz' veränderten Zustand registrierte, ließ er sich nichts anmerken. Am liebsten wäre Terz aus dem Zimmer gerannt.

»Ich hätte sie zurückgeholt.«

»Werden Sie ihr jetzt eine Partnerschaft anbieten, wo Herr Sorius tot ist?« Die Angst hatte seine Schädeldecke erreicht. Das Zimmer wollte über ihm zusammenstürzen.

»Momentan würde das wohl kein gutes Licht auf die Situation werfen. Finden Sie nicht?«

Terz rückte auf seinem Stuhl hin und her, damit man sein Zittern nicht sah.

»Und später?«

»Später wird man vielleicht darüber reden.«

Er brachte kein Wort mehr heraus! Sammi musste einspringen.

»Bis dahin sind Sie alleiniger Eigentümer«, setzte Sammi das Fragen mit einem Seitenblick auf Terz fort.

Gegen die Angst aus Terz' Bauch kam sein Kopf nicht an. Aus. Aus. Aus! Von fern drang Sammis Stimme zu ihm.

»Sie möchten also, dass Frau Hansen weiterhin für Sie arbeitet?«

»Auf jeden Fall.«

Terz spürte die Spannung in seinem Körper nachlassen.

»Obwohl sie mit der Kündigung ein Motiv für den Mord an Winfried Sorius hätte?«

»Ich bitte Sie ...«

»Und obwohl sie für die Tatzeit kein Alibi besitzt?«

Die Attacke war vorbei.

»Gilt vor dem Gesetz nicht jeder so lange als unschuldig, bis ...«

»Jajaja.«

»Und, wie gesagt, ich hätte die Kündigung sofort zurückgenommen.«

Terz musste sich seiner Rückkehr zur Normalität durch Reden versichern: »Trotzdem haben Sie uns das Kündigungsschreiben gezeigt. Wenn wir Frau Hansen verhaftet hätten, wären Sie auch ihren zweiten Kreativdirektor losgeworden. Sehr uneigennützig von Ihnen, das muss ich schon sagen.«

»Hatte ich als Staatsbürger eine Wahl?«

Terz musste sich zusammenreißen, um nicht lauthals aufzulachen. Vielleicht auch aus Freude, dass es ihm wieder gut ging. Abgesehen von dem Schweißfilm, der seinen Körper überzog.

»Und Frau Hansen nahm Ihnen das gar nicht übel?«

Meier-Hollfeldens Stimme wurde leiser. »Sie weiß ja nicht, dass ich Ihnen das Schreiben gab. Sie denkt, die Polizei hätte es selber gefunden.«

»Wie schmeichelhaft für uns. Für alle. Nun, zum Glück haben wir Frau Hansen nicht mehr im engsten Visier.«

»Ich brauche wohl nicht zu fragen, ob es andere Verdächtige gibt?«

»Sie dürfen. Aber natürlich werden wir Ihnen keine Namen nennen.«

»Natürlich. Aber Sie kommen voran?«

»Durchaus. Heute haben wir zum Beispiel herausgefunden, dass Jule Hansens Kündigung erst nach Winfried Sorius' Tod geschrieben wurde.«

Meier-Hollfeldens Brauen zogen sich zusammen. »Aber auf dem Brief stand doch das Datum.«

»Ja. Und sogar das Erstellungsdatum der Datei stimmte. Wir können es trotzdem beweisen.«

»Das glaube ich Ihnen schon. Seltsam.«

Beunruhigt dachte Terz an den unheimlichen Angstanfall zurück. Er wurde von den Vibrationen abgelenkt, die ihm schon beim ersten Gespräch mit Meier-Hollfelden aufgefallen waren. Der Geschäftsführer wippte nervös mit einem Fuß.

»Wer hatte Zugang zu Sorius' Computer?«

»Alle. Im Prinzip«, erwiderte Meier-Hollfelden und ruderte mit den Armen durch die Luft, eine ungewöhnliche Geste für den sonst so kontrollierten Mann. »Aber eigentlich sollte natürlich niemand drangehen. Außer mir und Frau Hansen vielleicht. Im Notfall. Aber«, gab er mit spitzem Finger zu bedenken, »theoretisch könnten es alle in der Agentur gewesen sein.«

»Und wer hätte einen Grund, es zu tun?«

»Das können Sie sich denken. Jemand wollte Jule eins auswischen.« Das Wippen hörte auf. Meier-Hollfelden hatte seinen Einwand wohl plausibel genug gefunden, um die Nervosität abzulegen.

»Und wer könnte das sein?«

»Keine Ahnung. Das fragen Sie am besten Jule.«

»Sie selbst kommen natürlich nicht in Frage.«

»Warum sollte ich das tun?«

Sammi polterte los, bevor Terz ihn stoppen konnte: »Um den Verdacht auf jemand anderen zu lenken!«

Meier-Hollfeldens Blick wurde ernst. Er spielte gut, fand Terz. Spätestens seit dem nervösen Fuß war er überzeugt, dass es Theater war.

Im Gegensatz zu seinem eigenen Zustand vor ein paar Minuten. Der war sehr echt gewesen.

»Ich wusste gar nicht, dass ich auch verdächtig bin.«

»Jetzt sind Sie es«, konterte Sammi. »Sie hatten am ehesten Zugriff auf den Computer. Sie haben uns auf die angebliche Kündigung aufmerksam gemacht. Wo waren Sie am Donnerstag, den zehnten?«

»Vorletzte Woche?« Er zögerte demonstrativ empört, dann blätterte er in einem Kalender. »Um acht hatte ich eine Besprechung in der Agentur. Um halb neun –«

»Uns genügt zu Mittag«, unterbrach in Sammi. »Zwischen elf und vierzehn Uhr.«

»Ein Kundentermin mit anschließendem Mittagessen.« Er nannte die Namen einer Brauerei und ihrer Marketing- und Werbeleiter. Dann klappte er seinen Kalender zu.

Als Terz' Mobiltelefon anschlug, winkte Meier-Hollfelden dem Kommissar gnädig, das Gespräch anzunehmen.

Am anderen Ende meldete sich Finnen.

»Der Tote aus Ahrensburg ist identifiziert. Es ist ein gewisser Gernot Sandel.« Er nannte die Adresse, von der er nicht wissen konnte, dass Terz sie schon kannte.

»Die Spurensicherung ist unterwegs. Ich fahre jetzt los. Wir treffen uns dort.«

Der Brief vom Verlag, in dem ein Foto Terz mit Sandel zeigte. Wahrscheinlich lag er heute in Sandels Briefkasten.

Meier-Hollfelden hatte ihn während des Telefonats abwägend gemustert. Als Terz fertig war, sagte er:

»Wenn Ihre Befragung in diesem Ton und unter diesen Vorzeichen weitergehen soll, würde ich einen Anwalt hinzubitten. Ich nehme aber nicht an, dass das notwendig sein wird. Oder?«

»Nein.«

Meier-Hollfelden war ein Stück nasser Seife. Mit oder ohne Anwalt würden sie vorläufig nicht mehr aus ihm herausbekommen. Außerdem musste er jetzt so schnell wie möglich zu Sandels Wohnung. Bevor andere den Briefkasten öffneten.

»Wir müssen weg«, erklärte Terz und stand auf. Meier-Hollfelden erhob sich mit ihnen und begleitete sie zur Tür. In seiner Stimme lag sanfte Ironie, als er sie verabschiedete:

»Ich hoffe, es gibt nicht schon wieder einen Toten.«

»Wenn der Anruf nicht dazwischen gekommen wäre –«

»– hätte er auch nicht mehr gesagt«, unterbrach Terz Sammi. »Wir haben auch so erfahren, was wir wollten.«

Meier-Hollfeldens nervöser Fuß hatte Terz' Verdacht bestärkt: Der Geschäftsführer selbst hatte die Kündigung gefälscht.

»Es kann jeder in der Agentur gewesen sein«, gab Sammi zu bedenken.

»Natürlich. Aber nur einer war es.«

»Oder eine. Wir müssen wen hinschicken, der alle noch einmal genau befragt.«

»Kannst du machen. Musst du aber nicht. Es war von Hollfelden. Ich weiß das.«

»Dein untrüglicher Instinkt«, spottete Sammi.

»Nein. Nur etwas Beobachtung.«

»Ich leite die Ermittlungen.«

»Tu, was du für richtig hältst.« Normalerweise würde er Sammis Verschwendung von Zeit und Arbeitskräften verhindern. Aber in diesem Fall … »Ich bin neugierig, was uns jetzt erwartet«, wechselte Terz das Thema.

Vor Sandels Haus parkten vier Einsatzwagen, aus den Fenstern der Nachbarhäuser lugten neugierige Gesichter. Da Terz heute ohnehin herkommen wollte, trug er Sandels Schlüssel in der Tasche. Sie zogen Overalls und Handschuhe über und betraten das Gebäude. Ein rascher Blick auf die Briefkästen: Aus einigen Schlitzen ragten Werbesendungen, Sandels war noch nicht geöffnet worden.

In seiner Eile bemerkte Sammi nicht, wie Terz zurückblieb. Kurz umsehen – niemand beobachtete ihn. In Sandels Briefkasten stapelte sich die Post der letzten Tage. Zwischen den Werbesendungen und

Rechnungen fand Terz ein Kuvert des Illau-Verlags. Er ließ es in seiner Tasche verschwinden, als die Haustür aufsprang.

Rasch drückte er den Briefkasten zu. Perrell, Brüning und Lund stapften in weißen Overalls über die Treppen. Er schloss sich an, und gemeinsam stiegen sie in den zweiten Stock.

Im dunklen Vorraum kam ihnen Finnen entgegen, gefolgt von Vito mit aufgestelltem Schwanz. Die Katze schmiegte sich sofort an Terz' Bein. Gib einem Tier Futter, und du bist sein Freund. Terz ging schnell weiter, damit die Szene nicht auffiel.

»Das Tier haben wir hier gefunden«, erklärte Finnen. »Wir haben bereits ein Tierheim informiert.«

»Sie muss ausgehungert sein. Hat ihr jemand etwas zum Fressen und Trinken gegeben?«

»Die Spurensucher sind noch nicht fertig.«

Vito jammerte. Terz kraulte ihn hinter dem Ohr. Ins Tierheim?

»Finden Sie wen im Haus, der etwas zum Fressen für das Tier hat«, befahl Terz dem Polizisten, der die Wohnungstür bewachte.

Finnen und Sammi studierten Sandels Bücherregal. Ein Techniker kroch über den Boden vor dem Schreibtisch, seine Kollegin stand in der Küche.

»Haben Sie die Näpfe schon?«, fragte Terz.

»Ja.«

Terz wusch einen aus, füllte ihn mit Wasser und stellte ihn ans Bett. Leise schlabberte Vito, während Terz sich umsah, als wäre er noch nie in der Wohnung gewesen.

»Scheint, als hätten wir es mit einem Kollegen von Ihnen zu tun, Terz«, bemerkte Finnen und flippte durch Sandels Manuskripte. »Schriftsteller. Ich konnte seinen Namen allerdings nirgends unter den Büchern entdecken.«

»Vielleicht ist er nicht so eitel wie ich und stellt seine eigenen Werke nicht auf.«

»Oder er hat noch nie etwas veröffentlicht«, antwortete Finnen trocken und begann das Schreibtischchaos zu durchsuchen. Kurz hielt er eine der Kassettenhüllen hoch, die Terz am Sonntag dort deponiert hatte, dann legte er sie achtlos zurück.

Die Kollegen brauchten wohl einen Anstoß.

»Was ist das?«, fragte Terz.

»Eine Kassettenhülle. Da ist noch eine. Beide sind leer.«

Terz sah sich um. »Sieht hier irgendwer einen Kassettenrekorder?«

»Nein«, bemerkte Finnen, nun aufmerksam geworden.

»Zwei leere Kassettenhüllen in der kassettenrekorderlosen Wohnung eines Mannes, der von einem Voyeur mit gigantischem Tonbandarchiv verbrannt wurde«, kombinierte Sammi. Guter Mann. Er steckte jede Hülle in eine Plastiktüte und reichte sie den Spurensicherern.

»Futter«, rief der Uniformierte vom Flur. In seiner Hand knisterte eine Packung. »Das hat mir ein Hundehalter gegeben«, erklärte er atemlos.

Terz reinigte den zweiten Napf und leerte etwas von den harten Bröckchen hinein. Um seine Beine schnurrte die Katze, vibrierend wie ein Handmassagegerät. Er hatte das Gefäß noch nicht auf den Boden gestellt, da knackte sie bereits den ersten Brocken. Terz füllte den Wassernapf nach und stellte ihn daneben.

Finnen verabschiedete sich. Perrell stand mitten im Zimmer und kratzte sich am Kopf.

»Und warum hat Biel jetzt Sandel kaltgemacht?«

Lund hockte neben dem Schreibtisch und sah zu ihm hoch. »Und hatte Sandel nur mit Biel oder auch mit Sorius zu tun?«

»Das habe ich mich auch schon gefragt«, antwortete Brüning.

»Wenn Biel nicht Sandels Mörder ist, sondern nur die Leiche beiseitegeschafft hat –«, überlegte Lund laut.

»– müssten wir nach dem Verknüpfungspunkt zwischen Tönnesen, Sorius, Biel und Sandel suchen. So viele kann es da nicht geben«, mischte Sammi mit.

Lund hielt ein paar Papiere in die Luft. »Vielleicht das hier. Sandel schrieb gelegentlich für den Vierländer Anzeigenkurier. Vielleicht verfasste er ja auch Werbetexte.«

Sammi präsentierte einen Pass. »So sah er aus!«

»Guten Tag. Ich komme vom Tierheim. Wegen einer Katze.« Eine ernsthafte ältere Frau war von dem Uniformierten in die Wohnung begleitet worden.

»Ach ja.«

Das Tier umrundete gerade wieder einmal Terz' Beine. Er nahm es hoch, und Vito begann zu schnurren. Der Kater schien den Trubel um ihn zu mögen. »Das hat sich erledigt. Er möchte nicht ins Heim.«

Bevor die Frau sich über ihre vergebliche Anfahrt beschweren konnte, setzte Terz sein charmantestes Lächeln auf: »Vielen Dank für Ihre Mühe.«

Er gab dem Polizisten am Eingang ein Zeichen, und freundlich schob dieser sie aus der Wohnung.

Die erste Teambesprechung im großen Rahmen brachte nichts Neues. Aufmerksam hörte Terz jedem Detail zu, allerdings zog er andere Schlüsse als die übrigen Anwesenden. Vito hatte er im Auto gelassen, das im Schatten geparkt war.

Es gab verschiedene Hypothesen, wie die Fälle Tönnesen, Sorius, Biel und Sandel verbunden sein konnten. These eins: Ein Mörder hatte alle umgebracht. Von ihm war Biel gezwungen worden, Sandels Leiche zu entsorgen.

These zwei: Der Mörder und Biel waren Komplizen, die gemeinsam Tönnesen, Sorius und Sandel töteten. Danach kam es zum Streit, und der Unbekannte ermordete auch Biel, um einen lästigen Zeugen loszuwerden.

These drei: Der Fall Sandel hatte nichts mit den übrigen Fällen zu tun, und es war reiner Zufall, dass der Mörder Biel seinerseits Opfer eines anderen wurde.

These vier: Die Morde hatten nichts miteinander zu tun, wurde ganz schnell wieder verworfen. Zu viele verbindende Indizien waren bereits vorhanden.

Nicht erwogen wurde Möglichkeit fünf: Sandel und Biel hatten nichts mit Sorius und Tönnesen zu tun.

Nach fast zwei Stunden wurden die Aufgaben für den nächsten Tag neu verteilt, und Staatsanwalt Finnen verpflichtete alle zu strengster Geheimhaltung. Noch sollte nicht nach außen dringen, dass man es mit einer Mordserie zu tun hatte, in der es noch dazu ein Opfer gab, das ein guter Bekannter und Geschäftspartner des Bürgermeisters gewesen war.

Kaum hatte er den Wohnungsschlüssel umgedreht und die Tür geöffnet, hörte er die Stimmen seiner Töchter herantoben.

»Kapa-Papa …« Sie sahen ihn, hielten überrascht inne, dann trampelten sie noch schneller und kreischten.

»Katervater! Ist die süß!«

Vier kleine Hände nahmen Vito in Besitz.

»Wie heißt sie denn?«

»Die sieht aus wie Onkel Vito«, kicherte Kim.

Seine Tochter!

»Na, dann nennt sie doch so.«

»Onkel Vito, Onkel Vito«, sang Lili. »Mama, schau, was Rapapapa mitgebracht hat!«

»Der sieht ja aus wie Zio Vito«, war Elenas erster Kommentar.

Die Mädchen lachten. »So nennen wir ihn auch: Onkel Vito.«

»Der echte Zio Vito wird sich freuen«, bemerkte Elena nicht ganz überzeugt.

»Wo wird er schlafen?«, rief Lili.

»Und woraus essen?«, fügte Kim hinzu. »Wir haben ja gar nichts da für ihn!«

Terz präsentierte drei Dosen Katzenfutter, die er auf dem Heimweg gekauft hatte. Rind, Huhn, Thunfisch. Demnächst musste er sich das Katzenfutterangebot einmal genauer ansehen. Achselzuckend hatte er vor dem Regal zur Kenntnis genommen, dass es sogar vegetarisches Futter für die Fleischfresser gab. Aber nicht für Onkel Vito!

Der Abend gehörte dem neuen Haushaltsmitglied. Die Mädchen überboten sich darin, Onkel Vito das Fell wegzustreicheln, ihn zu füttern und mit Murmeln zu necken. Der Kater genoss die Aufmerksamkeit sichtlich.

Terz erzählte, er sei ihm zugelaufen. In einer unbeobachteten Minute klärte er Elena auf, woher Onkel Vito wirklich kam.

»Vier Tote schon? Im selben Fall?«

Terz nickte nur. Dass Biel gegenüber gewohnt hatte, erzählte er nicht. Je weniger er darüber sprach, desto weniger konnte er sich verplappern. Er log Elena nie an, außer wenn er musste.

»Und wie ist dein neuer Job?«

»Ramscheidt hat mich eher zur Konversation angeheuert, kommt mir vor. Am liebsten quatscht er über alles Mögliche. Dich würde er auch gern näher kennenlernen. Er findet deinen Beruf so interessant.«

»Das behauptete er schon bei seinem Gartenfest.«

Das Telefon unterbrach sie. Terz meldete sich und hatte kaum die Stimme des Journalisten erkannt, den alle Fodl nannten, da feuerte dieser bereits seine Fragen los:

»Stimmt es, dass die Morde an Tönnesen, Sorius und Biel zusammenhängen? Ist es richtig, dass auch die Brandleiche aus Ahrensburg mit dem Fall zu tun hat? Haben wir es mit einem Serienkiller zu tun? Eines der Opfer war doch Besitzer der Werbeagentur, die für den Bürgermeister arbeitete? Stimmt es, dass das Opfer Ansgar Biel praktisch Ihr Nachbar war, Herr Kommissar? Ich habe Informationen, die das alles bestätigen, und die Zeitung wird mit der Story morgen natürlich auf den Titel gehen. Kannten Sie Biel, wenn er Ihr Nachbar war? Wie fühlt man sich als Kommissar, wenn die Leichen plötzlich nebenan liegen? Was sagt der Bürgermeister zu –«

»Jetzt mach einmal Pause, Fodl«, unterbrach Terz streng. Ein

Blick auf die Uhr sagte ihm, dass sie den Druckbeginn der Zeitung verschoben haben mussten.

»Ist der Bürgermeister über den Fall informiert? Gibt es einen Verdacht? Wie viele Männer sind auf den Fall –«

»Zuerst einmal wüsste ich gern, woher du diese Geschichten hast.« Natürlich würde der andere sich darauf berufen, seine Informanten nicht preisgeben zu müssen.

»Herr Kommissar«, klang es nachsichtig aus dem Hörer. »Sie wissen, dass ich Ihnen das nicht sagen kann.«

»Warum sollte ich dir dann etwas sagen? Du rufst hier eine Minute vor Redaktionsschluss an und gibst mir keinerlei Chance. Sprich mit Staatsanwalt Finnen. Er leitet den Fall.«

»Der ist nicht zu erreichen.«

»Dafür wird es einen Grund geben.«

Mindestens drei Dutzend Personen bei der Polizei und im Rathaus wussten mittlerweile über den Fall Bescheid. Auch wenn sie zur Geheimhaltung verpflichtet waren, konnte es bei so vielen Menschen schon einmal zu einem Leck kommen. Terz tippte auf einen der hinzugezogenen Bereitschaftsbeamten. Genauso gut konnte es aber auch jeder andere aus dem Team sein.

»Dir ist klar, dass ich mich dazu nicht äußern kann«, erklärte er. Die Geschichte stoppen konnte er nicht mehr. Blieb nur, sich mit der Presse gut zu stellen. »Ich werde dir daher weder eine offizielle noch eine inoffizielle Bestätigung geben.« Er machte eine bedeutungsvolle Pause. »Ich werde allerdings auch nicht dementieren.«

»Alles klar«, schoss es aus dem Hörer. »Off the records –«

»Nichts off the records. Ich wünsche dir einen schönen Abend.« Terz legte auf und wählte sofort Finnens Nummer. Natürlich war besetzt. Terz versuchte es auf der geheimen. Nach ein paar Freizeichen hob der Staatsanwalt ab.

»Ich hatte eben einen Anruf von Fodl«, erklärte Terz.

»Ich weiß«, stöhnte Finnen. »Bei mir hat er es auch schon versucht. Jetzt fliegt uns die ganze Geschichte um die Ohren. Söberg wurde auch bereits darauf angesprochen. Dabei hat ihm genügt, als ich ihm heute von den neuen Entwicklungen berichtete.«

»Vielleicht trifft ihn morgen früh der Schlag, wenn er die Zeitung sieht. Dann sind wir ihn wenigstens los.«

»Ich werde für morgen eine Erklärung vorbereiten. Außerdem will ich das gesamte Team sprechen.«

Elena sah von ihrem Magazin hoch. »Probleme?«

»Eigentlich nicht.« Terz kraulte Onkel Vito hinter den Ohren.

Die Veröffentlichung brachte eine ganz neue Variable ins Spiel. Terz glaubte nicht wirklich, dass Frau Kantau Tönnesen und Sorius getötet hatte. Er hatte sie im Fall Biel als Täterin inszeniert, weil sie am geeignetsten dafür schien. Sobald man herausbekam, wo sie zur Tatzeit gewesen war, würde sie mächtig Schwierigkeiten bekommen. Doch der Mörder lief da draußen noch herum, davon war er überzeugt. Was würde er tun, wenn er von Biels Tod erfuhr?

Morgen würde er in der Zeitung lesen können, dass ein dritter Mann auf die gleiche Weise getötet worden war wie seine beiden Opfer.

Als Einziger außer Terz wusste er, dass es im dritten Fall einen anderen Täter gab.

Dann könnte er an einen Zufall glauben. Oder er begriff, dass jemand die Situation ausnutzte. Wenn er nicht dumm war, würde er sogar dahinterkommen: Den Modus Operandi kannte vor Biels Tod nur die Polizei. Würde er reagieren? Würde er gar einen Fehler machen? Oder würde er sich verhalten, als wäre nichts geschehen?

Auf Terz' Schoß schnurrte Onkel Vito.

# 15

Er konnte sich nicht rühren. Dabei wusste er, was kommen würde. Als wäre er an die Wand genagelt, starrte er auf die nächtliche Terrasse. Wie ein Affe kletterte Biel über das Geländer. Sein Gesicht leuchtete weiß im Mondlicht. Terz rannte los. Doch er kam nicht vom Fleck. Höhnisch grinsend näherte sich Biel. Er schien gewachsen zu sein, überragte Terz um einen Kopf. Terz wollte sich von der Wand fortstoßen. Seine Beine strampelten wie im Sprint. Er blieb, wo er war. Mit ausdruckslosen Augen hob Biel seine Hand zum Schlag. Terz wollte die Arme hochreißen, doch sie schienen an der Hose festgewachsen. Biels Hand sauste nieder. Terz schrie. Die Hand traf seinen Hals. Die andere rüttelte an seiner Schulter.

»Was ist los?« Biel rüttelte weiter und verschwand mit der Terrasse im Dunkeln. Terz wartete auf den Herzstillstand.

»O dio! Was ist denn los«, rief Elena noch einmal. Sie schüttelte seine Schulter.

»Ein Alptraum«, stammelte er. »Es muss ein Alptraum gewesen sein.«

»Das habe ich ja noch nie erlebt bei dir«, sagte sie.

»Ist schon vorbei«, beruhigte er sie.

Sie nahm ihn in den Arm und war gleich wieder eingeschlafen.

Das Telefon weckte ihn aus seinem unruhigen Schlaf. Ein verschlafener Blick auf den Wecker zeigte ihm, dass es kurz vor sechs Uhr morgens war. Terz meldete sich mit belegter Stimme, räusperte sich, während der Anrufer bereits losredete:

»Was sagen Sie zu den heutigen Schlagzeilen des Abendblatts, dass …«

Terz legte auf und zog das Telefon ab. Das würde ein Tag werden! Er fühlte sich, als wäre eine Straßenwalze über ihn hinweggerollt.

»Du hast schlecht geschlafen«, sagte Elena. »Erinnerst du dich?«

»Nein«, log er.

Er hatte davon gelesen. Er hatte es bei anderen erlebt. Er hatte nicht gedacht, dass es ihn jemals erwischen würde. Die Panikattacke vom vergangenen Nachmittag passte dazu. Angstzustände nach traumatischen Erlebnissen. So formulierten es heute die Psychologen. Zu einer anderen Zeit oder in einer anderen Weltgegend hätte man gesagt, Biels Geist verfolge ihn.

Wie hätte er Elena davon erzählen können? Er vermisste Kantusse. Obwohl er auch mit dem nicht darüber reden könnte.

Trotz seiner Müdigkeit ging er laufen. Der regelmäßige Takt seiner Schritte ließ ihn in eine Trance fallen, die den nächtlichen Alptraum verscheuchte.

Als er nach Hause zurückkam, warteten bereits zwei Journalisten vor dem Tor.

Terz entzog sich mit »Kein Kommentar« und ließ die beiden draußen stehen. Schon auf dem Weg zum Lift studierte er die Zeitung.

Woher die Autoren der Artikel ihre Informationen auch hatten, sie waren umfassend. Auf der Titelseite prangten Bilder von Tönnesen, Sorius, Biel und Sandel. Darunter fragte eine Schlagzeile: »Wer ist der Handkantenmörder?«

Die Seiten zwei bis sieben waren den Morden gewidmet. Die ausgefallene Mordmethode wurde beschrieben, Spekulationen über Profikiller und fernöstliche Kampfsportarten ausgebreitet. Auf Seite drei fanden sich Bilder von Biels Apartment. Daneben entdeckte Terz seine eigene Dachterrasse. »Starkommissar Terz war Nachbar des Opfers Biel. Er ermittelt in dem Fall.«

Das Foto musste aus Biels Nachbarwohnung aufgenommen worden sein.

Weitere Artikel und Interviews wärmten die Fälle Tönnesen und Sorius auf. Nicht unerwähnt blieb natürlich die Arbeit von Sorius für den Bürgermeister und andere prominente Unternehmen. Zwei Seiten gehörten Sandel, der frisch identifizierten »Brandleiche von Ahrensburg«.

Er traf Elena im Bad an und schilderte ihr in kurzen Worten die Schlagzeilen.

»Bei uns gegenüber?«, fragte sie erstaunt, aber nicht erschrocken, als er von seinem Besuch bei den Kollegen in Biels Wohnung am Sonntag berichtete.

Plötzlich befiel ihn das übermächtige Bedürfnis, alles zu erzählen, zu beichten, irgendwem, natürlich am liebsten seiner Frau, jenem Menschen, dem er am meisten vertraute, und wahrscheinlich der einzige, bei dem er sich geborgen fühlte. Alles herauszulassen, wie wenn man sich nach Stunden der mühsam unterdrückten Katerübelkeit erbricht, in einer entwürdigenden Körperhaltung verkrampft, das schmerzbereitende, stinkende Gift endlich entleert. Er sog den Duft von Elenas noch nicht parfümierter Haut ein, des nassen Haares, und kämpfte verzweifelt gegen den selbstzerstörerischen Drang.

Elena begann sich zu schminken und stellte unbekümmert fest: »Da wird sich der Bürgermeister aber freuen.«

Er warnte sie davor, dass die Journalisten auch sie und womöglich die Kinder belästigen würden, aber damit wusste sie als Frau eines medienbekannten Kommissars und Autors bereits umzugehen.

Das Telefon steckte er erst wieder ein, als sie das Haus verließen. Vor der Tür wartete niemand, die Reporter hatten aufgegeben.

Terz hatte das Büro kaum erreicht, da stürzte bereits Polizeipräsident Meffen herein und warf eine Zeitung auf den Schreibtisch. In seinem Schatten folgte Grütke.

»Verstehen wir das unter Geheimhaltung?« Meffen ließ sich in einen Besuchersessel fallen. »Verdammt, Konrad! Im Rathaus stehen sie kopf. Bei uns glühen die Leitungen.«

»Wem sagst du das?«

»Du hast deine Mannschaft nicht im Griff, Konrad«, ätzte Grütke mit unterdrückter Freude.

Sammi und Brüning betraten das Zimmer, jeder mit einer Zeitung. Sie grüßten und sahen neugierig zwischen den dreien hin und her.

»Ein Super-GAU«, stöhnte Meffen.

»Auf dem Begräbnis von Sorius werden sich die Reporter um die besten Plätze schlagen«, stellte Grütke süffisant fest. »Ich möchte nicht in deiner Haut stecken, Konrad.«

»Ich gehe nicht hin«, winkte der Präsident ab.

»Soll Konrad die Suppe auslöffeln«, feixte Grütke mit einer bösen Grimasse.

Meffen nickte abwesend. »Finnen will sich der Meute stellen. Er möchte Konrad als Leiter der Ermittlungen dabeihaben.«

Hinter ihm verspannte sich Sammis Gesicht zu einer holzgeschnitzten Maske.

Terz blieb ganz freundlich. »Selbstverständlich gehe ich hin. Bei so einer heiklen Sache sollte ich aber professionelle Hilfe zur Seite haben. Vielleicht kann Jan mitkommen.«

»Aber ich …«, stotterte Grütke.

Der Polizeipräsident überlegte nicht lange. »Gute Idee.«

Jetzt grinste Terz schadenfroh.

Am Himmel türmten sich dunkle Wolken, als Sorius' sterbliche Überreste in ein mit Reisig ausgeschlagenes Grab am Ohlsdorfer Friedhof hinabgelassen wurden. Über hundert Menschen und Dutzende Journalisten hatten sich in den weitläufigen Parkanlagen des zweitgrößten Friedhofs der Welt mit seinen verzweigten Wegen, jahrhundertealten Bäumen, Mausoleen, versteckten Prunkgräbern und Grabsteinfeldern eingefunden. Als jeder sein Schäufelchen geworfen hatte, strebten sie in kleinen Gruppen davon. Terz, Finnen und Söberg, der als einziger Vertreter des Rathauses gekommen war, entkamen den lauernden Objektiven und Mikrofonen nicht. Genervt beantwortete Finnen die Fragen mit knappen Worten. Terz gab sich wie üblich gelassen und machte ein gutes Bild vor den Kameras. Grütke wollte gern reden, wurde aber nicht gefragt. Söberg äußerte ein paar nichts sagende Floskeln und hielt sich ansonsten heraus. Auf dem Parkplatz bot er Terz an, ihn mitzunehmen. Wahrscheinlich, um ihn ins Gebet zu nehmen.

»Der Bürgermeister ist nicht erfreut«, eröffnete Söberg, nachdem sie losgefahren waren. »Kommt ihr mit den Ermittlungen weiter?«

Die rechte Hand des Stadtoberhaupts wurde sicher von Finnen auf dem Laufenden gehalten. Warum fragte er Terz auch noch aus? Doch seine Neugier kam ihm gelegen.

»Wir verfolgen verschiedenste Spuren. Unter uns, ich habe heute Morgen erfahren, dass Biel auch bi- und Sandel homosexuell war. Vielleicht haben wir es doch mit einem irren Seriensexmörder zu tun.«

»Dann bringt ihn endlich zur Strecke«, forderte Söberg. »Hast du dir eigentlich Göstraus Angebot schon durch den Kopf gehen lassen?«

Welch überraschender Themenwechsel. »Euch im Wahlkampf zu unterstützen? Tut mir leid, ich hatte noch keine Zeit. Aber die Wahl ist ohnehin erst in einem Jahr.«

»Je eher man sein Team beisammenhat, desto besser. Überleg's dir.«

Söberg ließ Terz beim Präsidium aussteigen. Im Büro erwartete das gesamte Team eine geharnischte Standpauke wegen der Indiskretionen. Jost Meffen versuchte vergeblich, den bösen Mann zu geben. Staatsanwalt Finnen dagegen verteilte seine Spucke bis in die dritte Reihe der angetretenen Mannschaft. Jan Grütke ließ es sich nicht nehmen, nachsichtig und wortreich die Grundlagen und eminente Bedeutung polizeilicher Öffentlichkeitsarbeit auszubreiten. Wer ihm zuhörte, musste den Eindruck gewinnen, die eigentliche und wichtigste Arbeit der Behörde sei nicht die Ermittlungsarbeit, sondern ihre Darstellung nach außen.

Als sie fertig waren, eilte Sammi den dreien hinterher. Terz schloss sich an. Sammi registrierte es unwillig. Terz hatte sie fast eingeholt, als sein Handy zu musizieren begann. Das Display zeigte die Nummer des Verlags. Dafür hatte er jetzt wirklich keine Zeit. Währenddessen präsentierte Sammi Finnen ein Papier.

»Wir haben Biels Telefonverbindungen überprüft. Sie werden nicht glauben, mit wem er kurz vor seinem Tod mehrmals gesprochen hat.«

»Spannen Sie uns hier nicht auf die Folter. Wenn Sie was haben, sagen Sie es«, forderte Finnen unwirsch.

»Kantau. Amelie Kantau. Und damit nicht genug. Er rief sie auch auf ihrem Handy an. So konnte uns die Telefongesellschaft sogar sagen, wo sie sich während der Anrufe befand. Beim ersten war sie noch zu Hause. Das war gegen zwei. Beim zweiten, eine halbe Stunde später, war sie am Mittelweg. Beim dritten am Eppendorfer Baum. Also nur wenige Minuten von Biels Wohnung entfernt!«

»Das beweist noch gar nichts.«

»Wahrscheinlich war sie shoppen«, spottete Meffen.

Sammi lief rot an. »Es kommt noch besser. Das Haar aus Biels Wohnung ist identisch mit jenen bei Sorius.«

»Warum sagen Sie das nicht gleich? Und wem gehört es?«

»Ich werde Frau Kantau überprüfen«, erklärte Sammi triumphierend.

Terz' erste Freude über die gelungene Inszenierung wich eisigem Blut, dass sich von seiner Brust im Körper zu verteilen begann. Wenn Biels Telefonanrufe überprüft worden waren, mussten sie auch die Anrufe bei Terz gefunden haben. Damit hatte er gerechnet. Wie verdächtig manche Zeiten waren, wurde ihm allerdings erst jetzt voll bewusst: Biel hatte ihn unmittelbar nach Sandels Tod angerufen. Zwar konnte Sandels Todeszeit nicht mehr mit Bestimmtheit festgelegt werden, doch ungefähr hatten sich die Mediziner für den

13. oder 14. ausgesprochen. Noch einmal hatte Biel ihn wenige Stunden vor seinem Tod kontaktiert. Zum Glück hatte Terz nie von einem seiner eigenen Telefone bei Biel angerufen.

Die größte Sorge bereitete ihm jedoch, dass Sammi kein Wort darüber verloren hatte, obwohl er es bereits wissen musste.

»Vernehmen Sie die Kantau«, meinte Finnen und schob sich an Sammi vorbei, der ihm wütend nachblickte. Warum wurde er immer ignoriert und der Starkommissar hofiert?

»Das sollten wir wirklich tun.« Terz klopfte Sammi auf die Schulter. »Lass uns fahren.«

Abrupt drehte sich sein Mitarbeiter unter der Hand weg und hastete dem Staatsanwalt nach.

»Da ist noch etwas«, rief er. Er lief neben Finnen her und redete auf ihn ein.

Langsam holte Terz auf. Als Sammi ihn sah, verstummte er. Finnen sah Terz einen Augenblick zu lang an, bevor er zu Sammi sagte: »Jetzt machen Sie einmal die Kantau.«

Über der Stadt hatte sich Hochnebel festgesetzt. Zum dritten Mal öffnete die Frau in Dienstbotenuniform die Tür der Klein-Flottbeker Villa. Auf der Fahrt hatte Terz über Sammis Gespräch mit Finnen gegrübelt, das so plötzlich abbrach, als er in Hörweite gekommen war.

Wurde er jetzt paranoid? Hatte Sammi dem Staatsanwalt von Biels Anrufen bei Terz erzählt? Weshalb sonst waren sie verstummt, als er sie einholte? Aus den Augenwinkeln musterte er Sammi. So zufrieden war der zuletzt gewesen, bevor er von Terz' Beförderung erfahren hatte.

Frau Kantau ließ sie zehn Minuten warten. Ahnte sie, was bevorstand? Sammi und Terz lehnten Getränke ab und setzten sich. Terz hielt sich bewusst zurück. Sammi witterte einen möglichen Erfolg und stieß aggressiv vor.

»Wo waren Sie Freitagmittag und am frühen Nachmittag?«

Das dezent sonnengebräunte Gesicht der Frau erbleichte sichtbar. Trotzdem blieb ihre Stimme ruhig. »Ich hatte Besuch von einer Freundin.«

»Wie heißt sie?«

»Claudia Pechstein. Und bevor sie sich bemühen – sie ist jetzt im Urlaub. Auf den Malediven.«

»Die Pechstein bringt Ihnen aber kein Glück«, kalauerte Sammi gehässig.

Terz setzte eine milde, hilfereichende Stimme ein: »Frau Kantau. Es geht um einen Mord. Wir wissen, dass Sie kurz vor der Tatzeit in der Nähe des Tatorts waren. Und wir wissen, dass Sie das Opfer an diesem Tag mehrmals anrief. Zuletzt wahrscheinlich nur ein paar Minuten vor seinem Tod. Vielleicht haben Sie etwas gesehen.«

Amelie Kantau hielt ihre Züge unter Kontrolle. Von ihrer Sonnenbräune aber war nichts übrig geblieben.

»Sie haben mich an diesem Vormittag angerufen«, sagte sie mit einem dünnen Lächeln.

Sammi warf Terz einen Seitenblick zu.

»Ja, wegen des Termins am Nachmittag«, erwiderte Terz gelassen, innerlich nun aber sauer. Die Bemerkung stellte eine unangenehme Nähe zwischen ihm und Biel her. Oder tat das nur sein schlechtes Gewissen? »Aber was wollte der andere Anrufer? Jener Mann, der wenig später auf die gleiche Weise wie Herr Tönnesen und Winfried Sorius ermordet wurde, bei dem das Haar einer Person gefunden wurde, von der man auch welche bei Herrn Sorius fand. Lange hellblonde Haare.«

Sie schluckte, räusperte sich: »Ich habe keine Ahnung, wovon Sie sprechen. Ach … warten Sie … Sie haben recht. Da war doch etwas. Jemand hatte sich verwählt.«

Die so offensichtliche Ausrede war Terz peinlich für Kantau. »Wenn ich während der letzten Tage hier anrief, meldete sich immer zuerst Ihr Dienstmädchen. Auch an diesem Tag. Vielleicht kann sie sich ja erinnern.«

»Rufen Sie sie«, befahl Sammi.

Widerwillig drückte die Hausherrin auf einen Knopf neben der Stehlampe. Irgendwo im Haus ertönte leises Klingeln. Es war noch nicht verklungen, als die Salontür geöffnet wurde.

»Setzen Sie sich«, bat Terz die Frau in Schwarz.

Das Dienstmädchen warf einen unsicheren Seitenblick zu ihrer Brötchengeberin, dann ließ sie sich auf der Vorderkante eines Polstersessels nieder.

»Waren Sie am Freitag hier?«, fragte Sammi.

»Ich bin immer hier«, antwortete sie nach einem weiteren Blick zu Frau Kantau.

»Und Sie nehmen üblicherweise die Telefonate entgegen?«

»J-ja.«

»Auch am Freitag zu Mittag?«

Wieder einer dieser Blicke. Kantau ignorierte ihn.

»Der Herr Kommissar rief an«, sagte das Mädchen und deutete auf Terz.

Tat sie das absichtlich?

»Ich weiß«, sagte Sammi. »Aber wer rief noch an?«

»Ver-verschiedene Leute.«

»War irgendein auffälliger Anruf dabei?«

»Ich kann mich an keinen erinnern.«

»Wann verließ Frau Kantau das Haus?«

»Gegen zwei.«

»War Frau Pechstein zu dieser Zeit noch da?«

Die Frau zögerte, bevor sie sagte: »Sie gingen gleichzeitig.«

Sammi wurde ungeduldig. »Biel wurde ohnehin erst später ermordet.«

Das Dienstmädchen machte große Augen. Bis Terz sie fragte: »Gab es an dem Tag auch Anrufer, die sich einfach nur verwählt hatten?«

Sie dachte kurz nach. »Nein.«

»Aber natürlich«, rief Kantau. »Erinnere dich doch!«

»Frau …«

»Prosnik.«

»Frau Prosnik«, erklärte Terz, »ich sollte Sie vielleicht darauf aufmerksam machen, dass wir hier in einem Mordfall ermitteln. Wenn Sie etwas verschweigen oder gar lügen, hat das auch für Sie Folgen.«

Ruckartig wandte Prosnik den Kopf zu Kantau und wieder zurück zu den Kommissaren.

»Aber … Sie … Sie verdächtigen doch nicht …«

»Wir stellen nur ein paar Fragen.«

Sammi zog die Liste aus seiner Tasche. »Also: Da war ein Anruf gegen zwei Uhr. Können Sie sich an den erinnern?«

Prosniks Lippen zitterten.

Ich muss Frau Kantau sprechen. Es geht um ihren Mann. Mein Name ist unwichtig. Machen Sie schon.

Terz konnte sich an jedes Wort des Gesprächs erinnern. Hinter ihm hatte der tote Biel gelegen. Genauer der Biel, den Terz für tot gehalten hatte.

Unsicher sah Prosnik zu Kantau. Diese erwiderte den Blick mit einem kurzen Zucken der Augenbrauen, dann wandte sie sich ab.

Das Dienstmädchen straffte sich und strich ihre kleine weiße Schürze glatt.

»Es gab einen Anruf«, sagte sie mit fester Stimme. »Der Mann wollte Frau Kantau sprechen. Mir sagte er seinen Namen nicht.«

Man bekommt kein anständiges Dienstpersonal mehr, klagten Terz' reiche Freunde. Mit Frau Prosniks Loyalität war es tatsächlich nicht weit her.

»Was wollte er von Frau Kantau?«

»Es ging um ihren Mann. Ich fragte, ob ihm etwas zugestoßen sei, bekam aber keine Antwort. Dann sprach Frau Kantau mit ihm.«

»Was geschah nach dem Gespräch?«, fragte Terz und beobachtete Kantaus Reaktion aus den Augenwinkeln. Die starrte aus dem Fenster, als ginge sie das alles nichts an.

»Frau Kantau verließ das Haus.«

»Wissen Sie, wohin?«

»Nein.«

Sammi fuhr die Hausherrin an: »Was wollte Biel von Ihnen? Warum verließen Sie sofort nach seinem Anruf das Haus? Warum waren Sie eine halbe Stunde später nur ein paar Meter von seinem Haus entfernt?«

»Aber ich war nicht –«

Terz unterbrach sie mit ernster Stimme: »Frau Kantau, es gibt niemand anderen, der in solche Nähe zu den drei Taten gerückt werden kann wie Sie.«

Kantau schwieg und sah an den beiden Kommissaren vorbei in den Garten. Terz hatte jetzt Mitleid mit ihr. Er glaubte nicht, dass sie die Täterin war. Aber je verdächtiger sie schien, desto weniger würde man andere Spuren verfolgen. Sie musste so lange herhalten, bis er den eigentlichen Mörder von Sorius und Tönnesen gefunden hatte. Wenn er ihm auch die Tat an Biel anhängen konnte, war die Kantau aus dem Schneider. Was tat er, wenn der Täter für den Mord an Biel ein unerschütterliches Alibi hatte? Oder wenn sie ihn nicht fanden? Oder wenn Terz keine Verbindung zu Biel herstellen konnte? Viele Wenns. Nach endlosen Sekunden sagte Kantau tonlos:

»Ich rufe meinen Anwalt an.«

»Bestellen Sie ihn gleich ins Präsidium«, befahl Sammi.

»Sie bleibt bei der Geschichte.« Verärgert fixierte Sammi den kleinen Bildschirm, auf dem das Video des Verhörs lief.

»Vielleicht stimmt sie ja«, meinte Perrell.

Gemeinsam oder abwechselnd hatten sie Amelie Kantau drei Stunden lang befragt. Ihr Anwalt riet ihr ab, zu reden, aber sie bestand darauf.

»Ich gehe noch einmal rein.« Sammi erhob sich.

Die anderen blieben vor dem Bildschirm. Terz schaltete um auf die Kamera im Verhörraum. Amelie Kantau flüsterte mit ihrem Anwalt. Als Sammi den Raum betrat, stöhnte sie auf.

»Nicht noch einmal. Ich habe Ihnen alles erzählt, wie es war.«

Sammi setzte sich ihr gegenüber. »Dann erzählen Sie es eben noch einmal.«

»Der Anrufer, ich kannte seinen Namen nicht, wollte mir etwas über den Mord an Winfried Sorius erzählen. Ich sollte zum Eppendorfer Baum kommen. Dort wollte er mich wieder anrufen.«

»Warum haben Sie ihn überhaupt ernst genommen?«

»Glauben Sie, ich will nicht wissen, wer Win ermordet hat? Außerdem war ich unübersehbar längst Verdächtige in dem Fall. Der Mann konnte mir helfen, wenn er wirklich etwas wusste.«

»Und Ihnen kam das nicht verdächtig vor? Warum erzählte Ihnen der Anrufer die Geschichte nicht am Telefon?«

»Er wollte Geld für die Information.«

»Aber warum mussten Sie sofort los? Sie hatten Besuch.«

»Es erschien mir wichtiger, etwas über einen Mord zu erfahren, als Kaffee zu trinken.«

»Was geschah dann?«

»Ich fuhr zum Eppendorfer Baum.«

»Warum riefen Sie nicht die Polizei?«

»Damit mein Mann von der ganzen Sache erfährt?«

»Das tut er jetzt auch.«

»Von mir nicht.«

»Weiter.«

»Ich fuhr zum Eppendorfer Baum. Unterwegs rief er mich zweimal an. Am Eppendorfer Baum wartete ich zwanzig Minuten. Als keine neuen Anweisungen kamen, fuhr ich wieder nach Hause.«

Bis jetzt hatte sie sich keine Blöße gegeben. Selbst nicht im Verhör mit ihm, der immerhin genau wusste, dass sie log.

»Das kam Ihnen nicht verdächtig vor?«

»Nein.« Genervt. »Ich war zu nervös. Ich werde schließlich nicht jeden Tag in einen Mord verwickelt.«

»In Morde.«

Amelie Kantau sagte nichts.

»Und warum wollen Sie uns Ihre Fingerabdrücke nicht geben?«

»Meine Mandantin ist nicht verhaftet.«

»Noch nicht. Und deswegen könnten Sie auch gleich verschwinden …«

Es klopfte an der Tür des Beobachtungsraumes. Ein Techniker trat ein. Er hielt drei durchsichtige Tüten hoch, in denen sich lange blonde Haare ringelten.

»Soviel ich nach der ersten Analyse sagen kann, sind die Haare höchstwahrscheinlich von derselben Person.«

Terz nahm die Säckchen entgegen und eilte in den Verhörraum. Er wisperte Sammi die Nachricht ins Ohr und legte die Beweisstücke auf den Tisch.

»Frau Kantau, Sie waren in Biels Wohnung.«

In der nächsten halben Stunde erzählte Kantau den erstaunten Zuhörern die Geschichte, wie sie sich aus ihrer Sicht zugetragen hatte. Sie war von Biel angerufen worden. Er hatte sie erpresst. Mit ihrem Schmuck war sie zum Eppendorfer Baum gefahren. Dort hatte sie Anweisungen erhalten, in die Wohnung zu kommen. Deren Tür hatte offen gestanden. Darin fand sie eine halb nackte Leiche. Daraufhin sei sie entsetzt geflüchtet.

Nicht ganz wahr, dachte Terz. Aber darauf kam es jetzt nicht an.

»Sie sind wirklich sofort wieder weggelaufen? Haben nichts berührt?«

Amalie Kantau zierte sich, dann platzte sie heraus: »Vielleicht habe ich was angefasst! Keine Ahnung! Ich war in Panik!«

»Und das sollen wir Ihnen glauben?«, höhnte Sammi.

»Der Mörder ist mir wohl zuvorgekommen«, erklärte Kantau trotzig.

»Da kann es sich nur um Minuten gehandelt haben. Ist Ihnen niemand aufgefallen?«

»Nein.«

»Den Schmuck haben Sie natürlich wieder mitgenommen.«

»Liegen lassen werde ich ihn –«

»Werden Sie nicht frech! Wie hätten Sie Ihrem Mann dessen Verschwinden erklärt?«

»Der hätte das doch gar nicht gemerkt. Im Übrigen sage ich nichts mehr, wenn Sie weiter so unhöflich sind.«

»Beherrschen Sie eine Kampfsportart?«

»Golf«, antwortete Kantau mit gekräuselten Lippen.

»Sie halten das hier wohl noch immer für einen Scherz. Vielleicht sollte Ihnen Ihr Anwalt einmal den Ernst der Lage erklären. Haben Sie jemals einen Selbstverteidigungskurs besucht?«

»Welche Frau tut das heutzutage nicht?«

»Aha!«

In solchen Kursen lernte man allerdings nicht, wie man mit einem Handkantenschlag tötet, dachte Terz.

»Wenn bei Ihnen Selbstverteidigung Mord bedeutet, möchte ich nicht in Ihre –«

Sammi schnitt ihr das Wort ab. »Sie sind schon in meiner …«, das Wort Gewalt verschluckte er gerade noch, »… Obhut. Und da sind Sie fürs Nächste sehr gut aufgehoben, wie es aussieht.«

»Sie brauchen wohl einen Erfolg. Der Bürgermeister drängt, was? Wenn Sie glauben, Sie können mich hier in einer dreckigen Zelle behalten …« Sie sah sich hilfesuchend nach ihrem Anwalt um.

»Wir werden den Staatsanwalt informieren. Diese Entscheidung trifft er.«

»Verhaften und die Fingerabdrücke überprüfen. Und die Haare endgültig analysieren. So lange bleibt sie«, erklärte Finnen, nachdem Terz ihm die Sachlage erklärt hatte.

»Ist bereits in die Wege geleitet.«

»Was gibt es sonst?«

In kurzen Worten berichtete Terz von den Ergebnissen des Tages.

Immerhin gab es einiges Neues. Zwar führte es noch nicht unmittelbar zu einem Täter, bestätigte aber doch einige Annahmen.

Nach Amelie Kantaus Geständnis hatte sich das ganze Team versammelt. Die erste Neuigkeit kam von den Technikern. Effektheischend präsentierte Sammi eine kleine, durchsichtige Plastikbox.

»An dieser Kassettenhülle konnten die Fingerabdrücke von Ansgar Biel gesichert werden. Sie stammt aus der Wohnung von Gernot Sandel! Damit haben wir einen ersten Beleg, dass Sandel und Biel in Verbindung miteinander standen.«

Auch Terz hatte den Bericht der Spurensicherung gelesen. Niemandem war aufgefallen, dass sich auf der Hülle ausschließlich Biels Fingerabdrücke befanden. Zumindest wurde es nirgends explizit erwähnt, und auch Sammi sagte nichts dazu. Die Tatsache, dass sich die Hüllen mit Biels Fingerabdrücken in Sandels Wohnung fanden, genügte offensichtlich. Vielleicht dachten sie ja auch, Sandel hätte die Boxen mit Handschuhen angefasst.

Das Team mit der undankbaren Aufgabe, Ansgar Biels Videoarchiv zu sichten, hatte keine Fortschritte vorzuweisen. »Nicht einmal Aufnahmen von einem Sonntagnachmittag auf deiner Terrasse können wir zum Amüsement bieten«, bedauerte der Beamte, zu Terz gewandt.

Terz wollte eben antworten, da erschien Biel vor ihm und sah ihn mit verwunderten Augen an. Mit jenem erstaunten Blick, als sein Herz aussetzte. In Terz' Nase stach der Geruch von Biels Räumen. Er hörte die Geräusche aus dem Hof, spürte die Schwüle des Dachapartments.

Er war in Biels Wohnung!

Terz wollte sich umdrehen und weglaufen. Seine Kollegen saßen um ihn herum. Als wäre nichts gewesen, diskutierten sie den Fall. Dem Stand des Gesprächs nach hatte der Flashback nur einen Sekundenbruchteil gedauert. Niemand hatte etwas gemerkt. Terz spürte Schweiß überall.

Ruhe bewahren!

Frühere Liebhaber des Gelegenheitskellners hatten keine Motive, dafür Alibis. Tönnesens Geldquelle blieb ein Geheimnis. Immerhin hatte man herausgefunden, dass er sein neues Auto bar bezahlt hatte. Zur Verwunderung des Autohändlers. Befragt worden waren auch die Makler, deren Wohnungsangebote und -pläne sie in Tönnesens Nachlass gefunden hatten. Dieser wollte eine Wohnung im Wert von immerhin einer halben Million Euro kaufen.

Die Bewegungen auf Winfried Sorius' bekannten Konten brachten auch keinen Aufschluss. Zwar gab es in jüngster Zeit mehrere hohe Abbuchungen. Etwa zur selben Zeit hatte Tönnesens luxuriöser Lebensstil begonnen. Aber was besagte das schon?

Ansgar Biel hatte mehrere gescheiterte Beziehungen hinter sich und war kinderlos. Sein Vater war bereits tot, seine Mutter lebte bei Heidelberg, hatte ihn aber seit Jahren nicht gesehen. Bei seinen zwei Schwestern, eine in Düsseldorf, die andere in Hannover, war er in unregelmäßigen Abständen aufgetaucht und hatte sie um Geld angeschnorrt. Wen Biel mit seinen Briefen erpresst hatte, blieb weiterhin unklar. Nirgendwo hatten sich neue Hinweise auf die Personen gefunden.

Das vierte Team hatte Gernot Sandels Vergangenheit als erfolgloser Schriftsteller, Gelegenheitsjournalist, -werbetexter, Küchenhilfe, Nachtportier und anderes ausgeforscht. Er stammte ursprünglich aus Magdeburg, war aber schon Jahre vor dem Fall der Mauer in den Westen gekommen. Der Seitenwechsel hatte ihm nicht viel Glück gebracht. Er war weder verheiratet noch geschieden, hatte keine Kinder, und seine Eltern waren bereits tot. Die Nachbarn sagten aus, dass er kaum Besuch erhielt. Über Nacht war nie jemand geblieben. In Hamburg lebte er seit seiner Ankunft im Westen, in der Wandsbeker Ein-Zimmer-Wohnung seit sieben Jahren.

Mit Worten beteiligte sich Terz an den Spekulationen und Theorien des Teams. In Gedanken reduzierte er die vier Fälle auf zwei: Tönnesen und Sorius. Betrachtete man sie isoliert – und nur er tat das –, schied ein sexuelles Motiv noch nicht aus. Tönnesens geheimnisvolle Geldquelle war wichtig für den Fall. Mehr Bedeutung als die anderen maß er Hansens gefälschter Kündigung bei. Er war überzeugt, dass Meier-Hollfelden dafür verantwortlich war. Vielleicht sollte er hier noch einmal nachgraben. Immerhin hatte der Agenturbesitzer ein Motiv: die Anteile von Winfried Sorius. Er besaß zwar ein Alibi, doch einen Mord konnte man in Auftrag geben. Aber warum dann Tönnesen? Der passte nicht in die Habgiertheorie.

Zu Biels Telefonaten mit Terz hatte Sammi noch immer kein Wort gesagt.

Als Terz ihn nach dem Gespräch mit Finnen darauf ansprechen wollte – nicht direkt natürlich –, rief der diensthabende Beamte am Eingang an:

»Ich habe hier einen Typ, der ist ziemlich sauer. Er sagt, wir hätten seine Frau. Er will sofort zu ihr. Sein Name ist Kantau.«

Terz hatte Walter Kantau noch nicht kennengelernt. Er wollte ihn persönlich vom Empfang abholen. Auf dem Weg hinunter meldete sich Elena auf Terz' Handy.

»Ramscheidt hat mich heute Abend zum Essen eingeladen. Wir gehen ins ›Au Quai‹.«

Terz stolperte fast, fing sich und blieb stehen.

»Du lässt dich aber gern einladen von Herrn Ramscheidt. Samstagabend. Heute schon wieder …«

»Er lässt fragen, ob du Lust hast, mitzukommen.«

Jetzt war ihm seine pubertäre Eifersucht peinlich. Er wusste selbst nicht, weshalb er sie ausgerechnet bei Ramscheidt verspürte.

»Jemand wird ja wohl bei den Kindern bleiben müssen.«

»Julie kann. Ich habe schon mit ihr gesprochen.«

Das »Au Quai« hatte trotz häufig wechselnder Köche eine akzeptable Küche, sein eigentlicher Reiz war aber die Lage direkt am Elbufer mit grandiosem Hafenblick.

»Es wird wieder ein herrlicher Abend. Bekommt Herr Ramscheidt auch einen Terrassenplatz?«

Elena lachte so laut, dass er den Hörer vom Ohr weghalten musste.

»Kommst du nun oder nicht?«

Terz, der lieber zu Hause bleiben wollte, aber auch Lust auf ein gutes Essen mit Elbgeplätscher zur Untermalung hatte und seine Frau nicht mit einem Schürzenjäger allein lassen wollte (obwohl er sich ihrer sicher war, doch), sagte Ja.

Walter Kantau war so groß wie Terz und wog sicher doppelt so viel. Auf seinem Kopf verloren sich ein paar farblose Haare, der massige Körper war in einen feinen Anzug gekleidet, unter dem Arm trug er eine Aktentasche. Er war wenigstens zwanzig Jahre älter als seine Frau und kam Terz mit unerwartet eleganten Bewegungen entgegen. Seine Stimme schien aus dem Innersten des massiven Bauchs zu dröhnen. »Was ist mit meiner Frau?«

»Es gibt da eine Sache, zu der wir sie befragen mussten.«

»Was für Fragen? Fragen kann man auch am Telefon stellen! Das haben Ihre Kollegen wegen Winfried Sorius bei mir gestern auch getan. Hierher bringt man Verdächtige.«

Was wusste der Koloss von der Affäre seiner Frau? Terz fand eine Gegenüberstellung der Eheleute in dieser Situation eine reizvolle Möglichkeit, mehr über die beiden herauszufinden. Trotz Alibis war auch Walter Kantau noch nicht ganz von ihrer Verdächtigenliste gestrichen.

Fünf Minuten später betraten sie ein Besprechungszimmer im vierten Stock. Obwohl es draußen noch taghell war, hatte jemand die grellen Neonlampen angeschaltet. Amelie Kantau stand am Fenster und rauchte. Ihr Anwalt wartete neben ihr. Sammi und Brüning saßen an dem großen Besprechungstisch.

»Was ist hier los?«, pöbelte der massige Mann seine Frau an. »Was ist das wieder für eine Scheiße?«

Eine feine Sprache führte der Herr. Terz hatte ihm wohl zu Unrecht mögliche Probleme mit den Umgangsformen seiner Frau unterstellt. Amelie Kantaus Miene verschloss sich.

»Die Herren Kommissare hatten ein paar Fragen an mich.«

»Willst du mich verscheißern? Wegen ein paar Fragen hockt man um diese Zeit nicht mit einem Haufen Polizisten und einem Anwalt im Polizeipräsidium.«

Kalt erwiderte sie: »Du wirst es nicht glauben, sie verdächtigen mich des Mordes. Des mehrfachen.«

Walter Kantau lachte lauthals los. »Mord! Mehrfach! Du! Das ist gut. Und wen sollst du ermordet haben?«

»Winfried Sorius und wenigstens zwei andere.«

Die kühle Offenheit, mit der Amelie Kantau ihrem ungehobelten Mann begegnete, machte sie Terz sympathisch.

»Winfried Sorius?« Terz konnte beobachten, wie es in Kantaus Kopf zu arbeiten begann. »Warum solltest du Sorius umbringen?«

Seine Frau zuckte mit den Schultern, sog an ihrer Zigarette und wandte sich zum Fenster.

»Und die anderen?« Kantaus Bass war ein paar Dezibel leiser geworden. Die Stille breitete sich im Raum aus wie ein Ballon, der gleich platzen würde. Dann schwoll Kantaus Stimme zu alter Lautstärke. »Du hast mich mit Sorius betrogen?«

Der Mann begriff schneller als viele andere, die Terz erlebt hatte. Kantau schleuderte seine Aktentasche auf den Tisch, dass alle zusammenzuckten und seine Frau erschrocken herumfuhr.

»Deinen komischen Anwalt da kannst du gleich behalten! Meinen bekommst du sicher nicht! Den brauche ich! Für die Scheidung! Ich frage mich nur, wer dann deine Anwälte bezahlen wird! Ha!« In einem Schwung griff er die Tasche, wandte sich zur Tür und rief: »Du warst nichts vor unserer Heirat! Nach unserer Scheidung wirst du noch viel weniger sein!«

Terz gab Brüning mit den Augen ein Zeichen, Kantau zu folgen und hinauszubringen.

Entweder war Kantaus Empörung brillant gespielt, oder er hatte tatsächlich eben erst von dem Verhältnis seiner Frau erfahren. In diesem Fall schied er wohl als Verdächtiger aus.

Mit aschfahlem Gesicht stand Amelie Kantau unter dem kalten Neonlicht. Der Rauch ihrer Zigarette kroch an ihrem Arm hoch wie ein böses Tier. Terz' Inszenierung hatte sie in diese Lage gebracht. Er fühlte Mitleid, aber nur kurz. Sie hatte ihren Mann betrogen, nicht er.

Das Elbufer rund um die alte Fischauktionshalle ist wohl einer der meistgefilmten Orte Deutschlands. Kaum eine Woche vergeht, in der nicht in irgendeinem pittoresken Winkel der Großen Elbstraße eine Aufnahmecrew ihre Scheinwerfer und Leinwände aufspannt, damit Tageslicht später am Bildschirm auch wirklich wie solches wirkt, Materialwagen und Cateringtische die Gehwege versperren, trendige junge Menschen die Szenerie bevölkern und Stunden darauf warten, dass eine Filmminute abgedreht wird.

Diesmal hatten sie sich eine strategisch besonders günstige Stelle ausgesucht. Kurz vor dem Backsteinbau einer zum Einrichtungshaus umgebauten ehemaligen Malzfabrik parkten und rangierten zusätzlich späte Shopper, was den Stau noch zäher machte.

Die flussabwärts anschließenden Areale hinter den neuen Fischmarkthallen hatten die längste Zeit nicht mehr geboten als Elbblick, bis man während der Boomzeit um die Jahrtausendwende damit begonnen hatte, sie mittels glas- und stahlverkleideter Allzweckbauten gewinnbringender zu nutzen. Seither sah man den Fluss nur mehr als Mieter eines wasserseitig gelegenen Büros oder Luxusapartments, oder als Gast eines der neuen Restaurants, die diesen Blick in ihre Menüpreise großzügig einkalkulierten.

Eines davon war das »Au Quai«, in dem Terz mit fast halbstündiger Verspätung eintraf. Er entdeckte zuerst Ramscheidt an dem Terrassentisch in der ersten Reihe. Elena wandte ihm den Rücken zu. Ihr neuer Auftraggeber winkte Terz dezent zu, und Elena drehte sich um.

Mit ein paar Floskeln über den herrlichen Abend und die gegenseitige Freude über das unverhofft baldige Wiedersehen, garniert von ein paar Komplimenten Ramscheidts für Elena, war der Abend eröffnet. Terz überflog die Karte und entschied sich für eine Vorspeise, die trotz der kunstvollen Beschreibung als gemischter Salat identifizierbar war. Danach reizte ihn der Kabeljau im Bananenblatt mit Eukalyptus, Frühlingsgemüse und Schalottenmarmelade, wenn auch mehr aus einer plötzlich und für ihn ungewöhnlichen Anwandlung kulinarischer Tollkühnheit. Von der wusste er, dass sie nicht bis zum Eintreffen der Mahlzeit anhalten würde, deshalb entschied er sich für ein Rinderfilet »auf dem Schiefertablett«. Und eigentlich könnte er einen Teller statt des albernen Steins unter dem Fleisch bestellen. Das ließ er dann aber doch bleiben.

»Ein wunderbarer Abend«, schwärmte Ramscheidt, und Terz begann sich ob der Plattitüde schon zu langweilen. »Schön, dass Sie auch Zeit gefunden haben, Herr Kommissar. Sie müssen jetzt viel zu tun haben, wie heute zu lesen war.«

»Für ein gutes Essen ist immer Zeit«, erwiderte Terz und dachte, dass er höflicherweise »nettes Essen« hätte sagen müssen, aber er fand Ramscheidt nun mal nicht nett. »Sie und meine Frau können ja auch hier sitzen. Sie haben keinen Stress, kann ich daraus schließen.«

»Ja, Ihre Frau und ich«, und dabei tätschelte er Elenas Hand! »Wir haben heute viel weitergebracht.«

Mit einer eleganten Bewegung entzog Elena sich seinen Fingern.

»Ich habe ja bis jetzt nicht ganz verstanden, was Sie da eigentlich macht«, gestand Terz.

Ramscheidt lachte. »Zahlen, Zahlen, Zahlen. Sterbenslangweilig.«

»Danke«, bemerkte Elena schnippisch.

»Um Gottes willen«, sagte Ramscheidt bestürzt und aktivierte seine Tätschelhand, »ich wollte nicht sagen, dass du langweilig bist!«

Man war also schon beim Du.

»Im Gegenteil! Herr Kommissar, Sie wissen, dass Sie um Ihre Frau zu beneiden sind.«

»Nicht doch! Neid ist ein so hässliches Wort neben einer so schönen Frau.«

Der Kellner servierte die Vorspeisen auf Tellern, die Terz' Salat ein wenig verloren wirken ließen. Ramscheidt stürzte sich auf etwas, das Tintenfischcarpaccio sein sollte, und Elena hatte sich – dem Geruch nach – wohl für ein Fischsüppchen mit Knoblauch entschieden. Sie würde morgen ein starkes Parfüm brauchen.

»Haben Sie eigentlich schon über Göstraus Angebot nachgedacht, dessen unfreiwilliger Zeuge ich letztens bei Meyenbrinck wurde?«

Erst nach einer Denksekunde fiel Terz ein, wovon Ramscheidt sprach.

»Nein, ich hatte noch keine Zeit.« Und noch ein paar Floskeln, um das leidige Thema zu beenden: »In die Politik zu gehen, bedeutet eine große Verantwortung. Abgesehen davon findet meine Frau Politiker und Politik furchtbar.«

»Du und Politiker?«, lachte Elena. »Könnte ich mir eigentlich ganz gut vorstellen. Du verdienst ein Spesenvermögen, bist nie zu Hause, und ich habe Zeit für meine Liebhaber.«

»Den Skandal würdest du mir hoffentlich ersparen.«

»Das Spesenkonto oder dass du nie zu Hause bist?«

»Also keine Politik«, konstatierte Ramscheidt kauend.

»Ich glaube, vorläufig bleibe ich noch bei den einfachen Verbrechen.«

»Vier Tote finden Sie einfach? Aber ich möchte Sie nicht belästigen, wahrscheinlich wollen oder dürfen Sie gar nicht darüber reden.«

Terz winkte ab. Er hatte sein Grünzeug und zwei Brötchen mit drei Bissen erledigt. »Hat ohnehin schon alles in der Zeitung gestanden.«

»Und einer der Toten war sogar Ihr Nachbar!« Ramscheidt

nutzte die Gelegenheit und legte seine freie Hand tröstend auf Elenas. Ungeniert. In Terz' Gegenwart. »Ist das nicht ein furchtbares Gefühl?«

Unter dem Vorwand, nach ihrer Serviette greifen zu müssen, befreite Elena ihre Hand so graziös wie zuvor.

Terz erklärte kühl: »Nachbar ist übertrieben. Er wohnte im Haus gegenüber.«

»Kannten Sie ihn?«

»Nein.«

Und Elena fügte hinzu: »Mir ist er nie aufgefallen.«

»Söberg wird sich auch nicht freuen«, bedauerte Ramscheidt mit vollem Mund, und Terz erinnerte sich, dass er ihn durch den Assistenten des Bürgermeisters kennengelernt hatte.

»Niemand freut sich über vier Tote«, erwiderte Elena.

Um nichts sagen zu müssen, trank Terz einen Schluck Wein. Der Riesling hatte einen angenehm grasigen Abgang.

»Weiß man denn schon mehr, wie die Morde zusammenhängen?«

»Sei doch nicht so neugierig, Lukas«, sagte Elena. Lukas. Sie ermahnte Ramscheidt, als wäre sie dessen Frau.

»Lass ihn ruhig. Nein, man weiß nichts.«

»Aber es war immer derselbe Mörder, stand in der Zeitung«, sagte Ramscheidt und spuckte Tintenfischfetzchen über den Tisch. Im Gegensatz zu seiner Kleidung ließen Ramscheidts Essmanieren wirklich zu wünschen übrig.

»Es sieht ganz so aus.«

Der Kellner schenkte Wein nach und räumte die leeren Teller ab.

»Sie meinen, es könnten auch verschiedene gewesen sein? Aber bis heute wusste niemand, wie die vier Opfer starben. Außer dem Mörder. Und der Polizei natürlich.«

Ramscheidt grinste ihn an, oder bildete Terz sich das nur ein? Gleich darauf wandte der andere sich Elena zu und lächelte einfach bloß schleimig.

Die Elbe schlug lauter als sonst gegen den Beton unter der Terrasse, ein Raddampfer tuckerte vorbei, die Möwen übertönten ihn noch, was hatte Ramscheidt gesagt?

Seit Biels Tod bildete Terz sich ein, intensiver zu hören, zu sehen, ja sogar zu schmecken. Als hätte er plötzlich hundertmal so viele Nerven an allen Eingangstoren der Welt zu seinem Körper, ob Haut, Augen, Zunge oder Ohr, die eine Flut widersprüchlicher Signale in sein Inneres feuerten. Manchmal wenigstens schien es ihm so. In solchen Augenblicken drohte er Worte, Gesten, Taten überzuinterpretieren. Es kostete ihn Kraft, sich davon nicht verunsichern zu lassen. Aber Kraft brauchte er jetzt. Er durfte die Kontrolle nicht verlieren.

»Wir gehen davon aus, dass es derselbe Täter war«, erklärte Terz.

»Aber wenn es ein anderer wäre, das wäre doch der perfekte Mord«, erwiderte Ramscheidt.

»Wenn man im Zusammenhang mit Mord von perfekt sprechen darf«, wandte Elena ein.

»Natürlich, natürlich«, beeilte sich Ramscheidt zuzustimmen und beträufelte ein Stück Brot mit Olivenöl. »Aber man stelle sich vor, es gibt eine Mordserie. Und weil man gerade jemanden aus dem Weg haben will, ermordet man ihn auf die gleiche Weise, wie die anderen Opfer umgebracht wurden. Und alle denken, es war wieder derselbe Täter.«

»So einfach ist das nicht.« Elena nahm sich der Sache an. »Es gibt ja noch jede Menge anderer Spuren zu berücksichtigen als nur die Todesart.«

Der Kellner brachte die Hauptspeisen, und Terz fragte sich, ob er sich freuen sollte, dass die Dimensionen seines Filets seinen Magen sicher nicht überfordern würden, oder ärgern, dass sie den Preis nicht rechtfertigten.

»Die Detailergebnisse der Spurensucher finden nur selten ihren Weg in die Medien«, erklärte er, während er das Stück Fleisch anschnitt, aus dem roter Saft mit kleinen Fettaugen floss. »So einfach ist das Nachmachen also wirklich nicht.«

»Sie haben recht. Außerdem braucht man für einen Mord ja auch ein Motiv.«

»Nicht unbedingt«, warf Elena ein. »Ich erinnere mich an einen Fall in Italien, der für große Aufregung sorgte. In Deutschland haben sie sogar einen ›Tatort‹ danach gemacht. Zwei Assistenten einer römischen Uni unterhielten sich, so wie wir jetzt, über das perfekte Verbrechen. Ihr Ansatz war, dass, wenn es kein Motiv für den Mord gibt, man auch nie einen Täter finden könnte. Zum Beweis, dass es möglich ist, erschossen sie aus dem Hinterhalt wahllos eine beliebige Studentin, die gerade über den Campus spazierte. Die Polizei ermittelte, stellte das Leben der Toten auf den Kopf, befragte jeden, den sie nur irgendwann einmal getroffen hatte, und fand tatsächlich nichts. Keine Feinde, keine abgewiesenen Liebhaber, kein Motiv. Nichts.«

»Wie kam sie dann doch noch auf die Täter?«, wollte Ramscheidt wissen, der seinen gegrillten Wolfsbarsch filetierte.

»Soweit ich mich erinnere, hatten die beiden Täter ihre Theorie zu oft mit anderen diskutiert. Irgendjemand hat das dann der Polizei gesteckt. Den Mord haben sie, glaube ich, bis heute nicht zugegeben.«

»Wurden sie verurteilt?«

»Ich meine mich zu erinnern, dass es sie schließlich doch noch erwischt hat.«

»Wobei die beiden ja einen groben Denkfehler begingen«, wandte Terz ein. »Denn es gab ein Motiv für den Mord. Ihr eigenes nämlich: den Beweis führen zu wollen, dass ein scheinbar motivloser Mord nicht aufzuklären wäre und damit das perfekte Verbrechen möglich.«

Er legte Gabel und Messer nebeneinander auf den leeren Teller und tupfte mit der Serviette das Fett von den Lippen.

»Das Thema perfektes Verbrechen ist allerdings unerschöpflich.«

»Wirklich perfekt wird es ja eigentlich erst, wenn es nicht bemerkt wird, finde ich«, sagte Ramscheidt.

»Manche Fachleute gehen davon aus, dass zu allen bekannten noch einmal so viele nie entdeckte kommen«, bestätigte Terz.

Elena sagte: »Oder solche, die mangels rechtlicher Möglichkeiten oder mangels Macht nicht geahndet werden. Konzerne, die Menschen wie Stückgut behandeln. Staaten, die andere überfallen mit dem Argument der Selbstverteidigung oder Befreiung.«

Elena, die solche Diskussionen immer lustvoll anzettelte, genoss zum Glück wie die meisten anderen ihrer Haltungsgenossinnen und -genossen das Bad in der eigenen Empörung, verweigerte jedoch in der Realität weder den Gebrauch von Konzernprodukten noch den Konsum an sich. Machte Terz sie darauf aufmerksam, erklärte sie aufgebracht: »Dass ich mich den Tatsachen beuge, heißt nicht, dass ich mit ihnen einverstanden bin!«

»Den Unterschied zwischen Recht und Gerechtigkeit werden wir heute Abend auch nicht aufheben«, sagte Terz, um eine ebenso langweilige wie lang dauernde Unterhaltung gar nicht aufkommen zu lassen, in die er als Kommissar besonders gern verwickelt wurde. Sie endeten immer auf die gleiche Weise: mit der Erkenntnis, dass der Mensch eben so sei, es keine endgültige Lösung gebe und sich nur alle beständig bemühen können, ihr Bestmögliches zu geben. Und das, nachdem man davor drei Stunden lang nicht verbindlich hatte klären können, was Gut und Böse überhaupt sind!

Es hatte zu dämmern begonnen, am Wasser wurde es kühler. Flackernde Kerzen markierten den Übergang zur Dunkelheit, von gegenüber grüßten tausendfach ihre elektrischen Cousinen an Kränen, Terminals, Brücken und Schiffen im Hafen. Es war einer dieser phantastisch langen Sommerabende, an denen Terz glücklich war, in dieser Stadt zu leben und in keiner anderen der Welt.

Sie waren mit ihrem Dessert fertig, und Terz sagte nach einem demonstrativen Blick auf die Uhr: »Julie muss noch nach Hause kommen.«

Ramscheidt übernahm die Rechnung und bot ihnen an, sie nach Hause zu bringen. Nachdem Terz ihm erklärt hatte, dass er mit dem eigenen Wagen da sei, verabschiedete er sich mit einem langen Händedruck von Elena. Terz drückte er kräftig die Hand und klopfte ihm mit der anderen auf die Schulter.

»Prächtiger Abend, Herr Kommissar. Müssen wir bald einmal wiederholen.«

Terz lächelte höflich und dachte, bitte nicht.

Juliette lag auf dem Sofa, sah fern und kraulte Vito, der es sich auf ihrem Schoß bequem gemacht hatte. Als sie Terz und Elena sah, warf sie die Katze ab und stand auf. Vito streckte und schüttelte sich neben ihr.

»Ich werde dich nach Hause bringen«, sagte Terz.

»Nicht nötig, ich freue mich auf ein kleine Radfahrt«, flötete die junge Frau mit ihrem reizenden Akzent.

Sie wechselten ein paar Worte über die Kinder. Juliette war mindestens so verliebt in die zwei wie diese in sie. Probleme hatte es noch nie gegeben, so auch diesmal.

Schon an der Tür und nachdem sie ein weiteres Angebot von Terz, sie nach Hause bringen, abgelehnt hatte, fragte sie ihn:

»Arbeitest du eigentlich noch immer mit diese Samen oder wie er heißt?« Sie meinte Sammi.

»Ja, wieso?«

»Ich habe ihn heute Vormittag hier im Haus gesehen.«

Während Terz sich auf dem Begräbnis von Sorius mit den Journalisten herumgeschlagen hatte.

»Als ich ihn begrüßte, schien es ihm peinlich zu sein. Er unterhielt sich mit dem alten Nazi, du weißt, der sein arme Hund Pappe in die Ohren steckt.«

# 16

Wie eine graue Felsplatte lag die Alster an diesem wolkenverhangenen Morgen in der Stadt. Terz' Haare waren nass vom Nieselregen, der ihn während seiner morgendlichen Runde begleitete. Das Wasser rann ihm in die Augen, deshalb las er die Schlagzeilen der Morgenzeitung erst im Lift.

Das Foto beherrschte die Titelseite. Links stand Sandel, rechts Terz, händeschüttelnd, im Hintergrund der Buchladen.

Die Feuerleiche und der Kommissar.

Ein dicker Tropfen von Terz' Haaren fiel auf das Bild.

Mit klopfendem Herzen überflog er den Artikel.

Auf Seite zwei kam es noch schlimmer. Der Kameramann hatte nach Terz' Händeschütteln bei der Autogrammstunde nicht aufgehört zu filmen. Ein Bild zeigte Sandel, in seinem Mantel unschwer wiederzuerkennen, wie er neben Terz den Laden verließ.

Was hatten der Kommissar und das spätere Mordopfer zu besprechen?

Und dann steigerte sich der Text zu Terz' Entsetzen noch:

So erhielt jeder, der kein Autogramm des Kommissars mehr bekommen hatte, dieser Tage ein Foto. Alle, bis auf Gernot Sandel. Wo blieb dessen Bild?

Der Knaller kam am Ende des Artikels.

Wie Recherchen ergaben, bot Gernot Sandel verschiedenen Verlagen vor Jahren ein Manuskript mit dem Titel »Sicher Sein« an – lange vor dem Erscheinen von Konrad Terz' neuem Buch!

Die Anspielung war eindeutig. Verfasser war wieder Fodl. Diesmal hatte er vorher nicht einmal angerufen.

Woher hatten sie die Aufnahmen? Und die Informationen über das Manuskript?

Auf der rechten Seite stellte ein Kasten noch einmal Sandel vor. Er enthielt die Informationen aus der Pressemeldung der Polizei. Sandels Passbild, ein paar Lebensdaten, Angaben zur Identifizierungsmethode, ein Zahnarzt hatte sein Gebiss erkannt, Hinweise auf eine Verbindung zu Ansgar Biel – und dass beide (auch) Männer liebten.

Die letzte Information war falsch. Terz hatte sie ganz bewusst Söberg gegeben.

Er stürmte in die Wohnung, wo ihm Elena mit müden Augen entgegenkam.

»Che misera. Hier ist seit einer halben Stunde die Hölle los. Die Reporter. Das Telefon steht nicht still. Was ist jetzt wieder los?«

Es hatte keinen Sinn, die Geschichte vor ihr zu verbergen.

»Hier. Lies. Jemand will mich fertigmachen. Ich gehe schnell duschen.«

Unter den beruhigenden Wasserstrahlen sammelte Terz seine Gedanken.

War Söberg der Informant? Die Falschmeldung über Biels und Sandels Sexleben legten es nahe. Hätte Söberg mit jemand anderem aus dem Ermittlungsteam darüber gesprochen, wäre der Schwindel aufgeflogen.

Mit nassen Haaren und im Bademantel kehrte er ins Wohnzimmer zurück. Elena saß über der Zeitung und las konzentriert. Terz wählte auf seinem Handy, und die Pressedame des Illau-Verlags meldete sich mit verschlafener Stimme. Er nahm darauf keine Rücksicht. Nach einem knappen Gruß erzählte er ihr von den Schlagzeilen.

Nun klang ihre Stimme alarmiert.

»Ja, ich habe den Mann auf den Bildern erkannt. Ich versuchte doch gestern, Sie zu erreichen, auch im Büro, dann habe ich auf

Ihre Mailbox gesprochen. Bei der Polizei geriet ich an einen Ihrer Kollegen. Er wollte das Bild.«

Terz erinnerte sich. Sie hatte ihn gebeten, zurückzurufen. Er hatte es für nicht so dringend gehalten und auf die nächsten Tage verschoben.

»Ich forderte von der TV-Produktionsfirma noch einen Abzug an. Danach habe ich allerdings nichts mehr gehört. Weder von Ihnen noch von den Filmmenschen.«

Während des Gesprächs hatte die Türglocke geläutet. Elena war zur Gegensprechanlage gegangen. Nun kam sie zurück.

»Unten ist der erste Journalist.«

»Der muss warten«, erklärte Terz. »Es wird nicht der letzte sein. Am besten schaltest du die Klingel vorerst aus.«

Als Nächstes rief Terz den Chef der TV-Produktionsfirma an. Er war schon wach und klang nervös.

»Auf dem Handy habe ich Sie nicht erwischt. Als ich es bei der Polizei versuchte, verband man mich mit einem Ihrer Mitarbeiter. Semmlinger oder so ähnlich. Der wollte das Bild. Ich habe es geschickt. Er wollte auch das übrige Filmmaterial.«

»Das wollte die Zeitung auch. Und hat es bekommen. Da haben Sie wohl ein wenig nebenher verdient«, ätzte Terz.

»Schön wär's! Das Geld hat sich jetzt ein anderer geschnappt.«

Terz kappte die Verbindung.

»Eine feine Geschichte«, stellte Elena fest. »Kanntest du den Mann?«

»Er war bei dieser Autogrammstunde. Ich glaube, er wollte mir ein Manuskript aufdrängen.«

»Ein perfider Artikel. Man kann alles Mögliche hineininterpretieren. Sogar, dass du etwas mit dem Fall zu tun haben könntest.«

»Das bringt Auflage.«

»Kein Wunder, dass ich die Klingel abstellen musste. Was hast du jetzt vor?«

»Ich muss Jost anrufen.« Er wollte dem Polizeipräsidenten eine

Erklärung liefern, bevor Spekulationen ihren Weg an sein Ohr fanden. Terz wählte gleich die Nummer für Notfälle.

Es dauerte, bis Meffen sich meldete, und er klang schlecht gelaunt. Terz wünschte ihm einen guten Morgen und fragte:

»Heute schon Zeitung gelesen?«

»Natürlich. Vor meinem Haus warten bereits die Horden. Mist, Konrad, was ist das für eine Geschichte?«

Terz gab ihm dieselbe Erklärung wie Elena, und Meffen schien damit zufrieden.

»Interessant ist ja«, fuhr Terz fort, »seit wann geheimes Material an die Medien weitergegeben wird. Nämlich seit man abstruse Verbindungen zwischen mir und zwei Opfern herstellen kann. Und sei es nur, dass einer in meiner Nähe wohnt und der andere einmal bei einer Autogrammstunde war. Kein Wort darüber, dass wir eine Verdächtige befragen. Kein Wort über die gefälschte Kündigung. Irgendwer gibt hier ganz bewusst nur Dinge weiter, um mich – und damit wahrscheinlich die Polizei – anzukleckern.«

Was ein Mitglied des Ermittlungsteams eigentlich ausschloss, dachte Terz. Wer mit den Informationen Geld verdienen wollte, hätte alles weitergegeben. Nein, jemand wollte ganz bewusst ihn, Konrad Terz, ins Zwielicht stellen.

»Hm. Du hast recht«, grunzte Meffen.

»Natürlich habe ich das. Solange es nur um Sorius und Tönnesen ging, funktionierte die Geheimhaltung. Da konnte man mich nicht ins Spiel bringen. Außer als Kommissar natürlich.«

»Hast du eine Idee, wer es sein könnte?«

»Einen Verdacht.«

Der nächste Anruf galt Fred Illau. Den Frühaufsteher erreichte er im Büro. In kurzen Worten erzählte er seine Version der Geschichte. »Auf eine Pressemeldung des Verlags würde ich aber noch verzichten.«

Fiel bereits ein Verdacht auf ihn? Wie ein glühender Speer schoss ihm durch den Kopf, dass Sandels Manuskript, Biels Bilder, CDs und Festplatte noch in seinem Schreibtisch lagerten! Elena war im Bad verschwunden, und Terz eilte in sein Arbeitszimmer. Dort zerschnitt er Sandels Manuskript ebenso wie Biels Bilder, Filme und Briefe zu kleinen Schnipseln, die er zehn Minuten später durch den Toilettenschlund in die Tiefen der Kanalisation entließ.

»Warum sollte Söberg das tun?« Elena biss von ihrem Brot ab.

Kim und Lili löffelten ihre Cornflakes und verfolgten verständnislos die Diskussion der Eltern.

»Sag du es mir.«

»Vielleicht gab er die Fehlinformation an andere weiter. Finnen, Meffen.«

»Söberg lässt sich informieren, er hat keinen Grund zu Rückfragen bei Meffen oder Finnen. Ich bin sicher, dass Söberg das Leck ist.«

»Was ist mit Sammi? Du wurdest ihm bei der Beförderung vorgezogen. Und auch sonst mag er dich nicht.«

»Sammi hasst Journalisten.« Andererseits hatte er gestern hier im Haus herumgeschnüffelt.

»So viele Zufälle stellen dich ja wirklich in ein komisches Licht.«

Einen langen Moment hing Elenas Bemerkung im Raum, dann antwortete Terz ruhig:

»Zumal man mir tatsächlich was unterstellen könnte. Deine Bekanntschaft mit Sorius gab sogar schon Anlass zu Bemerkungen.«

Elena erkannte, dass es der falsche Zeitpunkt für Zweifel an ihrem Mann war.

»Hat sonst jemand Interesse, dich zu beschädigen?«

»Ich wüsste nicht, welchen Grund Jost haben könnte.«

»Angst vor einem potenziellen Konkurrenten um den Posten des Polizeipräsidenten?«

»Dafür bin ich zu jung.«

»Der Staatsanwalt?«

»Braucht mich in keinster Weise zu fürchten. Im Gegenteil, für ihn wird dadurch auch alles komplizierter.«

»Aber warum Söberg?«

Die Mädchen sprangen auf. »Wir sind fertig. Papazapper, du bist dran.«

»Heute bringt euch Mami zur Schule.« Zu Elena sagte Terz: »Unten warten sicher die Reporter. Am besten fährst du erst, wenn ich weg bin und sie abgezogen sind.«

Die Kinder tobten durch den Vorraum.

»Im Prinzip gibt es zwei Möglichkeiten, warum die Geschichten weitergegeben wurden«, fasste Terz zusammen. »Entweder jemand will mich aus persönlichen Gründen angreifen: Sammi oder sonst wer. Die Variante ist unangenehm. Wesentlich interessanter ist aber die andere.«

»Dass du auf etwas gestoßen bist.«

»Aber ich weiß nichts, was die anderen nicht auch wissen.«

Abgesehen von einer entscheidenden Kleinigkeit: dass nicht alle Toten auf das Konto desselben Täters gingen.

»Du nimmst an, dass es zwei Ablenkungsmanöver gab: in der Agentur die gefälschte Kündigung und …«

»… Söbergs Kampagne gegen mich«, vollendete Terz den Satz und fixierte Elena. In ihren Köpfen sprang dieselbe Frage hoch.

»Ist es etwas zwischen Agentur und Partei?«

Elena kaute nachdenklich auf ihrer Lippe. »Weit hergeholt.«

»Darin besteht unsere Arbeit. Thesen aufstellen. Und sie dann widerlegen. Oder beweisen.«

»Was können Agentur und Partei gemeinsam Illegales angestellt haben?«

»Ich hätte gleich auf dich hören sollen.«

»Sag ich ja immer.«

»Vor ein paar Tagen hast du erklärt: Es geht doch immer ums Geld. Ich habe da eine Idee …«

Für seinen unvermeidlichen Auftritt vor den Medien wählte er einen leichten braunen Sommeranzug über weißem Hemd. Biels CDs und Festplatte steckten in einer Aktentasche.

Vor der Haustür zählte Terz zwölf Personen, fünf Fotoapparate und drei Fernsehkameras. Ein Fragensalat flog ihm entgegen. Er wartete auf dem Treppenabsatz, bis die erste Aufregung abgeklungen war, dann wünschte er den Anwesenden einen guten Morgen und erzählte ihnen dieselbe Geschichte wie Elena und Meffen.

»Warum erkannten Sie den Toten nicht?«, fragte eine junge Frau, deren Stimme so spitz war wie ihr Gesicht. Aus den Nachbarhäusern schlüpften Menschen auf dem Weg zur Arbeit, manche sahen herüber, manche blieben stehen.

»Die Bilder von der Autogrammstunde gingen versehentlich ohne meine Unterschrift in die Post. Deshalb hatte ich sie nicht gesehen. Vielleicht hätte ich Sandel auf diesen Fotos wiedererkannt. Das Passbild ist ja nicht sehr ähnlich.«

Die nächste Frage war vorhersehbar. »Wie erklären Sie sich, dass ausgerechnet Gernot Sandel kein Foto erhielt?«

»Ich habe bereits mit meinem Verlag telefoniert. Dort ist man sicher, das Foto abgeschickt zu haben. Es muss also ein Problem bei der Zustellung gewesen sein. Oder es gibt einen anderen Grund, den wir bis jetzt nicht kennen.«

Die Fragen purzelten wieder durcheinander.

»Alles wird Gegenstand weiterer Ermittlungen sein. Je eher Sie mich durchlassen, desto eher kann ich damit beginnen. Ich danke für Ihr Kommen.«

Aus dem Wagen rief er Elena an. »Ich bin jetzt weg. In ein paar Minuten sollte die Luft rein sein. Dann kannst du mit den Kindern zur Schule.«

Sammi musste bereits gestern Abend von der Sache gewusst haben. Sie hatten ihn nicht informiert.

Waren schon interne Ermittler eingeschaltet? Unwillkürlich blickte er in den Rückspiegel.

Jetzt nur nicht verrückt werden.

Trotzdem fuhr er ein paar Umwege. Als er sicher war, dass ihm niemand folgte, hielt er an einem Müllcontainer, der auf die Abholung wartete, zerbrach Biels CDs und Festplatte und stopfte sie tief in den metallenen Bauch.

Die Empfangsdame der Agentur begrüßte ihn mit neugierigem Blick. »Möchten Sie zu Herrn von Hollfelden?«

»Nein. Ich suche Frau Hansen.«

Sie ließ ihn nicht aus den Augen. Hatte sie die Zeitung gelesen? Oder hatte sich Hansens wenige Tage zurückliegende Verhaftung herumgesprochen? Vielleicht war auch etwas über die angebliche Kündigung zu den Mitarbeitern durchgesickert.

Jule Hansen wartete an der Tür zu ihrem Büro, die Terz hinter sich schloss. Die Kreativdirektorin registrierte es argwöhnisch.

»Keine Sorge«, beruhigte er sie. »Ich komme nicht, um Sie zu verhaften. Im Gegenteil. Ich brauche Ihre Hilfe.«

Hansen strich wie beiläufig über die Titelseite der Zeitung auf ihrem Tisch.

»Dass Sie Hilfe brauchen können, glaube ich.«

»Genau deshalb bin ich hier. Irgendjemand hat etwas gegen mich. Vielleicht können Sie mir helfen herauszufinden, wer das ist.«

»Wie sollte ich das?«

»Ich müsste die Buchhaltung der Agentur aus den letzten Jahren sehen.« Elena hatte seine Idee nicht ganz abwegig gefunden. Einen Versuch war es alle Mal wert.

»Da sind Sie bei der Falschen. Für das Geld ist Meier zuständig.«

»Ich weiß. Deshalb komme ich zu Ihnen.«

Hinter ihrer Stirn arbeitete es. »Ich weiß nicht, ob Meier es so gut fände.«

»Sie wollen Gesellschafterin werden?«

Die Kreativdirektorin zuckte mit den Schultern.

»Vielleicht sollten Sie dann vorher überprüfen, ob hier alles mit rechten Dingen zugeht.«

»Ich kenne mich mit der Buchhaltung nicht aus. Außerdem hat Meier … Was soll das heißen: mit rechten Dingen?«

»Wissen Sie, woher die Polizei Ihre Kündigung hatte?«

Als sie ihn nur abwartend ansah, fuhr er fort: »Von Ihrem Meier. Er hat uns erst darauf aufmerksam gemacht.«

Sie sagte noch immer nichts.

»Und es kommt noch besser: Die Kündigung war nicht echt. Sie wurde erst nach Sorius' Tod geschrieben. Jemand wollte den Verdacht auf Sie lenken. Dreimal dürfen Sie raten, wer das war.«

Das Zucken ihrer Gesichtsmuskeln verriet den Streit ihrer Gedanken. Sie wirbelte ihren Drehstuhl herum. Mit dem Rücken zu Terz blieb sie eine Weile sitzen, dann rotierte sie langsam zurück.

»Wie wollen Sie die Unterlagen ansehen, ohne dass Meier es merkt?«

# 17

Kaum saß Terz wieder im Büro hinter seinem Schreibtisch, stand Sammi in der Tür.

»Wir sollen zu Meffen kommen. Sofort.«

Im Flur schloss sich Hasselbach an und wechselte Blicke mit Sammi, so schien es Terz.

Meffen begrüßte sie herzlich, aber ernster als sonst. Jan Grütke saß bereits in einem der Stahlrohrsessel. Neben Meffens Tisch stand ein fahrbares Rack mit Fernseher, DVD- und Videorekorder und Hi-Fi-Anlage. Der Polizeipräsident schien durch Terz hindurchzusehen. »Wir«, setzte er an und räusperte sich.

Terz ging in die Offensive. »Wir haben heute ja schon telefoniert. Du weißt, was ich von der Geschichte halte.«

Der Polizeipräsident hatte die ganze Zeit kein Auge von ihm gelassen. »Das folgende Gespräch bleibt in diesem Raum.«

Terz lachte. »So wie die anderen internen Informationen zu dem Fall?«

Meffen lachte nicht. »Die Geschichte ist schon heikel genug. Ich muss außerdem vorausschicken, dass ich nicht wirklich überzeugt bin von dem, worüber wir sprechen werden. Aber angesichts der Umstände müssen wir es erörtern.«

Etwas umständlich, der Gute. Sein offensichtliches Unbehagen ging weit über das hinaus, was Terz in solchen Fällen bei ihm erlebt hatte. Nervös begann der Präsident mit einer teuren Schreibfeder zu spielen.

»Es gibt ein paar … Umstände, und ich betone: Umstände, nicht Verdachtsmomente, für mich wenigstens nicht, die wir diskutieren müssen. Ich bin sicher, dass nichts dahintersteckt, aber man muss über die Dinge reden, nicht?« Er lächelte Terz hilflos an, in dessen Nacken ein kaltes Kribbeln hochkroch. Du hast genug verbale Sprungtücher gespannt, dachte er, komm zur Sache.

Meffen schien fast ein wenig rot zu werden. Er wandte sich an Sammi: »Machen Sie es kurz.«

Sammi baute sich vor dem Medienturm auf.

»Beginnen wir die Angelegenheit in chronologischer Reihenfolge. Der erste Tote in dem Fall – auch wenn er erst als Zweiter identifiziert wurde – war Fredo Tönnesen. Ein ehemaliger Stricher und Pornodarsteller, der sich später wohl von seinen schwulen Gespielen aushalten ließ. Das bringt uns zum zweiten Toten: Winfried Sorius, Besitzer einer Werbeagentur, die unter anderem für den Bürgermeister arbeitete, was uns die besondere Aufmerksamkeit in diesem Fall sichert. Gelegenheitsschwuler und als solcher Tönnesens Gönner, sonst aber Frauenheld und Golffreund von Elena Terz.«

Sammi, die Ratte! Terz rauschte das Blut in den Kopf.

»Kommen wir zum dritten Opfer, einem gewissen Gernot Sandel. Im Gegensatz zu unserem Kollegen Terz ein erfolgloser Schriftsteller, der zwei Werke im Eigenverlag herausbrachte und ansonsten Autor für unbedeutende Zeitungen war. Er starb vermutlich am Montag oder Dienstag vergangener Woche. Die Verbrennung seiner Leiche lässt keine genaue Datierung mehr zu. Sein letztes Lebenszeichen gibt es sogar auf Band. Kollege Terz kann das bestätigen.« Sammi warf ihm einen hämischen Blick zu. »Er hat ihn schließlich als einer der Letzten lebend gesehen.«

Am liebsten hätte Terz ihn unter dem schweren Medienturm begraben. Sammi schaltete den Videorekorder an.

»Gernot Sandel besuchte eine Autogrammstunde des Kollegen Terz an jenem Montag. Danach begleitete er ihn aus dem Laden. Davon existieren Filmaufnahmen.«

Effektvoll ließ Sammi das Bild von ihm mit Sandel auf dem Schirm stehen.

»Danach gibt es keine Lebenszeichen mehr von Gernot Sandel. Kein Nachbar sah ihn nach Hause kommen. Seit Montagabend beklagten sich die Bewohner des Hauses über das Jammern seiner Katze. Als sie bei ihm klopften, öffnete niemand ...«

Aber niemand rief die Polizei.

»... also kann man annehmen, dass Sandel am Montag nicht mehr nach Hause kam. Als Nächstes möchte ich Ihnen ein paar Aufnahmen zeigen, die wir beim dritten Toten gefunden haben, über den wir noch sprechen. Nur so viel sei gesagt, dass er seine Nachbarn beobachtete, belauschte und filmte.«

Sammi ließ das Band erneut anlaufen.

»Hier sehen wir eine Aufnahme der Dachterrasse des Kollegen Terz. Sie ist, laut Beschriftung der Kassette, etwa drei Wochen alt, entstand also wenige Tage vor Sandels Tod. Ich bitte, die Aufmerksamkeit auf dieses Fass zu richten. Dekorativ steht es mitten auf der Terrasse.« Unvermittelt wandte sich Sammi an Terz. »Was ist in diesem Fass?«

»Nichts. Es dient als Stehtischchen.«

»Deshalb kutschierst du es ein paar Tage später durch die Gegend?«

Terz wurde heiß. Hatte er Bilder übersehen? Er hätte Biels Archiv anzünden sollen!

»Es gibt einen Zeugen, der bestätigt, dass der Kollege Terz die Tonne am frühen Donnerstagnachmittag vergangener Woche in das Haus brachte. Das heißt, davor musste er sie hinausbefördert haben.«

Sammi hatte also den alten Kranewitz befragt. Aber offensichtlich gab es keine Bilder.

»Am Donnerstag wurde Sandels Leiche gefunden!«

Meffen starrte stumm zwischen Terz und dem Bildschirm hin und her.

Terz lächelte ihn an. »Ich finde, Sammi sollte mich langsam über meine Rechte aufklären und einen Anwalt anrufen lassen, wenn er ernst meint, was er bis jetzt allerdings mit keinem Wort zu sagen wagt. Was meinst du?«

Meffen räusperte sich und stammelte: »Ich sagte ja, ich glaube es nicht, aber man muss darüber sprechen, Missverständnisse aufklären. Machen wir weiter.«

»Nichts lieber als das.« Sammi zog ein Buch aus seinen Unterlagen und knallte es auf Meffens Tisch: ein Exemplar von »Sicher Sein«.

»Große Verlage bekommen täglich Dutzende unverlangt eingesandte Manuskripte. Fast alle davon gehen zurück. Manche Verlage machen Aufzeichnungen darüber, denn einige Autoren geben nicht auf, schicken ihre Manuskripte mehrfach. Bei einem dieser Verlage fand sich ein Gernot Sandel im Archiv, der in regelmäßigen Abständen verschiedenste Entwürfe und Manuskripte sandte. Unter anderem vor sechs Jahren einen Ideenentwurf mit dem Titel ›Sicher Sein‹.«

»Aber das kann Zufall sein«, wandte Meffen ein.

»Natürlich. Kann«, gab Sammi selbstzufrieden zu.

Nun musste sich Terz einmischen. »Wonach wurde gefragt? Nach dem Autor oder dem Titel?«

»Nach Sandel natürlich.«

»Vielleicht hättest du einmal nach dem Titel fragen sollen. Mein Verleger erhielt in den vergangenen Jahren vier Exposés oder Manuskripte, die ›Sicher Sein‹ hießen. Dabei waren eine Kurzgeschichtensammlung, ein Kinderbuch und ein Roman. Im Übrigen hatten wir ihn schon in der engeren Wahl für mein erstes Buch.«

Meffens Augen leuchteten erleichtert bei Terz' Entlastungsangriff.

»Dein erstes Buch«, geiferte Sammi. »Wann war das? Vor fünf Jahren? Ein Jahr, nachdem Sandel seinen Entwurf verschickt hatte? Vielleicht auch an den Illau-Verlag?«

»Das könnte hinkommen. Willst du mir aus einem Buchtitel einen Strick drehen? Bei meinen Büchern sind mein Name und mein Bild auf dem Cover wichtig. Der Titel ist das Kleinste und Unwichtigste daran. Siehst du ja selbst.«

»Ich bin noch nicht fertig. In einer ersten Aussage erklärte eine Zeugin, zum fraglichen Zeitpunkt einen Geländewagen in der Nähe des Tatorts gesehen zu haben. Was für einen Wagen fahren Sie privat, Kollege?«

Sie. Kollege. Terz grinste ihn an. »Mini. Und Range Rover.«

»Range Rover! Ein Geländewagen also.«

Terz hatte genug. Er sprang auf. »Spar dir deine Theatralik fürs Gericht oder Fernsehen, Sammi. Und fass dich kürzer. Oder lass am besten mich, das geht schneller. Du meinst also, Sandel wollte irgendetwas von mir wegen seines ›Sicher Sein‹-Manuskripts. Vielleicht wirft er mir Diebstahl vor. Ich nehme ihn mit nach Hause und bringe ihn dort um. Toller Platz. Vor den Augen all meiner Nachbarn. Ein Pech, dass unser Voyeur ausgerechnet dann nicht mitfilmt, wenn es spannend wird.«

Sammi wollte ihn unterbrechen, doch Terz sprach weiter: »Die Leiche verstecke ich in dem Fass. Drei Tage – warum erst drei Tage? – später entsorge ich sie im Wald bei Ahrensburg. Leider hat mich der Voyeur doch beobachtet. Dann passiert irgendwas, vielleicht will er mich erpressen oder so, ich komme dahinter und bringe ihn auch um.« Er fixierte Sammi. »So wolltest du das doch in etwa erzählen?«

»Natürlich filmte Biel mit! Aber du hast die Aufnahmen gestohlen!«, mischte sich Hasselbach ein.

»Und danach habe ich wahrscheinlich den Kanister in Biels Wagen deponiert. Mit den Resten jenes Benzins, dass ich für Sandel verwendete«, ergänzte Terz höhnisch. »Bestens. Zwei Fälle geklärt. »Aber was haben Tönnesen und Sorius mit der ganzen Sache zu tun? Und was tat Amelie Kantau bei Biel?«

»Das ist nicht zu fassen!«, brüllte Sammi wütend. »Herr Polizeipräsident, er macht sich über uns lustig! Aber deine Masche zieht bei mir nicht. Am Tag nach Biels Tod warst du ganz zerschunden. Angeblich beim morgendlichen Dauerlauf gestürzt. Ha! Gewehrt hat er sich. Das sagte auch Krahne. Und warum hast du mit Biel telefoniert? Nur wenige Stunden vor seinem Tod.«

»Keine Ahnung, wovon du sprichst. Mich rufen oft irgendwelche Spinner an. Das wird einer gewesen sein.«

»Er rief dich aber auch schon am Vortag an und noch ein paar Tage früher: am Tag von Sandels Verschwinden!«

»Sammi, ich kann wirklich nichts dafür, dass ich angerufen werde. Und ich habe auch keinen Einfluss darauf, wer das tut.«

»Die Erpresserbriefe, die wir bei Biel gefunden haben«, griff ihn Hasselbach wieder von der anderen Seite an. »Wir haben sie untersuchen lassen. Sie sind nur ein paar Tage alt. Wahrscheinlich hat Biel sie gar nicht geschrieben. Jemand wollte, dass wir Biel für den Verfasser halten! Du!«

»Oder von Hollfelden, wie bei Hansens gefälschter Kündigung«, gab Terz zu bedenken.

»Schon wieder falsche Briefe«, rief Meffen. »Ist denn in diesem Fall irgendein Beweis echt?«

»Womöglich nicht«, antwortete Sammi noch lauter und wandte sich wieder Terz zu. »Am Ende hast du auch Sorius auf dem Gewissen! Was hatte der Kerl mit deiner Frau, he? Glaubst du wirklich, die beiden spielten nur Golf miteinander?«

Nach dieser Gehässigkeit beruhigte sich Sammi ein wenig.

Eigentlich mussten mittlerweile einige Fingerabdrücke Amelie Kantaus aus Biels Wohnung identifiziert sein. »Sind die Spuren bei Biel schon auf Amelie Kantau überprüft?«, fragte Terz.

Sammi stockte. »Noch nicht endgültig.«

»Aber wir haben schon etwas?«

»Fingerabdrücke«, gab Sammi zähneknirschend zu.

»Noch was?«

»Fasern!«

»Was für Fasern?«

»Was für Fasern?«, wollte auch Meffen wissen.

»Sie könnten aus Amelie Kantaus Wohnzimmer stammen«,

gestand Sammi. »Na und, das bedeutet gar nichts! Die hätte sonst wer dort hinbringen können!«

Terz verkniff sich ein Lächeln und schaute mit Unschuldsmiene zwischen Meffen und Sammi hin und her.

»Aber von dir haben wir auch was! Eine Wimper«, rief Sammi triumphierend.

»Ich war ja auch dort«, gab Terz zu. »Hasselbach und Wilms können das bestätigen. Das weißt du. Zugegeben, ich hätte nicht ohne Overall an den Tatort gehen sollen.«

»Vielleicht war das genau deine Absicht! Nach dem Mord an Biel musstest du befürchten, Spuren hinterlassen zu haben. Also bist du noch einmal gekommen, sobald wir da waren. Damit man glaubt, du hast die Wimper bei dieser Gelegenheit verloren.«

»Den Verlust einer Wimper hätte im Übrigen auch ein Overall nicht verhindert«, bemerkte Terz.

Sammi nahm seinen Faden wieder auf. »Tönnesen und Sorius waren das Vorbild. Durch den gleichen Modus Operandi sollte der Verdacht auf ein und denselben Täter gelenkt werden. Sie müssen wissen«, wandte er sich an Meffen, »die genaue Todesursache wurde in der Öffentlichkeit nie bekannt. Also wusste nur der Mörder Bescheid. Und ein paar Menschen bei der Polizei und Staatsanwaltschaft.«

»Mensch, Sammi, dann warst es am Ende du!« Terz zwinkerte Meffen zu. »Oder du?«

Sammi bebte, Meffen wand sich. »Ich bin todunglücklich mit dieser Situation.« Er warf Sammi einen vernichtenden Blick zu. »Und wie gesagt, ich glaube an eine Reihe von Missverständnissen und Zufällen. Aber Konrad – auch wenn ich den Verdacht der Kollegen für unbegründet halte, entbinde ich dich bis zur Aufklärung vom Dienst.«

Glühende Lava fetzte noch durch die letzte Kapillare in Terz' Körper. Er wollte aufspringen und brüllen, jeder Muskel war zum Zerreißen gespannt, um ihn zurückzuhalten.

Meffens Worte begannen zu stolpern: »Nichts für ungut, Konrad, aber der Optik wegen. Es mag schlecht aussehen, wenn du suspendiert wirst. Aber es sieht noch schlechter aus, wenn herauskommt, dass es einen – wenn auch unbegründeten – Verdacht gegen einen Polizeibeamten gab, einen Fall manipuliert zu haben, und dieser Beamte den Fall trotzdem weiter betreut. Und irgendwann sickert so etwas durch. Das lehrt die Erfahrung. Deshalb noch einmal: Keines der hier gesagten Worte dringt aus diesem Raum. Verstanden? Ich werde lediglich den Staatsanwalt informieren.«

Sammis Brust schien plötzlich doppelt so groß wie sonst, sein sattes, kaum verhaltenes Grinsen breitete sich im Raum aus wie Faulgas.

Grütke starrte Terz mit unverhohlener Schadenfreude an, Hasselbach voll Verachtung.

Terz flüsterte: »Danke für dein Vertrauen.«

Ohne ein weiteres Wort drehte er sich um und ging.

»Konrad …« Meffens Stimme klang fast flehentlich.

Terz schloss die Tür hinter sich und warf der Sekretärin ein gut gelauntes Lächeln zu. Ganz echt war es nicht.

# 18

Der CD-Player sprang automatisch an, als Terz den Wagen startete, doch er schaltete ihn ab, die Scheiben ließ er geschlossen. Es war sehr still in dem Fahrzeug, als er Richtung Stadt fuhr. An der Außenalster parkte er vor Bodos Bootssteg. Er lieh sich eine kleine Jolle und ließ sich von drei Windstärken über den See tragen.

Die Luft war warm, trotz der eindrucksvollen Wolkenformationen, die sich immer wieder vor die Sonne schoben. Um diese Tageszeit war auf dem Wasser nicht viel los, und Terz konnte in Ruhe seine nächsten Schritte überlegen.

Durch die Suspendierung hatte er die Kontrolle über die Ermittlungen verloren. Tricksereien wie mit der Kassettenhülle bei Sandel oder Kantaus Haar waren nicht mehr möglich. Sicher verpflichtete Sammi das restliche Team, Terz nicht weiter zu informieren.

Biel setzte sich auf die gegenüberliegende Planke und grinste ihn schadenfroh an. Terz kippte vor Schreck fast ins Wasser. Dann war der Anfall vorbei. Der Wind ließ seinen durchgeschwitzten Körper frösteln. Er musste die Kontrolle über sich zurückgewinnen. Die Herrschaft über sein Unterbewusstsein. Beim Autofahren durfte ihm das nicht passieren.

Die Schatten der Wolken wurden immer dunkler, die blauen Lücken weniger, und Terz beschloss umzukehren. Auf dem Rückweg rief Lund an.

»Ich habe davon gehört«, schrie sie fast ins Telefon. »Ich glaube Sammi kein Wort.«

»Das hoffe ich. Was ist mit der Kantau?«

»Wurde gegen Kaution entlassen.«

Terz bezahlte das Boot und bestellte noch einen Milchkaffee, da düdelte sein Telefon erneut.

Auf dem Display erkannte er Fodls Nummer.

»Tag, Starkommissar! Stimmt, was ich höre?«

Terz setzte sich an einen Tisch, wo er ungestört reden konnte. »Was hörst du denn?«

»Der Fall Sorius und Co ist dir entzogen worden?«

Er war kaum zwei Stunden aus dem Präsidium, und schon wusste die Presse davon! Sammi? Oder hatte Meffen bereits den Staatsanwalt informiert? Und dieser das Büro des Bürgermeisters? Ganz informell natürlich?

»Mensch, das ist eine Story. Willst du irgendetwas dazu sagen?«

»Wenn du mich einmal aufklären würdest, wovon du sprichst, kann ich das vielleicht.«

»Meine Quelle –«

»Die du natürlich nicht nennst.«

»Du kennst das Geschäft. Die Quelle sagt, dass du den Fall nicht wegen Erfolglosigkeit verloren hast. Und dass du suspendiert wurdest.«

Zeit, eine Verteidigungslegende in die Welt zu setzen.

»Vielleicht bin ich ja jemand Wichtigem auf die Zehen gestiegen.«

»Vielleicht. Aber vielleicht hat ja auch jemand – nennen wir es einmal – eine gewisse Nähe festgestellt. Zwischen dir und Sorius. Zwischen dir und diesem Sandel. Zwischen dir und Biel.«

»Ich weiß nicht, wer solche Geschichten erzählt.« Jetzt musste er improvisieren. »Ich ermittle nach wie vor in dem Fall. Und – aber das bleibt vorläufig unter uns beiden – es gibt eine sehr interessante Spur.«

»Du ermittelst? Was denn?«

»Das kann ich dir jetzt noch nicht sagen. Und ich bitte dich, weder von meiner angeblichen Suspendierung noch von der Spur etwas zu schreiben. Wir müssen noch ein paar Hinweise verifizieren. Wenn du jetzt quatschst, gefährdest du die Untersuchungen.

In ein paar Tagen weiß ich mehr. Du bist der Erste, der davon erfährt.«

Sehr durchsichtiges Manöver.

»Du bist also nicht suspendiert?«

»Mich würde wirklich interessieren, wer so etwas erzählt.«

»Ja oder nein wäre deutlicher.«

»Ich kann dir bloß so viel sagen: Wenn sich mein Verdacht bestätigt, dann bebt die Erde.« Nur noch Superlative konnten Fodl davon abhalten, Terz am nächsten Morgen als Mordverdächtigen auf die Titelseite zu bringen.

»Bebt die Erde«, wiederholte Fodl nicht ohne Spott. »Mit der Geschichte über dich habe ich schon einen veritablen Spatz in der Hand.«

»Bei etwas Geduld serviere ich dir die Taube vom Dach.«

Am anderen Ende war es kurz still. Dann sagte Fodl: »Okay. Einen Tag.«

»Ich ruf dich an.«

Er schlürfte den Kaffee unter dem Milchschaum hervor und betrachtete die am Steg vertäuten Segelboote, wie sie sachte hin und her schwankten. Leise schlugen die Wellen gegen die Planken und veralgten Pfosten. Im besten Fall hatte Terz einen Tag gewonnen. Wenn er Fodl dann nichts präsentierte, würde dieser unweigerlich über Terz schreiben. Welche anderen Journalisten Söberg wohl noch informiert hatte? Die meisten würden Terz auf jeden Fall anrufen, um eine Stellungnahme von ihm zu erhalten. Nicht auszuschließen war aber, dass einer die Geschichte auch ohne Terz' Reaktion veröffentlichte.

Er zahlte und fuhr zum Flughafen.

»Kaffeeweißer. Kannst du das verstehen? Kaffeeweißer. So nennen sie das. Schau her.« Seine Mutter streckte ihm das Briefchen mit dem Fluglinien-Logo vor die Augen.

»Mutti, ich muss mich aufs Fahren konzentrieren.«

»Kaffeeweißer. Ich will Milch oder Sahne in meinen Kaffee. Nicht Weiß. Dann könnte ich ja auch Kalk hineinstreuen. Oder Babypuder. Und wenn sie schon keine Milch oder Sahne servieren, dann könnten sie wenigstens so tun, als ob! Mir wenigstens die Illusion lassen, dass ich etwas wie Kaffee mit Sahne oder Milch bekomme. Aber nein, Weißer. Auf Englisch heißt es coffee creamer. Schreiben sie auch noch drauf. Die Engländer, oder die Amis, egal, die wissen wenigstens, wie man einem seine Illusionen lässt.« Sie ließ das Wort auf der Zunge zerschmelzen. »Coffee creamer. Aber Kaffeeweißer! Das ist so typisch. So lieblos. Mit welcher Freude ich diesen furchtbaren Kaffee trinken würde. Du schreibst doch, kannst du dir nicht einmal ein schöneres Wort überlegen, ein appetitlicheres?«

»Ich schreibe Sachbücher über Sicherheit.«

»Papperlapapp, du verkaufst den Menschen erfolgreich ein gutes Gefühl, und das schaffst du nur, weil du populär formulierst.«

»Was willst du denn statt Kaffeeweißer schreiben? Trockensahne?«

»Trockensahne! Das machst du absichtlich. Das ist ja fast so schlimm wie Kaffeeweißer. Sahne. Trocken. Junge! Streng dich an!«

»Wie war es in München?«

»Wie wäre es mit ›Feine Sahne‹? Fein greift die Form des Pulvers auf, aber auf eine angenehme Weise, und Sahne ist ohnehin gut. Warst du im Haus?«

»Natürlich.« Zum Glück waren sie bald in Ahrensburg.

»Garten? Zimmerpflanzen? Alles in Ordnung? Irgendetwas Ungewöhnliches?«

»Nein.«

»Was macht dein Fall? Ich habe davon in der Zeitung gelesen.«

»Wir kommen voran.«

»Du könntest mir ruhig etwas mehr erzählen. Steckt sicher eine Geldsache dahinter. Ich sag dir das. Was hältst du von Delikatmilch?«

»Klingt wie Kondensmilch. Nachkriegsprodukt.«

Ein kurzer Moment Nachdenklichkeit. »Stimmt.« Sie sinnierte einen weiteren – kurzen – Moment. »Feine Sahne. Das kann ich mir schon einmal merken. Haben die Kinder meine Unterlagen verteilt?«

»Natürlich nicht!«

»Findest du die Idee so schlecht?«

Geld regiert die Welt. Wie weit waren wir gekommen, wenn sogar seine Mutter den Neoliberalismus als Waffe entdeckte?

»Die Idee ist mir egal. Aber du kannst doch nicht zwei Grundschulkinder zu deinen Vereinssoldaten machen.«

»Wieso? Die Friedensbewegung und die Pfadfinder tun das doch auch.«

»Kim und Lili sind weder bei der einen noch bei den anderen.«

»Du findest die Idee schlecht.«

»Mutti, du kannst alle Ideen dieser Welt haben und sie verfolgen – das tust du ohnehin –, aber lass bitte die Kinder aus dem Spiel.«

»Glucke. – Brauchst gar nicht so zu schauen. Glucke. In München fanden sie die Idee übrigens auch klasse. Wir haben schon eine Ortssektion gegründet. ›Geld regiert die Welt‹ wird bald Deutschland regieren, wirst schon sehen.«

Geld regiert Deutschland längst, dachte Terz. Ich bin das beste Beispiel dafür.

»Sag, Mutter, für so einen Verein brauchst du doch Leute, die sich mit Geld auskennen ...«

»Ha, habe ich massig. Steuerberater, Rechtsanwälte, Wirtschaftsprüfer, die meisten gelangweilte Rentner wie ich.«

»Glaubst du, die hätten Lust auf ein kleines Abenteuer?«

»Alles, was über ein Birdie beim Golf hinausgeht, ist für die ein Abenteuer. Wenn du also was zu bieten hast, dann her damit.«

Bereits der Einsatzwagen in seiner Straße ließ nichts Gutes ahnen. Noch weniger die Journalisten. Als Terz sie sah, war es zum Ausweichen zu spät. Er bewahrte sein Lächeln, während er sich einen Weg zwischen Blitzlichtern und Kameras bahnte. Fragen prasselten auf ihn ein. Wie Fodl wussten sie bereits über alles Bescheid! Er gab ein paar Floskeln von sich und ließ keinen ins Haus. Als er aus dem Lift trat, hörte er den Lärm in der Wohnung. Eine aufgelöste Juliette empfing ihn, an deren Beinen sich die zwei verschüchterten Mädchen festhielten und ihre Angst durch Katzestreicheln zu lindern versuchten. Terz wunderte sich, dass sie überhaupt noch Glieder frei hatten, mit denen sie sich nun auch an ihn klammerten. Der Flur sah aus, als hätten sie eine Party gefeiert. Doch der Grund für das Chaos tauchte gerade selbstzufrieden aus dem Wohnzimmer auf: Sammi, gefolgt von zwei Einsatzbeamten, die das Fass auf einem Trolley vor sich herrollten.

»Ah, Konrad«, begrüßte ihn sein – vorläufig ehemaliger – Mitarbeiter und hielt ihm ein Papier unter die Nase: der amtliche Durchsuchungsbefehl. Terz unentwegt angrinsend, steckte er ihn wieder weg. »Jetzt hast du genug Zeit für Interviews und Autogrammstunden. Unten warten sie schon.«

Zehn Zentimeter größer als sonst stolzierte Sammi hinaus. Eine Kette von sieben Beamten folgte, jeder trug einen großen Pappkarton, gefüllt mit Unterlagen. Zuletzt defilierte Hasselbach an ihm vorbei. Er maß Terz mit einem abschätzigen Blick und hielt es nicht einmal für nötig, die Tür hinter sich zu schließen.

Sammi und seine Leute hatten entgegen allen Gepflogenheiten die Wohnung rücksichtslos verwüstet. Nachdem Terz die Kinder getröstet hatte und sie schon wieder frech wurden, machte er sich mit Julie ans Aufräumen. Die ganze Zeit war er versucht, zu den Journalisten hinunterzugehen und ihnen seine Version zu erzählen, doch erstens hatte er keine glaubwürdige, und zweitens war es daher momentan besser, etwas leiserzutreten. Er rief Elena an, um sie zu warnen. Dann zog er das Telefon ab.

Den Rest des Nachmittags verbrachte er mit den Kindern, half ihnen bei den Hausaufgaben. Obwohl er an einem Wochentag zu Hause war, stellte sich keine Urlaubsstimmung ein.

»Fabelhaft«, war Elenas einziger Kommentar, als sie nach Hause kam.

»Warten sie noch immer draußen?«

»Die Journalisten sind weg. Aber ich glaube, zwei deiner Kollegen haben es sich in einem Wagen gegenüber bequem gemacht.«

Sammi ließ ihn sogar überwachen!

Julie blieb, bis die Kinder im Bett waren. Nachdem sie gegangen war, sagte Elena: »Vielleicht sollte ich für ein paar Tage mit den Kindern wegfahren.«

Eiswasser strömte durch Terz' Rückgrat.

Elena setzte sich auf seinen Schoß und küsste ihn.

»Natürlich nur, wenn du einverstanden bist. Ich möchte sie dem Rummel nicht aussetzen. In ein paar Tagen sind die Missverständnisse geklärt.« Sind sie doch?, fragte ein kleiner Funke tief im Inneren ihres Blicks, der Terz fast das Herz aus dem Leib riss.

»Wir könnten sie auch zu deiner Mutter oder Julie bringen und ich bleibe hier. Damit es nicht aussieht, als ob ich …«

»Besser zu Julie. Mutter wird morgen sehr müde sein.« Er erzählte ihr seinen Plan.

»Und du glaubst, etwas zu finden? Das kann Tage dauern. Hast du keine genaueren Hinweise?«

Terz schüttelte bedauernd den Kopf, und vielleicht rüttelte diese Bewegung den Gedanken frei. Er rief seine Mutter an.

Kurz vor elf Uhr abends verließ er die Wohnung, nahm den Lift und schlich im dunklen Treppenhaus bis zum Haustor, ohne es zu öffnen. Im Licht der Straßenlampen entdeckte er seine beiden Beschatter, die irgendwelche Brötchen verschlangen. Terz ging durch den Hausflur nach hinten und verließ das Gebäude in den Garten. Er kletterte über einen Zaun und zwei Hecken und gelangte zu dem Haus, von dem er seit einer Feier vor ein paar Wochen wusste, dass die Hintertür immer offen war. Schnell durchquerte er das Treppenhaus und trat vorsichtig auf die Straße. Hundert

Meter links von ihm interessierten sich die Kollegen noch immer nur für seinen Hauseingang und ihre Stullen. Terz schlenderte im Schatten der Bäume um die nächste Straßenecke, wo seine Mutter mit ihrem Wagen wartete.

»Was ist los? Warum diese Geheimnistuerei? Ich habe fünf Leute aufgetrieben, lauter Fachfrauen und -männer.«

»Wir müssen noch ins Präsidium.«

Sie sah ihn verständnislos an.

»Und wir müssen uns beeilen.«

Während der Fahrt ließ er seine Mutter über »Geld regiert die Welt« schwätzen, vor dem großen sternförmigen Gebäude trug er ihr auf, zu warten.

Die wachhabenden Beamten am Eingang ließen ihn trotz Suspendierung passieren. Durch die verlassenen Flure eilte Terz in sein Büro. Ein kurzer Blick genügte: Sämtliche Unterlagen zu den Fällen Sorius und Co waren daraus verschwunden. Er fand sie in Sammis Zimmer. Nach ein paar Minuten Stöbern hatte er den Zettel gefunden.

Das erste Mal war er ihm im Arbeitszimmer von Winfried Sorius' Villa aufgefallen. Zwischen Notizen und Entwürfen hatte er auf dem Schreibtisch gelegen. Eine nichts sagende Aufreihung von Zahlen und Namen. Er hatte es für eine Telefonliste gehalten.

Ein paar Tage später waren ihm dieselben Ziffernreihen und Namen wieder untergekommen. Nur wenige Stunden nach Biels Tod. Er war in einem Ausnahmezustand gewesen. Deshalb war ihm die Übereinstimmung damals entgangen.

Wie ein Wort, das einem auf der Zunge liegt, aber erst Stunden oder Tage später völlig willkürlich ins Bewusstsein springt, war es ihm klar geworden. Als Elena ihn nach Hinweisen für seinen Verdacht gefragt hatte. Nun besaß er immerhin eine Hoffnung.

Tönnesens Krempel stapelte sich bei Lund. Er brauchte etwas länger, bis er das Papier in der Hand hielt. Er verglich die beiden Blätter. Krobat 991245, Villich 991377, auch die anderen waren identisch.

Im Lager mit Tönnesens Nachlass hatte er sogar versucht, eine davon anzurufen. Es war eine Leitung ohne Anschluss gewesen. Seither hatte sich keiner mehr damit beschäftigt.

Alle Zahlenreihen begannen mit 99. Es waren Jahreszahlen. Und keine Telefon-, sondern Rechnungsnummern. Hoffte er wenigstens. Er schrieb alles ab und steckte die Dokumente zurück. Die Uniformierten am Einlass verabschiedeten ihn gelangweilt. Es war zwanzig Minuten vor zwölf.

Unter den dunklen Kronen mächtiger Bäume beleuchteten Straßenlampen den Bürgersteig, die Patriziervillen aus dem 19. Jahrhundert verloren sich hinter ihren Vorgärten im Dunkeln. Die Luft war erfüllt von den Geräuschen der Nacht, entferntes Lachen und Besteckklimpern, Autos in Nebenstraßen, verhallende Schritte, das leise Grundrauschen der Stadt. Diesen Abschnitt des Mittelwegs dominierten Büros, von denen kurz vor Mitternacht keines mehr besetzt war. In einigen Eingangstüren leuchtete ein dünnes Lichtlein, hinter den meisten Fenstern war es finster.

Terz war mit dem Schatten eines Baumes verschmolzen, neben ihm sah seine Mutter unruhig die Straße auf und ab.

»Geduld, Mutter. Wir haben Mitternacht vereinbart.«

»Aber das ist es in zwei Minuten.«

Eine Stimme ließ sie herumfahren. »Berthe, bist du das?«

Terz schätzte den Mann auf Mitte sechzig. Sein weißes Haar war streng links gescheitelt, er trug eine Goldrandbrille und einen leichten Sommermantel, der teuer aussah.

Berthe Terz begrüßte ihn mit einem Küsschen auf die Wange.

»Darf ich vorstellen: mein Sohn Konrad – Dr. Plius Rensen. Plius war früher Partner einer bekannten Wirtschaftsprüfungskanzlei.«

Rensen begrüßte Terz mit einem sympathisch festen Händedruck und Bassstimme. »Endlich lerne ich den berühmten Sohn einmal persönlich kennen.« Er sah sich um. »Bin ich der Erste?«

»Wir sind auch schon da«, antworteten zwei Spaziergänger. Sie gehörten zur selben wohlhabend jugendlich wirkenden Rentnersorte wie Rensen und begrüßten sich wie alte Freunde.

Seine Mutter stellte sie als Thomas Welldorff und Frauke Hedrich vor.

»Frauke war Leiterin einer Buchhaltungsabteilung, Thomas Steuerberater.«

»Und worum genau geht es hier jetzt?«, fragte Hedrich.

»Warten wir, bis alle da sind.«

Die vier Rentner unterhielten sich gut gelaunt, bis einige Minuten später zwei weitere Gestalten auftauchten. Fröhlich wurden Karl Zellwitz und Brunhild Flieters von den anderen willkommen geheißen. Terz hatte den Verdacht, dass alle Anwesenden den Abend mit einem Glas Alkohol eingeläutet hatten. Zellwitz stellte sich ebenfalls als pensionierter Wirtschaftsprüfer heraus, Flieters hatte in einer Bank gearbeitet.

»So. Jetzt können Sie uns nicht länger auf die Folter spannen. Warum sind wir hier?«

Statt einer Antwort zückte Terz sein Handy, wählte eine Nummer und sagte nur: »Wir sind da.« Er steckte das Gerät zurück. »Folgen Sie mir. Drinnen erkläre ich Ihnen alles.«

Er ging vor, hinter ihm flüsterten und kicherten die Alten. Was hatte seine Mutter ihnen erzählt? Als sie auf den Treppenabsatz stiegen, öffnete sich die Tür mit dem großen Schild »Sorius & Partner Werbeagentur«.

Vor ihnen stand Jule Hansen. »Gehen wir nach unten.«

Auf dem Weg in das Souterrain stellte sie sich den Ankömmlingen vor. Sie führte die Gruppe in einen von großen Wandschränken beherrschten Raum. In der Mitte standen zwei Schreibtische mit Computern. Neugierig sahen sich die Frauen und Männer um.

»Und was machen wir jetzt hier?« Rensen, zum dritten Mal.

»Das hier ist die Buchhaltung der Werbeagentur Sorius & Partner«, erklärte Terz. »Ich suche etwas ganz Bestimmtes. Und Sie sollen mir dabei helfen.«

Zuerst hatte er daran gedacht, einige seiner Freunde zu bitten. Anton Locht und Christian Levebvre kannten sich mit Zahlen aus, doch sie hatten viel zu verlieren, falls alles herauskam. Für die Rentner vor ihm dagegen sah er wenig Risiko.

Rensen musterte ihn skeptisch. »Warum wir? Da hat doch die Polizei ihre Leute. Man besorgt sich einen …« Er stockte. »Heilige Neune! Sie haben keinen Durchsuchungsbefehl! Das heißt, wir sind …«

»… keine Einbrecher«, beruhigte ihn Terz. Er zeigte auf Hansen. »Diese Dame ist Mitarbeiterin der Agentur und hat uns freiwillig eingelassen.«

»Wem was nicht passt, der kann ja gehen«, erklärte seine Mutter resolut.

Terz warf ihr einen Stopp-Blick zu.

»Vielleicht können Sie hier helfen, ein paar Morde aufzuklären.«

»Wie aufregend«, rief Frau Flieters.

»Aber das hier ist illegal«, wandte Welldorf ein.

»Jetzt mach dir mal nicht ins Hemd«, polterte Frauke Hedrich. Sie klatschte in die Hände. »Lasst uns anfangen, eine Nacht ist nicht viel Zeit. Was suchen wir?«

Terz zog ein Dutzend Latexhandschuhe aus seiner Tasche. »Ziehen Sie die bitte an.«

»Wollen Sie was trinken? Wasser, Kaffee?«, fragte Hansen. »Sie haben sich viel vorgenommen«, meinte sie und öffnete einen Schrank nach dem anderen. In jedem warteten Hunderte Ordner.

»Damit wird es vielleicht einfacher«, sagte Terz und präsentierte sein Zahlenblatt.

Seine Mutter zog ihre Handschuhe über. »Ein Glas Wein wäre gut. Haben Sie das auch?«

Vier Stunden, drei volle Kannen Kaffee, drei Mineralwasser- und zwei Weinflaschen später stapelten sich die Ordner, aus denen Post-its ihre gelben Zungen streckten. Ohne den Zettel von Terz hätten sie es in einer Nacht nicht geschafft. Wie er richtig vermutet hatte, handelte es sich bei den Zahlenkombinationen um schlichte Rechnungsnummern. Alle fanden sich wieder in der Buchhaltung von Sorius & Partner. Doch das war es auch schon. Was sie bedeuteten, hatten nur Sorius und Tönnesen gewusst. An einem Schreibtisch flüsterten Hedrich und Flieters und studierten Dokumente.

Hedrich fragte Hansen: »Sie kennen sich in dem Laden aus?«

»Ich bin eine der Chefinnen.«

»Wir hätten eine Frage zu ein paar Jobnummern. Um was für Arbeiten handelte es sich dabei?«

Hansen tippte die Nummern in den Computer. »Konzepterstellungen für eine Firma namens TotalRise.«

»Das wissen wir. Was für Konzepte waren das?«

»Ich habe noch nie davon gehört. Wahrscheinlich betreute Win – Herr Sorius – die Projekte.«

»Sehr lukrative Projekte. Immerhin brachten sie der Agentur damals mehr als fünf Millionen Mark.«

Hansens Stimme überschlug sich fast. »Fünf Millionen? Für Konzepte?«

»So steht es hier. Gibt es darüber Unterlagen?«

»Alle Präsentationen sind in einem Archiv gelagert. Ich gehe einmal nachsehen.« Sie notierte sich die Jobnummern und Kundennamen und verließ den Raum.

»Habt ihr was gefunden?«, fragte Berthe Terz neugierig. Als Nichtfachfrau hatte sie die vergangenen Stunden mit Kaffeekochen und Ordnertragen verbracht.

»Hängt davon ab, was uns das Mädchen bringt.«

Eine halbe Stunde später kam Hansen zurück, und sieben neugierige Augenpaare richteten sich auf sie.

»Nichts«, erklärte die Kreativdirektorin. »Weder im Präsentationsarchiv noch bei den Belegexemplaren. Dort sammeln wir alle erschienenen Arbeiten. Das ist sehr ungewöhnlich.«

Hedrich schlug mit der flachen Hand auf den Tisch. »Habe ich es mir doch gedacht! Seht euch das einmal an.«

Die anderen drängten sich um den Tisch, der mit von Zahlen übersäten Formularen bedeckt war.

»TotalRise hat über fünf Millionen Mark für Arbeiten gezahlt, die wahrscheinlich nie geleistet wurden.«

»Warum?«

»Im letzten Wahlkampf entstanden für die Partei des Bürgermeisters Rechnungen in der Höhe von über sechs Millionen Mark.«

»Deutsche Mark, erinnert sich noch wer daran?«, seufzte Welldorf.

Hedrich blätterte herum und zeigte auf andere Formulare.

»Bezahlt hat sie davon aber nicht einmal eine Million.«

»Schuldenmacher«, schimpfte Welldorff. »Und diese Leute verwalten unsere Steuern.«

»Deshalb gibt es jetzt ja GRDW«, warf Berthe Terz ein.

»Aber, aber«, beruhigte Hedrich. »Die Rechnungen wurden ja bezahlt.«

»Du sagtest doch ...«

»... allerdings nicht von der Partei.«

Jetzt mischte sich Terz ein. »Sondern von TotalRise.«

»Von der Agentur selbst«, berichtigte Hedrich.

»Über fünf Millionen?«, rief Terz enttäuscht. »Die müssen aber gut verdienen. Und ein Faible für den Bürgermeister haben. Was hat das mit TotalRise zu tun?«

»TotalRise überwies für verschiedene Aufträge verschiedene Summen. Interessanterweise tauchen exakt diese an anderer Stelle wieder auf.«

Jule Hanse blätterte in den Unterlagen. »Als es nämlich ans Bezahlen der Parteirechnungen ging. Hier. Eine Banküberweisung von 1.160.000 Mark von TotalRise an Sorius & Partner, angeblich für ein Produktkonzept. Und hier: Drei Tage später wird von der Agentur eine Rechnung über 1.160.000 Mark an die Druckerei

Villich gezahlt. Für die Partei. Wäre dies das einzige Mal, könnte man an Zufall glauben. Aber hier habe ich weitere Beispiele.«

Fassungslose Blicke wanderten durch die Runde. Zellwitz ließ sich gar zu einem Faustschlag auf den Tisch hinreißen. Rensens Stimme klang verärgert, als er sagte:

»Wie kann man nur so ungeschickt sein, dieselben Summen zu verwenden!«

»Hast du früher immer schlauer gemacht, oder?«, gackerte Hedrich.

»Wer immer dahintersteckt, fühlte sich sicher«, meinte Flieters.

»Du hast gut lachen«, grummelte Zellwitz. »Du hast die Partei nicht gewählt.«

Welldorff klopfte ihm auf die Schulter. »Ich auch nicht. Aber glaubst du denn, die anderen sind besser?«

»Geld regiert die Welt«, warf Berthe Terz entschlossen dazwischen. »Da sieht man es wieder einmal. Vielleicht sollte GRDW zur nächsten Wahl antreten.«

»Das wäre immerhin einmal eine ehrliche Kampagne«, kicherte Welldorff.

»Kennt jemand diese TotalRise?«, fragte Terz in den Raum.

Kollektives Kopfschütteln.

»Das haben wir schnell herausgefunden«, sagte Jule Hansen und setzte sich vor einen Computer. Die anderen scharten sich um sie und sahen ihr neugierig über die Schulter.

Nach weniger als zwei Minuten hatte sie bei einer Suchmaschine im Internet ein paar aufschlussreiche Einträge gefunden.

»TotalRise ist eine Tochtergesellschaft des Wittpohl-Konzerns«, verkündete sie.

»Autsch«, kam von Flieters.

»Geschäftsführer sind ein gewisser Bill Simmons und ein Lukas Ramscheidt«, setzte Hansen fort. »Die Adresse ist –«

»Lukas Ramscheidt?«, rief Terz und drängte sich vor den Bildschirm.

So viele Zufälle konnte es nicht geben. Auf einmal erschien Ramscheidts Interesse an Elena und ihm in einem neuen Licht.

Jule Hansen schüttelte den Kopf, während ihre Augen immer größer wurden. »Heißt das, TotalRise bezahlte den Wahlkampf des Bürgermeisters, und um das zu vertuschen, wollte Meier mich zur Mordverdächtigen machen?« Sie sah Terz fragend an. »Bedeutet das womöglich …«

Im Raum wurde es so still wie unter Wasser.

Terz brach das Schweigen. »Wir haben hier Indizien für illegale Parteienfinanzierung. Bestenfalls Indizien, nicht einmal Beweise. Schon gar nicht für etwas anderes.«

Die Blicke der Runde dankten ihm die Zuversicht, wenn auch nicht ganz ohne Zweifel.

Welldorf bekräftigte: »Illegale Parteienfinanzierung ist in diesem Land doch ganz alltäglich. Deshalb musste noch niemand ins Gefängnis, weder Franz Josef Strauß noch der ehemalige Kanzler Kohl. Also bringt man deshalb auch niemanden um.«

»Wittpohl bekam einige umstrittene Projekte von der Politik genehmigt. Hier wäre ein Hinweis, wie ihm das gelang«, meinte Zellwitz.

Die Vertuschung schwarzer Gelder an politische Parteien war ein Motiv für Ablenkungsmanöver wie die gefälschte Kündigung und die Kampagne gegen ihn. Aber für Mord?

»Wir müssen von allem Kopien machen. Und niemand darf erfahren, dass wir hier waren.«

# 19

Der nächtliche Fund hatte ihm keine Ruhe gelassen. Statt ins Bett zu gehen, war er im Wohnzimmer auf und ab gelaufen. Um halb sechs stand er auf. Einen Kopiensatz der Unterlagen aus der Buchhaltung von Sorius & Partner packte er in ein Kuvert. Dazu steckte er ein Papier mit ein paar kurzen Erklärungen. Dann verschloss er den Umschlag. Viertel vor sechs verließ er das Haus. Er klopfte seinen schlafenden Beschattern an die Autoscheibe und ließ den Verdutzten genug Zeit, aufzuwachen, um ihm an die Alster zu folgen. An seinem Ziel parkte er, ging zum Wagen seiner sichtlich verärgerten Beobachter und erklärte: »Ich gehe jetzt mit Freunden rudern. In einer Stunde bin ich wieder da.«

Statt sich ernsthaft für Details oder Hintergründe der kompromittierenden Meldungen aus den letzten Tagen zu interessieren, zogen ihn Locht, Levebvre und Fest damit auf. Unausgesprochen gaben ihm seine Freunde damit zu verstehen, dass sie alles nicht ernst nahmen. Das Leben gewann in Gegenwart entspannter Zeitgenossen.

»Ich habe gestern übrigens zufällig etwas über einen deiner Sorius-Klienten erfahren«, wechselte Anton Locht das Thema. »Dieser Walter Kantau, nach dem du letzte Woche fragtest.«

»Red nicht herum«, fuhr ihn Levebvre an.

»Aus gewöhnlich sehr gut unterrichteter Quelle weiß ich, dass er ein Verhältnis hat.«

»Umwerfende Neuigkeiten«, höhnte Levebvre. »Wahrscheinlich auch noch mit seiner Sekretärin.«

»Mit einer seiner Mitarbeiterinnen, einer gewissen Elisa Beyerl oder so.«

»Wenig originell«, kommentierte Levebvre.

Nachdem sie das Boot im Bootshaus des Ruderclubs verstaut hatten, gab Terz den Umschlag mit den Unterlagen Hinnerk Fest.

»Das ist streng vertraulich. Falls mir etwas zustößt, gehst du damit zu den Behörden und an die Öffentlichkeit.«

»Das ist jetzt ein Scherz«, meinte Fest und zögerte.

»Wie im Film«, flachste Anton Locht. »Konrad hatte schon immer einen Sinn für Drama.«

Seine Freunde grinsten. Aber Terz sah, dass sie damit ihre Beunruhigung kaschierten.

Wortlos drückte er Fest die Papiere in die Hand. Ihre fröhlichen Mienen wurden ernst.

Als er in seine Straße einbog, ahnte er schlechte Neuigkeiten. Vor dem Haus tummelte sich eine Schar Journalisten. Sie entdeckten seinen Wagen und stürmten ihm entgegen. Blockiert von seinen ebenso überraschten Beschattern hinter ihm war ein Ausweichen unmöglich. Im Schritttempo suchte er einen Parkplatz. Mit freundlich-ernster Miene sagte er nur: »Ein Missverständnis. Es wird sich alles aufklären«, und flüchtete ins Haus. Ein paar Reporter drängten nach, doch Terz wies sie energisch hinaus.

Die Morgenzeitung brachte es natürlich auf der Titelseite:

»Starkommissar unter Mordverdacht?«

Seine Suspendierung wurde ebenso erwähnt wie Details aus Sammis Ermittlungen und die Hausdurchsuchung.

Zum Glück hatten sie die Kinder noch gestern Abend zu Julie gebracht. Elena erwartete ihn schlaftrunken.

»Ich musste schon wieder Telefon und Türglocke abziehen.«

Bevor sie danach fragen konnte, reichte Terz ihr wortlos die Zeitung. Als er aus dem Bad kam, hatte sie den Artikel gelesen.

»Schwere Geschütze«, war ihr einziger Kommentar.

Terz schilderte ihr in kurzen Worten die Entdeckungen der letzten Nacht.

»Ramscheidt?« Sie sah ihn mit großen Augen an. »Wenn das ein Zufall sein soll!«

»Etwas Ähnliches dachte ich auch schon.«

»Deshalb dieses Interesse an dir und deinen Fällen.« Und sie beeilte sich hinzuzufügen: »Ich habe nichts erzählt.«

»Ich weiß. Für welche Wittpohl-Firma arbeitest du?«

»InterPohl.«

»Ein Scherzbold ...«

»Internationale Bau- und Immobiliengeschäfte. Glaubst du, sie haben etwas mit den Morden zu tun? Vielleicht kann ich etwas herausfinden. Zum Beispiel ...«

»Gar nichts wirst du herausfinden!«, rief Terz besorgt.

»... Einblick in die Bücher von TotalRise bekommen«, fuhr Elena fort, als hätte er nichts gesagt.

Terz wusste, dass Widerspruch zwecklos war, wenn Elena sich etwas in den Kopf gesetzt hatte. Ohnehin hatte er Wichtigeres zu tun. »Ich werde einmal die Herren Söberg und Ramscheidt besuchen.«

Erst die beiden konfrontieren. Wenn das zu nichts führte, Walter Kantau und seiner Affäre nachgehen. Terz rief im Rathaus an und verlangte Söberg. Der Assistent des Bürgermeisters kam sofort an den Apparat.

»Ich muss dich dringend sprechen«, erklärte Terz.

»Das passt gerade überhaupt nicht –«

»Jetzt!«

Derart überrumpelt stimmte Söberg zu.

Terz verließ das Haus durch die Vordertür, sagte kein Wort zu den Reportern, stieg in den Wagen und fuhr los. Im Rückspiegel verfolgte er, wie ihm einige nachfuhren und seine Beschatter behinderten. Er stellte das Blaulicht auf, überfuhr ein paar rote Kreuzungen und hatte alle abgehängt. Zwei Minuten später meldete sich sein Handy. Terz erkannte Sammis Nummer auf dem Display und ließ die Melodie weiter erklingen: »I Say A Little Prayer« –

Terz sprach für sich ein kleines Gebet, obwohl er höchstens diffus gläubig war. Aber momentan konnte er es brauchen.

Eine weitere Minute später hatte er die Mitteilung über eine Nachricht auf der Mailbox. Darin drohte ihm Sammi. Er solle sich sofort melden. Terz löschte Sammis wütende Stimme.

Auf der Fahrt ins Zentrum tiedelte das Handy erneut.

»Morgen, Herr Starkommissar. Fodl hier. Wie sieht es aus mit deinen Sensationen?«

»War das deine Schlagzeile heute Morgen?«

»Was sollte ich machen? Unser Informant ist auf Nummer sicher gegangen und hat auch die Chefredaktion unterrichtet. Und offensichtlich alle anderen auch. Jede Zeitung hat dich heute auf dem Titel.«

»Da konntest du wohl nicht mehr viel tun. Bist du trotzdem noch an der Wahrheit interessiert?«

»Immer.«

»Dann nimm dir heute nichts vor. Ich rufe dich wieder an.« Terz legte auf.

Er hatte keine Augen für den neogotischen Prunk der Gänge, durch die er zu Söbergs Büro eilte. Der Glatzkopf saß hinter einem gewaltigen antiken Schreibtisch mit Reling. An den Wänden hingen alte Gemälde. Durch die großen geöffneten Fenster zog warme Luft in den Raum.

»Konrad! Ich habe die Zeitung gelesen. Unerhört ist das. Diese Verleumdungen, meine ich.«

Spielte das Unschuldslamm. Terz hatte keine Lust auf Geplänkel. Ohne Floskeln kam er zum Punkt.

»Ich habe Beweise aus der Buchhaltung von Sorius & Partner, dass Wolf Wittpohls Firma TotalRise auf dem Umweg über die Agentur den Wahlkampf des Bürgermeisters finanzierte.«

Söberg stand auf und schloss die Fenster. »Unsinn. Außerdem bist du suspendiert. Warum erzählst du mir das überhaupt? Und woher hast du die angeblichen Informationen?« Er kehrte an seinen Platz zurück.

»Ich habe sie. Das genügt.«

Söbergs Glatzkopf warf sich in eindrucksvolle Falten. »Bist du in der Agentur eingebrochen?«

»Hier frage ich. Ich bin vielleicht suspendiert. Aber ich habe dich am Arsch.«

»Willst du uns etwa Bestechlichkeit vorwerfen? Das ist doch gar nicht deine Abteilung.«

Terz antwortete nicht. Vielleicht sickerten die Schlussfolgerungen von allein durch. Söbergs Gesichtsausdruck legte es nahe. Mal sehen, was jetzt geschah.

Mit schmalen Lippen brachte Söberg hervor: »Willst du etwa einen Zusammenhang mit den Morden konstruieren?«

Terz ließ ihn seinen eigenen Worten nachlauschen. »Das hast du jetzt gesagt.«

Söbergs Augen wurden zu Schlitzen. »Das sind ungeheure Vorwürfe. Du –«

»Die Zahlen sind ziemlich eindeutig. Sobald wir unsere Spezialisten – und die Medien – darauf ansetzen, finden sie wahrscheinlich noch viel mehr. Du hast den Wahlkampf koordiniert, so wie du es jetzt wieder tust. Du hast davon gewusst. Herausreden wird sehr schwierig für dich. Um nicht zu sagen: unmöglich. Und der Schluss, dass mit den Morden etwas vertuscht werden sollte, liegt dann sehr nahe.«

Obwohl Söberg die Kontrolle zu wahren suchte, begann seine Stimme ins Weinerliche zu kippen.

»Aber ich kenne diese anderen Toten gar nicht.«

»Die anderen? Welche kanntest du denn?«

»Sorius und Tönnesen. Diesen Sandel und den Biel habe ich nie gesehen. Hast du irgendwelche Beweise für das, was du da sagst? Du –«

»Wir werden die Beweise finden. Die Frage ist jetzt nur noch, wie weit verschiedene Leute in den Fall verstrickt sind. Zum Beispiel: Wusstest du von den Morden?«

»Nichts wusste ich! Gar nichts!« Er bemerkte, wie laut er geworden war. »Wie sollte ich davon gewusst haben?«

»Von deinen Kumpels bei TotalRise.«

Söbergs Mundwinkel zuckten, über sein Gesicht huschte ein Schatten.

»Wenn du etwas weißt, ist jetzt Zeit, es zu sagen.«

»Ich weiß nichts über Morde.«

»Worüber dann?«

»Oh Gott«, murmelte Söberg und schlug die Hände vor das Gesicht. »Oh Gott.«

Als er sie sinken ließ, war er um zehn Jahre gealtert. Seine Stimme zitterte. »Ich habe nichts damit zu tun. Als Sorius ermordet wurde, dachte ich mir nichts. Lukas Ramscheidt erzählte, dass es Probleme gegeben habe, diese aber nun gelöst seien. Ich wusste nicht, wovon er sprach. Als das mit Tönnesen herauskam, wurde ich stutzig.« Er zögerte.

»Woher kanntest du Tönnesen?«

»Zufällig bei Sorius gesehen.«

»Hast du Ramscheidt darauf angesprochen?«

»Er lachte nur und sagte, ich soll mir keine Sorgen machen. Dann kamen die nächsten beiden Toten.«

»Und du hast nie nachgefragt, was dahintersteckt?«

Leise gestand Söberg: »Was ich nicht weiß …«

»Hast du die Informationen an die Presse weitergegeben?«

»Nein, nein! Das muss auch Ramscheidt gewesen sein«, erklärte er hastig.

»Du hast ihm von den Ermittlungen erzählt?«

»Nachdem klar war, dass Sorius ermordet wurde, wollte er alles wissen.«

»Und das kam dir nicht verdächtig vor? Abgesehen davon, dass es komplett illegal ist.«

Söberg sprang auf. »Aber das beweist alles gar nichts! Und du siehst auch nicht gut aus in dieser Geschichte!«

»Irgendjemand will mich hineinreiten, das ist offensichtlich. Du oder dieser Ramscheidt. Sehr ungeschickt, an die Zeitung nur Informationen weiterzugeben, die mich betreffen.«

»Ich schwöre dir, ich habe mit keinem Mord etwas zu tun. Deine Suspendierung ... das lässt sich sicherlich regeln ... wer weiß noch von der Sache?«

»Bietest du mir hier gerade Beweisunterschlagung an gegen die Aufhebung meiner Suspendierung? Das ist ein bisschen wenig. Außerdem scheinst du mir in dieser Geschichte nicht die Fäden zu halten. Ich gehe wohl besser zu einer Person, die hier das Sagen hat, und spreche mit Herrn Ramscheidt.«

Kaum aus dem Zimmer, wählte er Elenas Nummer. Nur die Mailbox meldete sich. Terz erzählte, was er über Ramscheidt gehört hatte, bat sie um Rückruf und darum, unter einem Vorwand das Büro zu verlassen.

Die Räumlichkeiten von TotalRise befanden sich in einem von Wittpohl gebauten Komplex nahe dem Hafen. Als Terz das Gebäude betrat, meinte er, schon einmal hier gewesen zu sein, so sehr ähnelte es vielen der neueren Bauten in der Stadt. Überall Glas und Stahl. Hamburg verlor sein Backsteingesicht.

Er wurde von einer Sekretärin empfangen, die in eine Modelagentur gepasst hätte. Er stellte sich vor und erklärte: »Ich möchte zu Herrn Ramscheidt.«

»Haben Sie einen Termin?«

»Sagen Sie ihm meinen Namen, und er wird mich empfangen.«

Das Model telefonierte kurz, dann bat sie Terz über einen verglasten Flur.

Lukas Ramscheidts Büro schien aus Glas zu bestehen, selbst Tisch und Regale waren durchsichtig. Terz musste sich in einen transparenten Plastiksessel setzen. Die übliche Frage nach Getränken, Terz lehnte dankend ab, und Ramscheidt zeigte seine gebleichten Zähne: »Was kann ich für Sie tun?«

Nichts mehr von der jovialen Freundlichkeit ihrer letzten Begegnungen.

»Ich nehme an, Bernd Söberg hat bereits mit Ihnen gesprochen.«

»Er war sehr aufgeregt.«

»Sie sind das nicht?«

»Sollte ich? Vom Dienst sind Sie ja suspendiert. Daher nehme ich an, Sie sind als Privatperson hier. Worüber wollen Sie also mit mir sprechen? Das Abendessen im ›Au Quai‹?«

Terz hatte nur Indizien für Schwarzgeldflüsse, keine Beweise für zwei Morde. Ein Gefühl sagte ihm, dass er dranbleiben musste.

»Bernd Söberg meinte, vor den Morden an Tönnesen und Sorius hätten Sie über Probleme gesprochen. Danach wären diese gelöst gewesen.«

Ramscheidt betrachtete ihn eine Sekunde lang wie ein seltenes Insekt. »Ich finde Ihre Unterstellungen empörend. Wenn man dazu bedenkt, weshalb Sie suspendiert sind ...«

»Mit dem Tod von Winfried Sorius wurden Sie immerhin einen lästigen Mitwisser Ihrer finanziellen Politverquickungen los.«

»Ich habe keine Ahnung, wovon Sie sprechen.«

»Unsere Unterlagen liefern genug Gründe, bei Wittpohls Firmen alles auf den Kopf zu stellen. Wer weiß, was man da findet.«

Ramscheidt lächelte noch immer, rückte aber kurz auf seinem Stuhl hin und her. Ein Zeichen, dass Terz ihn aus der Ruhe gebracht hatte. »Sicher keinen Beweis für einen Mord, da geht Ihre Phantasie durch. Was hat man denn bei Ihnen gefunden?«

Terz blieb ruhig und antwortete ihm gerade in die Augen. »Nichts.«

Ramscheidt wog seinen Kopf von einer Seite zur anderen, endlich sagte er: »Der Innensenator hat Ihnen neulich einen Job angetragen. Haben Sie schon darüber nachgedacht?«

»Noch nicht ernsthaft.«

»Vielleicht war der Job nicht interessant genug. Und vielleicht müsste er lukrativer sein.«

Nach der Peitsche also das Zuckerbrot. »Das würde ich gern mit Herrn Wittpohl persönlich bereden.«

»Der hat damit nichts zu tun. Dafür ist ja wohl der Innensenator zuständig. Oder die Parteileitung.«

»Ich gehe lieber zum Herren als zum Diener.«

»Sie können ja mit mir reden.«

»Ich kann meine Unterlagen auch veröffentlichen ...«

Ungeduldig hob Ramscheidt seine Hand vom Glastisch. Auf der Platte blieb ein feuchter Abdruck zurück.

»Herr Wittpohl ist ein viel beschäftigter Mann ...«

»... der bald viel Zeit haben wird, wenn er wegen illegaler Parteienfinanzierung im Gefängnis sitzt.«

Ramscheidt lachte laut auf. »Kennen Sie jemand, der das tut?« Er griff nach dem Telefon. »Vielleicht findet er trotzdem ein paar Minuten.« Das Gespräch war kurz.

»Sie haben Glück. Herr Wittpohl hat heute Nachmittag Zeit. Sie sollen um drei dort sein.«

Ramscheidt schrieb eine Adresse auf einen Zettel und reichte ihn Terz.

»Ich komme auch.«

Er hatte Elena nirgends gesehen. Ramscheidt konnte er nicht auf sie ansprechen, also versuchte er es noch einmal per Mobiltelefon. Wieder meldete sich nur die Mailbox. Terz erzählte von seinem Besuch, dem Termin mit Wittpohl und bat, Ramscheidts Nähe zu meiden.

Im Rückspiegel konnte er keine Verfolger ausmachen. Der nächste Anruf galt Fodl. »Wir treffen uns in einer Viertelstunde bei Bodos.«

Am Glockengießerwall geriet er in einen Stau. Die nervösen Bremslichter der Kolonne brachten ihn zum Grübeln.

Dass Wittpohl zu einem Gespräch bereit war, bewies gar nichts.

Ein wenig Nervosität vielleicht. Es gab keinerlei Hinweise auf einen Zusammenhang zwischen den finanziellen Transaktionen und den Morden.

Einen möglicherweise. Sorius und Tönnesen hatten je eine Liste der inkriminierenden Rechnungen besessen. Jetzt waren beide tot.

Ein Indiz. Leichtgewicht. Bestenfalls.

An den Tatorten von Sorius und Tönnesen hatten sie außer Amelie Kantaus Haaren keine verwertbaren Spuren gefunden. Von hier war also keine direkte Verbindung zu erhoffen.

Die Quelle von Tönnesens Geldsegen war bislang ungeklärt. Selbst wenn sie zeigen könnten, dass er Sorius und Ramscheidt erpresst hatte, bewies das nichts.

Das Schleichen der Autos erinnerte Terz daran, wie kostbar jede Minute für ihn war. Die Ermittlungen konnten noch ewig dauern. So lange konnte Terz nicht warten.

Die einfachste und schnellste Lösung wäre das Geständnis einer Person für alle vier Taten. Doch niemand würde ein solches ablegen. Alle anderen Möglichkeiten waren kompliziert oder unzuverlässig. Es sah nicht gut aus.

Ein Unfall auf der Lombardsbrücke war Ursache der Verzögerung. Auf dem seit der Dauersperre vor dem US-Konsulat notwendigen Umweg über Mittelweg und Alte Rabenstraße erreichte er das Alsterufer.

Schon vom erhöhten Zugang zu Bodos Bootssteg erkannte er, dass Fodl noch nicht da war. Um diese Zeit waren die meisten Tische noch frei. Bei einer großen Apfelschorle überlegte er weiter, bis der Journalist erschien. Dessen Haare waren lieblos gekämmt, unter den Augen hingen geschwollene Ringe.

»Gut gefeiert gestern?«

»Mann, gearbeitet habe ich. Und ich kann dir nur raten, dass du eine gute Geschichte hast, die ich auch schreiben kann.«

Fodl bestellte einen Cappuccino und ein Stück Kuchen.

»Böse Geschichte, die da über dich hochkocht.«

»Was immer du gehört und gelesen hast, ist Quatsch. Ich will dir sagen, warum ich den Fall nicht mehr betreue. Weil ich nämlich auf Dinge gestoßen bin, die sehr, sehr unangenehm werden können für verschiedene Leute.«

»Was ich weiß, kann sehr, sehr unangenehm für dich werden.«

Fodls Kaffee und Kuchen kamen. Terz bestellte noch eine Schorle und setzte das Gespräch erst fort, als der Kellner außer Hörweite war.

»Alles Ablenkmanöver, Diffamierungen. Was ich herausgefunden habe, kostet wahrscheinlich den halben Senat und vielleicht sogar den Bürgermeister den Kopf. Und eine sehr einflussreiche Persönlichkeit bekommt ebenfalls Schwierigkeiten.«

»Sprich nicht in Rätseln. Namen und Fakten«, forderte Fodl mit vollem Mund.

»Ich kann dir die Beweise noch nicht zeigen. Aber so viel steht fest: Auf Umwegen finanzierte Wittpohl wenigstens den letzten Wahlkampf des Bürgermeisters.«

»Lass mich raten: Der Umweg war die Werbeagentur Sorius & Partner.«

Biel stand direkt vor Terz und starrte ihn an. Seine Augen waren tot. Sein Kopf verdrehte sich, verwirbelte, verschwand.

Fodl betrachtete ihn bestürzt. »Was ist los mit dir? Hast du ein Gespenst gesehen?«

Terz zwang sich zu einem Lächeln. »Alles in Ordnung.«

»Du bist ganz weiß um die Nase.«

»Das bildest du dir ein.« Terz konnte das Zittern seiner Hände nur unter der Tischplatte verbergen. Heftig kniff er sich in die Oberschenkel. Er durfte sich nicht wahnsinnig machen lassen. Das ging vorbei.

»Sorius & Partner. Genau«, versuchte er stammelnd Anschluss zu finden. Wenn das so weiterging, konnte er sich nicht mehr in die Öffentlichkeit wagen.

Fodls Blick wanderte zur eigenen Stirn, als suchte er dort etwas. »Hollfelden war ein Mitarbeiter des heutigen Bürgermeisters, bevor er zu Sorius & Partner kam.« Er schien Terz' kurze Unpässlichkeit schon wieder vergessen zu haben.

»Brav recherchiert.«

Terz jagte eine Wespe von seinem Schorleglas. Das Zittern war vorbei.

»Und du meinst, die Morde haben damit zu tun?«

Terz zuckte mit den Schultern. »Vielleicht.« Ein Schauer lief über seinen Rücken. Bitte, nicht schon wieder! Der Schauer verging.

»Illegale Parteienfinanzierung ist in diesem Land längst ein Volkssport. Deshalb bringt man doch niemanden um.«

»Kommt wahrscheinlich auf den Umfang an. Oder was noch dranhängt. Letztens gab es immerhin ein paar Jahre Gefängnis für Schmiergeldzahlungen im Kölner Müllskandal.«

Fodls Blick folgte einem einsamen Sportruderer, der auf seinem überdimensionalen Streichholz an ihnen vorbeizuschweben schien.

»Damit kann ich noch nicht viel anfangen. Keine Beweise, keine Indizien. Warum erzählst du mir das überhaupt? Um von deinen Schwierigkeiten abzulenken?«

»Du bist Journalist. Dir geht es um die Wahrheit. Darum geht es dir doch? Oder ging es einmal.«

»Es geht um Schlagzeilen.« Abwesend nippte Fodl an seinem Kaffee.

»Ich treffe heute Nachmittag Wittpohl.«

»Trotz Suspendierung?«

»Vielleicht kannst du mir helfen. Nachdem ich auf meine lieben Kollegen verzichten muss. Dafür bekommst du die Geschichte exklusiv. Wenn du eine Kamera hast, mit Bildern.«

Auf einer Visitenkarte notierte Terz die Handynummern von Perrell, Lund und Brüning. Er schob sie zu Fodl. »Falls irgendetwas passieren sollte, informierst du meine Kollegen.«

»Was muss ich tun?«

»Mich beschatten.«

Fodl machte das gar nicht schlecht. Nur gelegentlich tauchte sein alter Golf in Terz' Rückspiegel auf. Gemächlich steuerte Terz durch Blankenese und checkte seine Mailbox auf Nachrichten. Tatsächlich war da wieder ein wütender Sammi.

»Konrad, ich habe dich zur Fahndung ausgeschrieben! Alle Polizisten Hamburgs suchen dich!«

Bis jetzt hatten sie ihn nicht gefunden. Ein paar Kilometer weiter erreichte er die angegebene Adresse. Eine übermannshohe Mauer mit Stacheldraht, dessen Enden nicht zu erkennen waren, begrenzte das Grundstück. Als Terz in die Einfahrt bog, sah er Fodl in seiner Rostschüssel vorbeifahren. Am Eingang empfing ihn eine Gegensprechanlage mit Kamera. Es war drei Minuten vor drei Uhr.

Mit leisem Summen öffnete sich das Tor. Kein Mensch war zu sehen. Hinter der Mauer öffnete sich ein englisch angelegter Park. In sanften Windungen schlängelte sich die kiesbestreute Zufahrt zwischen Rhododendren und uralten Bäumen, bis schließlich eine klassizistische Villa inmitten eines perfekt gepflegten Rasens auftauchte. Sie stand auf einem Hügel, hinter dem der Elbabhang begann. Jenseits des Flusses verschwammen die Grenzen zwischen Land und Luft in diesigem Licht.

Auf dem Platz vor der Villa hockten drei Limousinen und ein Sportwagen wie sprungbereite Tiere. Terz parkte seinen Wagen daneben und stieg aus. Gleichzeitig öffnete sich die Tür des Hauses, und ein livrierter Diener trat auf den Treppenabsatz, um ihn zu empfangen.

So viel hatte Terz von Elenas Stilbildung mitbekommen, dass er die klassizistische Einrichtung des Salons als zum Haus passend und vielleicht sogar original einordnen konnte. An den offenen Türen zur Terrasse erwarteten ihn Ramscheidt und Wittpohl. Terz erinnerte sich, das selten fotografierte Gesicht letzte Woche bei Meyenbrinck kurz gesehen zu haben. Der Tycoon musste seinen Blick kaum heben, um Terz gerade in die Augen zu sehen.

Es gibt Männer, an denen wirkt alles unverrückbar. Menschgewordener Fels. Sie besitzen die Aura absoluter und nicht zu hinterfragender Macht. Männer an der Spitze von Heeren, Drogenkartellen und Großkonzernen. Wolf Wittpohl war einer von ihnen.

Verstärkt wurde der Eindruck noch durch die Tatsache, dass alles an dem Mann groß war. Sein Kopf, seine Gliedmaßen, seine Hände, seine Füße, Ohren, Augen. Und doch wirkte die vierschrötige Figur in dem raffinierten Maßanzug geradezu aristokratisch. Der gelackte Ramscheidt wurde neben ihm zum Lakai.

Terz ahnte, dass sie nicht allein waren. An dezenter Stelle auf der Terrasse entdeckte er eine dritte Gestalt. Der Mann war wahrscheinlich noch größer und doppelt so breit wie er und Wittpohl gemeinsam. Kahl geschorener Kopf, Sonnenbrille und Stiernacken, grauer Designeranzug. Terz hatte erwartet, dass er bei der Ankunft durchsucht würde, doch der Securitymann bewegte sich nicht.

Wittpohls Hand umschloss die von Terz wie ein Gipsverband. Im Kontrast dazu stand seine weiche Stimme:

»Höchste Zeit, dass wir uns kennenlernen. Setzen wir uns doch draußen hin.«

Im Vorbeigehen musterte Terz den Sicherheitsmann. Ein schwarzes Kabel verschwand neben einer Narbe hinter seinem Ohr im Jackettkragen. Jemand mit diesem Aussehen war bei Tönnesen an dessen Todestag gesehen worden.

Terz hatte nicht erwartet, seinen Verdacht so schnell bestätigt zu bekommen. Er war sicher, vor den Mördern von Sorius und dem schwulen Barkeeper zu stehen.

Ihnen musste er Biels Tod unterschieben. Dass sie bereits den Werber und den Kellner auf dem Gewissen hatten, machte den Gedanken deutlich erträglicher.

Falsche Zeit für solche Überlegungen. Wolf Wittpohls politische, geschäftliche und gesellschaftliche Verbindungen machten ihn zu einem übermächtigen Gegner. Er zog seine Fäden in Sphären, in die Verbrechensbekämpfer wie Terz selten bis nie vordrangen.

Unter einem großen Sonnenschirm servierte ein weiterer Livrierter Kaffee, Tee und Säfte.

Wittpohl nippte an einem Becher, stellte ihn ab und strahlte Terz an.

»Die Polizei, dein Freund und Helfer. Wie können Sie mir helfen?«

Terz musste vorsichtig sein. Sie hatten Prekäres zu besprechen. Das wusste auch Wittpohl. Er selbst hatte bewusst keine Aufnahmegeräte mitgenommen. Aber jeder Kieselstein hier konnte Ohren haben.

»Aufgabe der Polizei ist, die bestehende Ordnung aufrechtzuerhalten. Daran sind Sie sicher interessiert.«

»Als Staatsbürger und Steuerzahler …«

»Nun könnte es zu Unordnung kommen.«

Wittpohl fixierte ihn. »Sie definierten die Aufgabe der Polizei bereits.«

»In den letzten Tagen versuchte man, mich zu beschädigen. Dadurch konnte ich gewisse Schlüsse ziehen und Entdeckungen machen.«

»Tatsächlich?« Ein Blick wollte Ramscheidt erdolchen. »Um was für Schlüsse und Entdeckungen handelt es sich denn dabei, wenn man fragen darf?«

»Ihnen werden große Sympathien für den Bürgermeister nachgesagt …«

»Ein fähiger Mann.«

»Für diese Sympathie fand ich jetzt ziemlich eindeutige Beweise. Die könnten natürlich von einigen Menschen missinterpretiert werden. Oder zu Gedankenspielen anregen.«

Wittpohl ließ sich nichts anmerken und sagte nur: »Zum Beispiel?«

»Bei einem Bekanntwerden fragt sich mancher sicher – zum

Beispiel meine Kollegen –, ob die Sympathie groß genug war, ein paar Menschen dafür sterben zu lassen. Oder auch ob mehr dahintersteckt.«

»Tod aus Sympathie«, lachte Wittpohl. »Das gefällt mir. Aber warum sollten diese … Sympathiebeweise, wie Sie es nennen, bekannt werden?«

»Man muss nur jemandem davon erzählen. Vielleicht hatte Tönnesen das vor. Oder jemand, der die Beweise jetzt hat, verfügte für den Fall seines plötzlichen Todes, sie zu veröffentlichen. Oder … ach, es gibt genug Gründe.«

Wittpohl hatte ihm ausdruckslos zugehört. Er schwieg, bevor er anhob: »Spinnen wir Ihre Gedankenspiele weiter. Wenn also jemand auf diese Idee käme, aus Sympathie ein paar Menschen zu töten – absurd natürlich, aber nehmen wir es einmal an. Es sind ja nur Gedankenspiele. Und nehmen wir weiter an, Sie fänden tatsächlich wen, der dafür in Frage käme, Lukas hier zum Beispiel.« Er amüsierte sich über Ramscheidts verdutztes Gesicht. »Oder Scaffo dort drüben.«

Terz lachte mit. »Ein unterhaltsamer Gedanke, in der Tat. Aber warum sollte einer der beiden unter Verdacht geraten?«

»Keine Ahnung. Da fällt Ihren Kollegen sicher etwas ein. Vielleicht denken sie ja, dass Sorius in einer schwachen Minute seinem kleinen Liebhaber etwas von den parteiunterstützenden Geschäften erzählt hat und dieser dann Sorius oder Söberg oder gar Lukas hier erpresste. Wer weiß.«

»Denkbar.« Trotz Wittpohls vagem Herumgerede war Terz nun sicher, dass niemand mithörte oder das Gespräch gar aufzeichnete. Sonst hätte sich der Tycoon nicht einmal zu derartigen Aussagen hinreißen lassen.

»Nur mal angenommen also. Aber dann stellen die Herrschaften Ermittler fest, wenn sie überhaupt etwas feststellen können, dass dieser jemand für die Tatzeiten Alibis hat. Weil er immer ein Alibi haben wird.« Wittpohl blickte versonnen über die Elbe. »Ein Alibi, das andere nicht haben, Herr Terz. Das wäre doch dumm, nicht wahr?«

Wittpohl wollte sich weiter durch die Blume unterhalten. Terz hatte genug davon. Es war Zeit für Klartext. »Für uns beide«, sagte er.

»Was wollen Sie also tun?«

»Gar nichts. Durch die Beschädigungen meiner Person sind mir die Hände gebunden. Ich kann nur beratend wirken«, sagte Terz.

»Dann bin ich einmal neugierig auf Ihren Rat.«

»Rat ist ein teures Gut.«

»Da haben Sie wohl recht. Haben Sie eine Vorstellung, wie teuer guter Rat bezahlt wird?«

Kommen wir also zu den konkreten Verhandlungen, dachte Terz. »Ja. Ich habe vor nicht allzu langer Zeit eine große Wohnung gekauft. Die ist noch nicht abbezahlt. Die Kinder gehen in eine kostspielige Privatschule. Und später auf noch teurere Universitäten …«

»Tja, so eine Wohnung und die Ausbildung der Kinder, da kommt etwas zusammen«, dachte Wittpohl laut. »Ich habe keine Kinder. Aber ich denke, eine Million ist da weg wie nichts …«

»Zwei Millionen. Und der Beweis meiner Unschuld.«

Wittpohl zuckte mit einer Augenbraue. Immerhin.

»Wie stellen Sie sich das vor?«

Scaffo stand wie eine Statue im Anzug. Trotz der Hitze war sein Gesicht trocken. Im Gegensatz zu Terz, der es aber vermied, sich abzuwischen. In so einer Situation war Schwitzen ein Zeichen von Schwäche. Selbst an heißen Tagen. Fand Terz insgeheim, auch wenn er wusste, dass es lächerlich war. Doch gegen ein Gefühl hilft kein Gedanke. Er spürte die kleinen Tröpfchen auf seiner Stirn. Noch hatte keines sich in Bewegung gesetzt.

»Jemand muss ein Geständnis ablegen. Für alle vier Toten.«

»Wer sollte das sein?«

»Herr Ramscheidt hier?« Terz grinste. »Oder Herr Scaffo.«

»Gar nicht so weit hergeholt. Aber unrealistisch.«

»Scherz beiseite. Gut wäre jemand, der schon verdächtigt wird.«

Ramscheidt stellte sein Glas ab. »Da gibt es genau Sie selbst und Amelie Kantau. Warum sollte sie ein Geständnis ablegen?«

»Ihr Mann will sich von ihr scheiden lassen. Er will sie ruinieren. Sie steht unter Mordverdacht. Eine fast hoffnungslose Situation. Grund genug, sich das Leben zu nehmen.«

Wittpohl rief Scaffo. Der glatzköpfige Riese baute sich neben Ramscheidt auf.

»Sie wird einen Abschiedsbrief hinterlassen, in dem alles steht. Motive, Zusammenhänge und so weiter.«

»Das wird sie nicht freiwillig tun«, gab Ramscheidt zu bedenken.

»Natürlich nicht«, warf Scaffo ein, als unterhalte er sich über Rosenzucht. Er hatte eine sehr sanfte Stimme.

»Es muss schnell gehen«, forderte Terz. »Die Medien haben es auf mich abgesehen. Das muss aufhören.«

»Sonst ...?«

»... sähe ich mich gezwungen, zu meiner Entlastung gewisse Erkenntnisse mitzuteilen.«

Wittpohl zeigte keinerlei Irritation. »Frau Kantau sollte ihren Brief also möglichst schnell schreiben.«

»Heute noch. Vor Redaktionsschluss.«

Wittpohl schaute Scaffo an. Der nickte.

Kaum hatte Terz das Grundstück verlassen, war er am Handy. Keine Nachrichten. Der erste Anruf galt Elena. Wieder nur die Mailbox.

»Bitte verlass Ramscheidts Büro, wenn du noch da bist«, sagte er. »Fahr aber nicht nach Hause.« Dort würde er bald hinmüssen, wenn sein Plan aufging. »Am besten machst du mit den Kindern einen Ausflug. Irgendwohin. Aber nicht zu Mutter.« Dann hämmerte er die nächste Nummer in die Tastatur.

Das Dienstmädchen hob ab. Terz verlangte Amelie Kantau. Er wartete eine Minute, bis er ihre Stimme hörte. Sie war trotz des

Auftritts ihres Mannes am Vortag nicht ausgezogen. Nun, die Villa war groß genug, um sich aus dem Weg zu gehen.

»Bleiben Sie die nächsten Stunden zu Hause. Ein paar Kriminalbeamte werden sie besuchen. Nicht, um Sie zu verhaften, keine Sorge. Sondern zu Ihrem Schutz.« Was eigentlich auch nicht gerade beruhigend klang. »Ach übrigens, kennen Sie Elisa Beyerl?«

»Beiert. Sie arbeitet für meinen Mann.«

»Mit großem Vergnügen, wie man hört.«

»Was soll das heißen?«

»Ich dachte nur, nach den gestrigen Differenzen mit Ihrem Gatten könnte Sie das interessieren.«

Fodls Golf hatte sich wieder ein paar Wagen hinter ihm eingereiht. Terz erreichte die Stadtgrenze von Blankenese und rief Maria Lund an.

»Schnapp dir Knut und ein paar andere. Amelie Kantau braucht sofort unauffälligen Personenschutz«, erklärte er.

»Sammi hat gesagt ...«

»Vergiss Sammi. Sie war es nicht.« Er erzählte ihr alles. Was er in der vergangenen Nacht entdeckt hatte. Die Gespräche mit Söberg und Ramscheidt. Und schließlich der Termin bei Wittpohl.

Lund fluchte.

Terz unterbrach sie. »Aber ich glaube nicht, dass sie Amelie Kantau angreifen.«

»Wen dann?«

»Mich. Kantau ist in ihrer Flottbeker Villa. Ich bin gleich dort. Wenn ihr kommt, seht euch nach mir um. Sobald ihr drinnen seid, behaltet auch mich im Auge.«

Lund wollte zwischenfragen, aber Terz redete weiter. »Sollte ich wegmüssen, beschattet mich unauffällig. Wundert euch nicht über einen blassgrünen Golf. Fodl, der Journalist, begleitet mich auch dezent. Wenn ihr auf meinem Handy anruft, sprecht nur mit mir. Fragt vorher, ob ich reden kann. Greift erst ein, wenn es brenzlig wird. Dann aber schnell.«

»Wird es das?«

»Ja. Und jetzt beeilt euch!«

Terz schlug den Weg Richtung Klein-Flottbek ein, als sein Handy düdelte. Enttäuscht erkannte er Sammis statt Elenas Nummer auf dem Display. Er ging dran.

»Was soll das?«, bellte Sammi. »Stell dich beim nächsten Revier!«

Ohne Antwort legte Terz auf. Er hatte mit nichts anderem gerechnet. Wieder rief er Lund an.

»Sammi ist ein Idiot. Beeilt euch«, befahl er und legte auf, um neuen Widerspruch zu verhindern. Er brachte Lund in eine unmögliche Situation. Ihr Problem.

Zwanzig Minuten später stellte er den Wagen zwei Straßen von der Kantau'schen Villa entfernt ab. Er platzierte sich an der nächsten Straßenecke, den Eingang im Blick. Frau Kantaus Oldtimer stand vor dem Haus. Beamte konnte er nirgends entdecken. So schnell ging das nicht. Wenn Lund überhaupt etwas unternommen hatte.

Fodl hatte er nirgendwo bemerkt.

Nach einer Viertelstunde rollte ein ziviler Einsatzwagen an Kantaus Haus vorbei. An der nächsten Straßenecke beobachteten jetzt zwei Männer unauffällig die Villa. Terz erkannte Michel Brüning. Er schaute kurz herüber und gab ein dezentes Handzeichen des Erkennens. Terz sprach einen stillen Segen für Lund.

Drei weitere Minuten später spazierten ein Mann und eine Frau zum Eingang der Kantau'schen Villa. Lund und Perrell. Sie klingelten. Während des Wartens sahen sie sich um. Das Hausmädchen öffnete die Tür. Beim Hineingehen legte Perrell kurz eine Faust an seinen Rücken. Der Daumen zeigte nach oben.

Terz wartete kurz, bevor er Lund anrief.

»Wir haben dich gesehen«, sagte sie.

»Seid vorsichtig. Gut möglich, dass die Männer bereits unterwegs sind.«

Terz spürte einen punktförmigen Druck an seinen Nieren. Jemand flüsterte in sein freies Ohr. »Die Männer sind bereits da.«

Der Pistolenlauf drückte heftiger in seinen Rücken. Warmer Atem streifte seine Wange. »Auflegen.«

Einen Finger ohne Druck auf der Aus-Taste, ließ Terz das Handy in die Jackentasche gleiten. So konnte Lund weiterhin mithören.

»Kleine Änderung des Plans«, raunte Ramscheidts Stimme.

Eine riesige Hand schlüpfte in Terz' Tasche und fischte das Mobiltelefon heraus. Terz wandte den Kopf vorsichtig um. Scaffo griente ihn an. Demonstrativ beendete er die Verbindung und steckte das Gerät selbst ein.

# 20

Mit überzeugender Sanftheit schob Scaffo Terz zu seinem Range Rover. Scaffo nahm auf der Rückbank Platz. Terz musste auf den Beifahrersitz, die Hände hinter der Kopfstütze verschränkt. Sein Handy meldete sich in Scaffos Tasche. Ramscheidt setzte sich ans Steuer. Er trug feine Lederhandschuhe. Die Melodie des Telefons verstummte.

»Arschloch«, fauchte Ramscheidt, als die Türen geschlossen waren. Er äffte Terz' Stimme nach: »In den letzten Tagen versuchte man, mich zu beschädigen. Dadurch konnte ich gewisse Schlüsse ziehen … Du hast mich in eine Scheißlage gebracht. Aber deine ist noch viel beschissener. Wittpohl fand deinen Plan gut. Er hat ihn allerdings noch verbessert. Was hast du hier gemacht? Wolltest uns kontrollieren? Oder reinlegen, was? Zuerst holen wir die Unterlagen, die du illegal aus der Agentur mitgenommen hast. Wo sind sie?«

Jetzt war Terz also auch mit Ramscheidt per Du. Er hätte darauf verzichten können.

»Eine Kopie ist bereits bei einem Anwalt. Er hat Anweisungen, sie den Behörden zu übergeben und zu veröffentlichen, wenn mir etwas zustößt.«

»Nichts dergleichen wird er tun. Gibt es noch mehr?«

Eine zweite lag in Terz' Arbeitszimmer. Die Rentner-Gang seiner Mutter hatte er damit nicht belasten wollen. Jule Hansen hatte sich keine Duplikate gemacht. Die Originale lagen ohnehin bei Sorius & Partner. Wenn Meier-Hollfelden sie nicht inzwischen entsorgt hatte. Sicher war er von Söberg oder Ramscheidt informiert worden.

»Bei mir zu Hause.«

»Wer weiß sonst noch davon?« Ramscheidt startete den Wagen.

»Niemand.« Terz musste den Widerständigen spielen.

»Mach dich nicht lächerlich! Allein hättest du die Unterlagen nie gefunden!«

Terz' Schultern begannen zu schmerzen. Er versuchte sie zu entlasten.

»Nicht bewegen«, befahl Scaffo von hinten.

Ramscheidt fragte nach: »Wer noch?«

»Zu viele, um sie alle auszuschalten.«

»Das lass unsere Sorge sein.«

Ramscheidt nahm den nördlichen Weg, über die Langenlohstraße zur Osdorfer Landstraße. Terz erhaschte einen Blick in den Seitenspiegel. Da war Fodls Golf. Und ein grauer Passat der Polizei in Zivil, mit dem auch er selbst schon gefahren war.

»Wer noch?«

»Neun Leute. Fachleute für Finanzfragen. Sie waren alle dabei. Sie wissen alle Bescheid. Und wer weiß, wem sie inzwischen davon erzählt haben.«

Ramscheidt suchte im Rückspiegel Scaffos Blick. Hoffentlich hielten Fodl und die Kollegen genug Abstand.

»Ich kenne sie nicht einmal genau.« Tatsächlich hatte er ein paar Namen der nächtlichen Buchprüfertruppe schon wieder vergessen.

»Du bluffst doch.«

»Wenn Sie meinen.«

»Die Namen sagst du uns schon noch. Wie seid ihr überhaupt in die Agentur gekommen? Irgendwer hat euch doch reingelassen. Lass mich raten. Die Hansen.«

Ramscheidt war flott unterwegs. Sie hatten die Autobahn überquert und ordneten sich ein zum Linksabbiegen in den Bornkampsweg. Ein Mobiltelefon spielte Wagners Walkürenritt in grauenhaft elektronischer Form entstellt an. Ramscheidt zog ein Gerät aus der Innentasche seines Sakkos und meldete sich. Er teilte seinem

Gesprächspartner mit, dass sie unterwegs zum Holstenkamp waren. Ein Treffpunkt wurde vereinbart.

Sie bogen ab, wo sich lange Zeit eines der besten Restaurants Hamburgs versteckt hatte. Im »Tafelhaus« hatte Terz lukullische Abende verbracht. Mittlerweile war das Lokal auch an die Elbe gezogen.

Kurz vor der Kieler Straße bogen sie zweimal rechts ab. Gesichtslose Büro- und Industriebauten lagen hinter großen Parkplätzen und Rasenstücken. Ramscheidt parkte das Auto in der unbelebten Kleinen Bahnstraße hinter einem weißen Lieferwagen.

Er zog wieder sein Handy aus dem Sakko und wählte. Gleichzeitig fragte er Terz: »Wer weiß also noch davon?«

Terz fühlte sich sicher. Seine zwei Entführer ahnten nicht, dass Polizei und Medien hinter ihnen her waren. Er musste das Spiel nur gut weiterspielen. »Warum sollte ich das sagen?«

Ramscheidt befahl ins Telefon. »Aufmachen.«

Vor ihnen öffneten sich die Hintertüren des Lieferwagens. Zwei Männer mit Wollmasken schlugen die beiden Flügel zur Seite. Sie trugen halbautomatische Waffen über der Schulter. Mit ihren freien Händen zogen sie eine Gestalt aus dem Dämmerlicht des fensterlosen Innenraums.

Terz wollte aufspringen, doch Scaffos Pranken hielten seine Hände hinter dem Sitz fest. Alle Versuche, sich loszureißen, scheiterten.

Die Vermummten schoben ihre Gefangene zurück und schlossen die Türen wieder.

Aus der Düsternis des Laderaums hatten ihn Elenas angstgeweitete Augen angefleht.

Arglos leuchteten die weißen Hecktüren des Kleinlasters. Die Szene dahinter schien nie geschehen, war verschwunden.

Aus Scaffos Betongriff konnte er sich nicht befreien.

Er und sein verdammter Plan.

Mit allem hatte er gerechnet. Dass sie auf sein Angebot einsteigen würden, Amelie Kantau als Täterin zu inszenieren. Dass sie es in Wahrheit auf ihn abgesehen hatten. Dass sie versuchen würden, ihn umzubringen. Dass ihre zahlreichen Beschatter in diesem Moment eingriffen. Womit der Beweis erbracht wäre, dass Terz in der ganzen Angelegenheit Opfer und nicht Täter war. Ein riskanter Plan, gewiss. Aber er hätte funktioniert.

Solche Skrupellosigkeit hatte er nicht erwartet. Eine Unbeteiligte mit hineinzuziehen.

Tönnesen. Sorius. Vielleicht noch andere. Sie waren schon mehrmals über die Grenze gegangen. Öfter als er. Machte es irgendwann keinen Unterschied mehr?

Nach dem ersten Mal? Davor?

»Ihr seid verrückt«, stöhnte Terz. »Sie hat doch nichts damit zu tun.«

»Wir müssen doch annehmen, dass du mit deiner Frau sprichst.«

»Sie weiß nichts!«

»Wir gehen lieber auf Nummer sicher.«

»Ihr lasst sofort meine Frau frei. Oder ich sage nichts mehr.«

»Mach es nicht auch noch schmerzhaft. Für dich. Und Elena.«

Bei dem Gedanken, dass sie Elena Leid antun könnten, begann Terz fast zu rasen. Selbst wenn Elena von nichts gewusst hätte. Jetzt mussten sie seine Frau ebenfalls töten. In seinem Hals schwoll eine Kröte und drohte ihn zu ersticken.

Ramscheidt ließ den Motor an und wendete. Am Eingang der Großen Bahnstraße zum Holstenkamp entdeckte Terz den blassgrünen Golf. Auf der gegenüberliegenden Straßenseite parkte der graue Passat. Beide Autos waren leer. Oder ihre Insassen hatten sich versteckt. Zwei weitere unbemannte Wagen standen herum. Terz konnte sich nicht erinnern, ob sie vorher schon da gewesen waren.

Der Druck in Terz' Hals klang ab. Fodl, Lund, Perrell, sie mussten alles gesehen haben. Sie würden Elena da rausholen.

Und dann stand auf einmal dieser Glassturz über seinen Empfindungen. Sein Körper fühlte sich an wie der eines Fremden. Er war nur mehr Automat. Ein Hirn, das Prothesen bewegte.

Was wurde jetzt von ihm erwartet? Dass er wütend aufbegehrte. Er versuchte sich zu befreien. Formsache. Mit nur einer Hand hielt Scaffo ihn unter Kontrolle.

Mit der anderen gab er Terz sein Handy zurück. »Sag dem Anwalt, er soll die Papiere mit einem Boten zu dir nach Hause schicken. Jetzt. Und denk an den Lieferwagen.« Er ließ Terz' rechte Hand los. »Wir machen das natürlich über die Freisprechanlage.« Sie hielten vor einer Ampel am Eimsbütteler Marktplatz.

Terz schob das Telefon in die Halterung und wählte Hinnerk Fests Nummer. Laut schallte das Freizeichen durch den Wagen.

Der Anwalt hob ab.

Seine Stimme war belegt. »Die Papiere, die ich dir heute Morgen gegeben habe, hast du sie in der Kanzlei?«

Fest bejahte.

»Entwarnung. Schick sie mir bitte. Mit einem Boten zu uns nach Hause. Du weißt, Jungfrauenthal. Am besten gleich.«

»Aber, was, so plötzlich?«, stotterte Fest. Scaffo verdrehte Terz' festgehaltene Hand und flüsterte: »Auflegen.«

»Danke, Hinnerk«, presste Terz hervor und beendete die Verbindung.

»Und jetzt deine Komplizen«, forderte Scaffo.

Wie wollten sie das organisieren? Wenn sie nicht alle Beteiligten möglichst gleichzeitig mundtot machten, würden die anderen Verdacht schöpfen. Ein Massaker. Dazu brauchte man eine kleine Kompanie. Die zwei Männer im Lieferwagen zeigten, dass es Ressourcen gab. Wie viele noch?

»Sag, dass du heute Abend noch einmal alle brauchst«, befahl Ramscheidt. »Unbedingt. Sie sollen sich bei einer Kontaktperson treffen. Es geht um Leben und Tod.« Er prustete über seinen vermeintlichen Witz.

»Mach schon!«, befahl Scaffo und drehte neuerlich Terz' Arm.

Terz konnte ein gequältes Aufstöhnen nicht verhindern. Er wählte die Nummer seiner Mutter. Nach dem dritten Ton meldete sie sich.

Er wiederholte Ramscheidts Forderung.

»Wie stellst du dir das vor?«, schimpfte Berthe Terz los. »Glaubst du, die haben nichts Besseres zu tun?« Das war jetzt peinlich.

»Mutter, es ist wichtig. Ich verlasse mich auf dich.«

Scaffo flüsterte: »Sie soll anrufen, wenn sie alle beisammenhat.«

»Ruf an, wenn alle zugesagt haben!«, rief Terz durch das Auto. »Danke.« Ende des Gesprächs.

»Fabelhafte Improvisation«, lobte Ramscheidt. »Deine Mutter also. Gib die Adresse. Für heute Abend.«

Terz nannte Straße und Hausnummer in Ahrensburg. Bis seine Mutter die anderen zusammenhatte, würde ihr nichts geschehen.

»Wer hat euch in der Agentur geholfen?« Scaffo klang, als frage er einen Passanten nach dem Weg. Gleichzeitig spürte Terz, wie der kleine Finger seiner linken Hand überstreckt wurde.

Konrad Terz hatte ein ambivalentes Verhältnis zu Schmerz. Beim Rudern oder Laufen konnte er sich quälen, bis er glaubte, die Muskeln rissen oder die Lunge platzte. Dagegen hasste er Zahnarztbesuche oder Spritzen. Selbst zugefügter Schmerz war etwas ganz anderes als fremdverschuldeter. Ein von Scaffo abgedrehter Kleinfinger war nicht selbstbestimmt. Außerdem brauchte er intakte Hände.

»Jule Hansen.«

Zehn Minuten später waren sie im Jungfrauenthal. Zwischen den Schatten der Baumkronen tanzten Lichtpunkte auf der Straße. Das Spätnachmittagslicht zeichnete harte Konturen. Terz konnte Sammis Leute nirgendwo sehen.

Ramscheidt hielt vor dem Haus. »Wir zwei gehen hinauf.«

Scaffo fuhr mit dem Wagen weiter, während Terz mit seinem Begleiter das Gebäude betrat. Im Hausflur begegnete ihnen niemand. Sie nahmen den Lift.

Zum Glück hatten sie die Kinder zu Julie gebracht. Terz ging vor, die Treppen zu seinem Arbeitszimmer hoch. Aus dem Bücherregal zog er eine schmale Mappe und reichte sie Ramscheidt.

Zufrieden öffnete der das Kuvert mit der Aufschrift »Im Falle meines Todes öffnen«. Aufmerksam studierte er die Kopien, dann steckte er sie wieder zurück. »Schalte den Computer an und starte das Textverarbeitungsprogramm.«

Während das System mit leisem Summen hochfuhr, suchte Ramscheidts Blick das Bücherregal ab. Terz startete Word.

»Okay, jetzt ich. Setz dich da hin.« Er zeigte auf die Lücke zwischen Tisch und Wand. »Schneidersitz. Hände auf den Kopf.«

Ramscheidt setzte sich und begann zu tippen. Mit seinen Handschuhen würde er keine Abdrücke hinterlassen. Aber auch die von Terz verwischen.

Sein Gesicht war das Einzige, was Terz oberhalb der Tischplatte sah. Alle Spannung darin schien in Ramscheidts Nasenwurzel zu streben, während er sich konzentrierte. Unter dem Tisch standen die Beine gespreizt, die Schuhspitzen nach außen gerichtet. Ramscheidt hatte große Füße, die in unvorteilhaften rostbraunen Entenschnabelschuhen steckten. Manchmal wippte er mit dem rechten, als wolle er den Takt der Finger beschleunigen. Über dem Gürtel zeichnete sich der Ansatz eines Bäuchleins im blauen Hemd ab.

Wort für Wort sprach er mit.

*»Liebe Kollegen,*
*es tut mir leid. Aber es ist alles vorbei. Gestern wurde ich vom Dienst suspendiert. Die Zeitungsberichte haben den Anfang gemacht, jetzt kommt alles an den Tag. Meine Frau hatte eine Affäre mit dem Pornodarsteller Fredo Tönnesen, die ich nicht ertrug. Ich hoffte, dass sein Tod unsere Ehe retten würde. Als sein Liebhaber Winfried Sorius Verdacht schöpfte, musste ich ihn auch töten.«*

Ramscheidt kannte die intimsten Details der Ermittlungen. Der karrieregeile Staatsanwalt Finnen hatte offensichtlich alle Akten an Söberg weitergegeben. Und der an Ramscheidt.

Auf dessen Stirn kleine Schweißperlen standen.

Bis jetzt hatte er kein einziges Mal zu Terz hinabgesehen.

*»Dummerweise hatte mich Ansgar Biel dabei beobachtet. Also musste auch er sterben. Gernot Sandel war sein Freund und Komplize. Ich hoffte, den Verdacht auf Amelie Kantau lenken zu können. Doch nach den Veröffentlichungen in der Presse ist es nur mehr eine Frage der Zeit, bis die Wahrheit ans Licht kommt.«*

»Würdest du am Ende eines solchen Briefes schreiben: Gott vergebe mir?«

Interessante Frage. »Nein. Ich würde so einen Brief nie schreiben.«

»Wie unhöflich.« Er tippte und murmelte. »Gott. Ver... ge... be ... mir. So!«

Terz wiederholte die letzten Zeilen gedanklich. Obwohl er beim ersten Mal ihren Sinn begriffen hatte.

Seine Gefühlsverpuppung war geplatzt. Sein Inneres war ein Wirbelsturm. Die schlimmsten Vermutungen bestätigten sich. Lebte Elena überhaupt noch? Der Gedanke klappte ihm die Luftröhre zu, sog alles Blut aus dem Kopf. Er musste die Augen schließen. Die Bilder hinter den Lidern zwangen ihn, sie sofort wieder zu öffnen.

Ramscheidt gab den Druckbefehl.

Schwer atmend kämpfte Terz um Selbstbeherrschung. Vor seinem inneren Auge setzte er Ramscheidts und Scaffos und Wittpohls Gesichter in die schlimmsten Folterbilder aus Büchern und Fernsehen, die ihm einfielen. Bilder von Amnesty, von der Inquisition. Unrecht, blitzte ein Gedankenfunke dazwischen. Er wurde von seinem Hass weggespült.

Ramscheidt behielt ihn genau im Auge, als er das Blatt aus dem Drucker holte.

»Ist doch ein viel besserer Plan, so«, sagte er. »Deine Kollegen bekommen einen Täter. Und es gibt keinen mehr, der über unsere Geschäfte plaudern kann.«

»Ich finde den Plan nicht gut.«

Ramscheidt lachte nur höhnisch.

»Ich würde diesen Brief doch nie so schreiben«, beharrte Terz. »Außerdem war Tönnesen schwul.«

»Man wird ihn schon glauben, wenn man ihn bei deiner Leiche findet.«

»Aber meine Frau hatte nie ein Verhältnis mit Tönnesen.«

»Das Gegenteil wird sie nicht mehr beweisen können.«

Die Türglocke riss sie aus ihrem Geplänkel. Ramscheidt fuhr hoch. »Wer ist das?«

»Der Bote wahrscheinlich.«

»Du gehst vor.«

An der Wohnungstür wartete ein verschwitzter Junge in einem bunten Trikot. Unter den Rastalocken war sein Gesicht kaum zu erkennen. Er roch nach Schweiß. »Von der Kanzlei Borders & Fest. Ist schon bezahlt.«

Terz übernahm das Paket und schloss die Tür. Er hörte die klackenden Schritte der Fahrradschuhe auf dem Weg zum Lift, während Ramscheidt ihm die Unterlagen entriss.

Terz war sicher, dass Fest noch eine Kopie davon angefertigt hatte. Aber das sagte er natürlich nicht. Der Deckel über dieser Geschichte war geöffnet. Und kein Aktionismus Wittpohls konnte ihn mehr schließen.

Ramscheidt überflog die Unterlagen. Als er mit dem Lesen fertig war, rollte er die beiden aufgefetzten Umschläge zusammen und steckte sie in seine Jackentasche.

»Gehen wir.«

Vor dem Haus blendete die Sonne. Terz hielt an. Schnell suchte sein Blick die Straße ab. Wo waren Fodl, Lund, Perrell, ihre Leute und Sammis Beschatter? Mittlerweile musste eine ganze Kohorte einsatzbereit sein.

»Weiter!«, zischte Ramscheidt.

Der Range Rover stand ein paar Meter entfernt unter einem Baum. Widerstandslos ließ Terz sich hinbringen. »Du fährst.«

Ramscheidt stieg zu ihm. Scaffo saß wieder auf der Rückbank.

»Zum Volkspark«, forderte Ramscheidt.

Ein paar Straßen weiter klingelte Terz' Mobiltelefon. Ein Blick von Ramscheidt genügte. Terz ließ es läuten.

»Hast du wirklich gedacht, wir bringen die Kantau für dich um?«

Terz antwortete nicht. Stattdessen spähte er unauffällig in den Rückspiegel. Scaffos massive Schultern ließen nicht viel Durchsicht übrig. Im Seitenspiegel entdeckte er den Passat.

Ramscheidt schien entspannter. »Jetzt mal unter uns: Du hast Sandel und Biel doch auf dem Gewissen, nicht wahr?«

»Wie ist denn das mit Ihnen, Sorius und Tönnesen?«

Ramscheidt seufzte. »Du hast gar nicht schlecht geraten. Irgendwie erfuhr der schwule Kellner von unserem kleinen Geschäft mit der Partei und bekam sogar die Nummern der Rechnungen heraus. Damit hat er uns erpresst.«

»In meiner Bekanntschaft herrscht die Meinung vor, dass man wegen illegaler Parteispenden nichts befürchten muss.«

Ramscheidt lachte wie ein Irrsinniger los. Als er sich wieder beruhigt hatte, klang seine Stimme noch immer nach Husten.

»Das ist richtig. Aber wegen Schmiergeld.«

Terz fuhr langsam, was Ramscheidt nicht zu stören schien.

»Kommt Wittpohl so an seine Bauaufträge?«

»Jeder kommt so an seine Aufträge in diesem Geschäft.«

Ein kurzer Blick in den Seitenspiegel. Der Passat war verschwunden. Stattdessen fuhr da Fodls Golf.

»Aber glaube nicht, dass du dein Wissen noch benutzen kannst.«

»Mein hübscher Abschiedsbrief, Ihre Waffe und die charmante Begleitung auf der Rückbank lassen mich nichts anderes vermuten.«

Sein Mobiltelefon läutete in der Halterung der Freisprechanlage. Das Display zeigte den Namen Lund.

»Wer ist das?«, schnauzte Ramscheidt. »Ihre Kollegin Maria?«

Er kannte ihren Namen wohl aus den Ermittlungsunterlagen.

»Wollen Sie mit ihr klönen?«, fragte Terz.

Ramscheidt ließ es läuten, bis sich die Mailbox einschaltete. Maria Lund legte auf.

Natürlich hätte Terz gern gewusst, ob sie Elena schon befreit hatten. Bei dem Gedanken wurde ihm heiß. Er lenkte sich ab.

»Wo wir uns so nett unterhalten: Sie waren der Medieninformant, nicht wahr. Woher wussten Sie alles über mich? Oder über Sandels Manuskript?«

»Das war nicht schwierig. Sie haben bei meiner Gartenparty selbst erzählt, dass abgelehnte Autoren bei einigen Verlagen im Computer gespeichert sind. Ich rief die Verlage an, von denen Sandels Manuskripte abgelehnt worden waren. Die Liste hatte ich aus den Unterlagen, die ihr regelmäßig an den Staatsanwalt weitergegeben habt.« Er kicherte. »Ich habe mich übrigens als Polizist ausgegeben, und im Handumdrehen bekam ich Sandels Namen plus den Manuskripttitel. Auch dein alter Nachbar mit dem bemitleidenswerten Hund war schnell gefunden und erzählte gern, dass er dich mit dem Fass gesehen hatte. Und so weiter. Nachdem ich wusste, dass Biel nicht auf unser Konto ging, brauchte ich nur eins und eins zusammenzählen. Dann gab ich mich bei deinem Kollegen Samminger als Journalist aus und erzählte ihm alles, damit er meine Informationen ›bestätigt‹. So fanden sie ihren Weg in das richtige Ohr.«

»Der gute Sammi. Ich hatte mich über seinen plötzlichen Scharfsinn schon gewundert.«

»Du hast meine Frage noch nicht beantwortet: Du hast Sandel und Biel ermordet?«

»Bei mir ist auch noch eine Antwort offen. Wer hat Tönnesen und Sorius umgebracht?«

Ramscheidts Daumen winkte über seine Schulter. »Unser Freund Scaffo war Fremdenlegionär und Söldner. Er beherrscht das lautlose Töten.«

»Dafür haben die zwei Verblichenen aber ganz schönen Wirbel verursacht.«

»Den meisten Krach wird dein Ableben machen. Vor allem, wenn man von den Taten des Herrn Starkommissars erfährt. Solltest du die Menschen nicht vor dem Bösen bewahren?«

Warum wollten immer die Verbrecher mit ihm über Moral diskutieren?

Sie fuhren unter der Autobahn durch und erreichten den Volkspark. Links erhob sich das Volksparkstadion. An einem Wochentag wie diesem waren die Straßen und Wege des Parks nicht übermäßig belebt. Ramscheidt dirigierte ihn an eine abgelegene Stelle. In diesem Teil fanden die Sonnenstrahlen kaum bis zum Unterholz zwischen den Baumstämmen.

»Was machen wir hier?«

»Hier wirst du deinem Schöpfer begegnen«, flachste Ramscheidt.

»Und die anderen? Meine Mutter?«

»Die treffen sich ja extra für uns heute Abend. Das erledigen wir dann auf einen Schlag.«

»Ich will Elena sprechen.«

Statt einer Antwort zeigte Ramscheidt auf den Eingang zu einem Parkweg, der zwischen den Bäumen verschwand. »Fahr da hinein.«

Der Rover rumpelte über den Trampelpfad um eine Kurve.

Im Schatten der Bäume leuchtete der weiße Lieferwagen.

Seine Kollegen hatten also nichts erreicht. War ihnen der Zwischenfall in der Kleinen Bahnstraße gar entgangen? Wenn nicht, lauerte im Unterholz bereits eine Hundertschaft. Falls doch, war Elena mit ihren Entführern allein. Wieder verfluchte er sich, die

Skrupellosigkeit seiner Gegner unterschätzt zu haben. Wenn Elena etwa zustieß … Er konnte nicht weiter darüber nachdenken.

Terz musste den Range Rover neben dem Lieferwagen abstellen. Scaffo öffnete die Tür und beobachtete ihn aufmerksam beim Aussteigen.

»Wo ist Elena?«

»Wartet schon.« Ramscheidt schob Terz mit einer Pistole im Rücken ins Unterholz. »Schnell jetzt. Hier entlang.«

Terz schob kratzende Zweige zur Seite.

»Ihr spinnt doch! Hier in aller Öffentlichkeit?«

Wo war Fodl? Wo waren die Einsatzkräfte? Kein guter Ort für unbemerktes Anpirschen eines Einsatzteams.

»Bei dir zu Hause sind wir vielleicht aufgefallen. Irgendein versteckter Ort wäre zu auffällig. Ihr wart spazieren, da hast du deiner Frau alles gestanden. Und euch dann umgebracht.«

In einiger Entfernung hörte Terz einen Wagen vorbeifahren. Weit weg heulte ein Martinshorn. Die Büsche rissen an seinen Händen und schlugen ihm ins Gesicht. Die Vögel ließen sich in ihrem Gesang nicht von den drei Gestalten irritieren. Scaffo packte Terz' linken Arm und drehte ihn schmerzhaft auf den Rücken. Sie entfernten sich immer weiter vom Weg. Hier kam kein zufälliger Jogger oder Spaziergänger vorbei. Im Unterholz neben einem großen Baum befahl Ramscheidt: »Stopp!«

Zwischen den beiden vermummten Kidnappern verschwand Elena fast. Sie war bleich und verschwitzt.

Terz brach das Herz.

»Konrad! Was soll das alles! Was ist –«

»Klappe!«, befahl ein Bewacher.

Elenas Lippen zitterten.

Der verdrehte Arm brannte bis in die Schulter. Terz konnte nur tatenlos zusehen. Die Ohnmacht höhlte ihn völlig aus. Als ob es ihn nicht mehr gäbe. Nur eine dünne Hülle, die gleich zusammenfallen würde. »Es tut mir so leid«, stammelte er.

Im nächsten Augenblick kehrte seine Fassung zurück.

»Vorwärts jetzt«, befahl Ramscheidt. »Schlag zu. Wie du es bei Biel getan hast.«

»Das war ich nicht!«

»Ist jetzt auch egal. Aber es wird so aussehen.«

Ramscheidt drängte Terz bis auf Armeslänge vor seine Frau. Ihre roten Augen schwammen, Wimperntusche zerlief auf ihren Wangen. Sie atmete in kurzen Stößen.

»Konrad ...«

»Schlag zu«, zischte Ramscheidt. »Du weißt ja, wie es geht.«

Terz schoss das Wasser in die Augen. »Ich habe keine Ahnung!«, brüllte er. Wo waren Fodl, Lund, Perrell?

»Tja. Plötzlich ist es nicht irgendein lästiger Nachbar. Diese Tote wird deine Frau sein. Wie fühlt sich das an?«

Ramscheidt als Biels Rächer? Lächerlich!

»Konni«, wimmerte Elena, »wovon ...«

»Ich habe keine Ahnung!«

»Scaffo, mach du«, befahl Ramscheidt.

Der Exsöldner baute sich neben Terz auf und hob die Hand.

Panisch sah Elena zu ihm auf.

Himmel, dachte Terz, jetzt greift endlich ein!

In der Baumkrone über ihnen stritten ein paar Vögel aufgeregt, dann verstummten sie. Für einen Augenblick war der Wald still.

Das kaum hörbare Klicken einer Kamera konnte niemand wahrnehmen, der nicht damit rechnete. Doch selbst wenn Terz' Ohren ihm einen Streich gespielt hatten, musste er jetzt handeln. Er schrie aus vollem Hals:

»Hast du alles auf Film, Fodl?«

Er nützte Ramscheidts Überraschung und warf mit ganzer Kraft seinen Kopf zurück. Gleichzeitig trat er mit seinem Fuß gegen Ramscheidts Knie. Die Stelle hatten sie in der Ausbildung immer wieder trainiert. Ramscheidt grunzte und knickte ein.

Dann brach das Chaos aus.

Aus Scaffos Rücken platzten kleine Brunnen mit roten Strahlen. Der Riese stand wie eine Statue mit erhobener Hand vor Elena. Dann taumelte er zur Seite.

»Polizei! Waffen weg!«, brüllte eine Stimme. Schüsse fielen.

Aus dem Brustkorb von Elenas einem Bewacher sprudelte Blut über sie. Der Kopf des anderen platzte. Beide fielen und rissen die entsetzte Frau mit sich.

Aus den Augenwinkeln sah Terz, wie Ramscheidt ins Gebüsch sprang.

Der Platz wimmelte auf einmal von bewaffneten Beamten. Gebrüll. Schüsse. Terz stürzte zu Elena. Blutüberströmt wand sie sich unter den angeschossenen Männern hervor.

»Alles in Ordnung?

»Ich glaube schon«, schluchzte sie. Er schloss sie in die Arme.

Drei Polizisten umringten sie mit gezogenen Waffen. Überprüften mit schnellem Griff die am Boden liegenden Verbrecher. Einem fehlte der halbe Kopf. Auch der andere schien tot zu sein. Die Kollegen hatten kein Mitleid gehabt. Oder zu wenig Schießtraining.

Ein paar Meter weiter lag Scaffo, das Gesicht im Waldboden. Auch neben ihm kniete ein Beamter mit gezogener Waffe, tastete nach dem Puls.

»Bleib hier«, flüsterte er Elena zu und schob sie den Polizisten in die Arme. Die Männer rannten mit ihr in Sicherheit.

Terz griff sich die Maschinenpistole eines der Toten.

»Geben Sie auf! Das Gelände ist umstellt!« Das war Sammi.

Fodl, zehn Meter weiter hinter einem Busch nur notdürftig versteckt, nahm die Szene mit unübersehbar zitternder Hand ins Visier. Der Fotoapparat explodierte in seinem Gesicht. Der Reporter heulte auf, taumelte, stürzte.

Alle verbliebenen Polizisten rannten auseinander. Terz rettete sich nicht weit von Fodl hinter einen Baum. Mit bösem Knacken bissen zwei Kugeln in das Holz.

Er lauschte und prüfte das Magazin. Es war voll. So eine Waffe hatte er nur während der Ausbildung einmal in der Hand gehalten. Sie war auf Einzelschuss gestellt. Gut.

Noch mehr Geschrei.

Er rannte los, zum nächsten Baum, hinter ihm zerfetzten Geschosse das Unterholz. Kurz in Deckung, weiter zu Fodl.

Der Reporter lag reglos neben einem Baum, das Gesicht blutüberströmt.

»Fodl! Lebst du noch?«

Fodl stöhnte, schlug die Hände vor das Gesicht. Terz fand einen regelmäßigen Puls. Hinter sich hörte er Zweige brechen. Er fuhr hoch.

Ramscheidt entdeckte ihn gleichzeitig. Seine Waffe zielte auf Terz. Terz' Waffe zielte auf Ramscheidt. Sie standen sich in etwa fünf Metern Entfernung gegenüber.

Scaffo war bereits erledigt. Wenn auch Ramscheidt tot war, konnte er keine falschen Behauptungen mehr in die Welt setzen – oder noch schlimmer, richtige. Wenn, dann musste er schnell schießen. Bevor ein Kollege Zeuge werden konnte.

Wie gemeißelt stand Ramscheidt vor ihm. Obwohl Terz nur Sekundenbruchteile nachgedacht hatte, war es zu lang gewesen. Ramscheidt erriet seine Gedanken.

»Du hast von Anfang an gewusst, dass wir nicht die Kantau erledigen wollten, sondern dich«, presste er hervor.

Die Entscheidung erreichte Terz' Zeigefinger.

»Werfen Sie die Waffe weg!« Maria Lunds Ruf kam irgendwo von der rechten Seite.

»Waffe weg!«, hörte Terz nun auch einen Mann, dessen Stimme er nicht erkannte.

Ramscheidt sah sich hektisch um. Behielt die Pistole im Anschlag. Ein eingekreistes Tier.

Terz fluchte innerlich. Ramscheidt durfte nicht aussagen. Aber er gehörte nicht zu den Typen, die sich aus einer so ausweglosen Situation freischießen. Und dabei umkommen.

»Verdammt! Waffe weg!«, brüllte die Männerstimme noch einmal.

Ramscheidt fuhr herum und versuchte den Mann zu orten.

»Achtung, er schießt!«, rief Terz. Und drückte ab. Er hatte ein gutes Stück über Ramscheidts Kopf gezielt.

Vier Schüsse fielen fast gleichzeitig.

Ramscheidt torkelte, als habe ihn jemand geohrfeigt. Suchte ein Ziel. Fand Terz.

Geschrei überall. Terz sprang zur Seite.

Wie durch ein Vergrößerungsglas sah er Ramscheidt das Magazin leeren. Vielfacher Widerhall des Echos in den Bäumen schuf eine ohrenbetäubende Lärmkulisse. Terz stolperte, ein harter Stoß traf ihn gegen die Brust. Gleichzeitig riss Ramscheidts Anzug punktförmig an Armen, Beinen und Brust. Er taumelte, fiel.

Auf seinem Jackett breiteten sich dunkle Flecken aus. Lund und zwei Männer stürzten zu dem Reglosen, die Waffen bereit.

Ein Stummfilm lief ab. Terz sah die Menschen schreien und gestikulieren. Hörte nichts. Er selbst fand sich am Boden. Wälzte sich, fühlte sich seltsam schwer.

Terz lauerte hinter einem Grashügel, neben Tommi. Auf ihren Köpfen trugen sie Federschmuck, die Holzgewehre ragten über die Erhöhung vor ihnen. Ihre Lippen formten Laute, die Gewehrfeuer sein sollten, aber er konnte nichts hören. Die Welt war lautlos. Die Augen seines Vaters. Eine Segeljolle auf der Alster und noch eine und noch eine, braun gebrannte Jungen und Mädchen, er einer davon, auf den nackten Armen glitzernde Wasserspritzer. Seine Mutter beugte sich über ihn und gab ihm einen Gute-Nacht-Kuss. Warum spürte er nichts mehr? Kein Pochen im Kopf, kein Schlagen in der Brust. Elena lacht in ihrem Hochzeitskleid, wirft ihren Strauß. Lilis verschmierter Körper unmittelbar nach der Geburt, ihr erster Schrei. Biel! Kim streichelt Onkel Vito. Sammis Gesicht, sagt etwas, kommt näher. Jetzt auch Lund, Elena, ihre Gesichtsausdrücke so seltsam, ängstlich. Stimmen. Die Sonne zwischen den Blättern, gleißend, wirbelnd, löst sich auf in bunte Scheiben, sie drehen sich, immer schneller, stürzen auf ihn nieder, begraben ihn unter brennendem Schwarz.

--- Hamburger Abendblatt ---

## Schießerei im Volkspark

Vier mutmaßliche Verbrecher und Starkommissar Terz die Opfer. Mehrere Schwerverletzte.

--- Bild (Fotoserie mit Bildunterschriften) ---

## Der letzte Beweis

*Konrad Terz wird von Ramscheidt und Scaffo entführt. – Franzen verfolgt sie und ruft Verstärkung. – Der Kommissar wird in den Wald gebracht. – Seine Frau wurde ebenfalls entführt. – Der gefälschte »Abschiedsbrief« des Kommissars. Gefunden bei einem der Verbrecher. – Der Bestsellerautor kann sich wehren. – Die Polizei greift ein. – Lukas Ramscheidt schießt auf Franzen. – Franzens Kamera – zerschossen! – Kommissar Terz wird getroffen. – Es ist vorbei.*

--- Hamburger Morgenpost ---

## Mordserie geklärt

Die toten Verbrecher aus dem Volkspark wollten Unschuldigen vier Morde in die Schuhe schieben. Eine bekannte Unternehmersgattin sollte ebenso als Täter inszeniert werden wie Starkommissar Terz.

--- Bild ---

## Korruptionsskandal!

Die letzten sensationellen Enthüllungen von Starkommissar Terz: Senatsmitglieder, leitende Beamte und Parteien sollen über 40 Millionen Mark (rund 20 Millionen Euro) illegaler Parteispenden und Schmiergelder von Wolf Wittpohl erhalten haben. Die Beschuldigten weisen alle Vorwürfe von sich. Über diese Spur fand Kommissar Terz die Täter der jüngsten Mordserie.

--- Spiegel Online ---

## Das Ende des Geschäftemachers

Der bekannte Unternehmer Wolf Wittpohl wurde heute in Boston verhaftet. Die Auslieferung wurde beantragt. Vier seiner ehemaligen Mitarbeiter kamen vor einer Woche bei einer Schießerei mit der Hamburger Polizei ums Leben. Sie gelten als die Mörder von mindestens vier Menschen. Bei Hausdurchsuchungen in Wittpohls Villen, Bürohäusern und Banken wurden Belege für illegale Parteienfinanzierung und Bestechung in Millionenhöhe gefunden.

--- Hamburger Abendblatt ---

## Bereicherung!

Ein früherer Berater des Bürgermeisters, Bernd Söberg, hat zugegeben, Schmiergelder von rund 1 Million Euro von Wolf Wittpohl angenommen zu haben. Sollte er rechtskräftig verurteilt werden, droht ihm der Parteiausschluss.

--- Bild ---

## Politisches Erdbeben!

Hamburgs Bürgermeister und die gesamte Stadtregierung zurückgetreten! Staatsanwalt ermittelt. Neuwahlen angekündigt. Neue Wittpohl-Dokumente belegen illegale Zahlungen an fast alle Parteien. »Man weiß ja nie, mit wem man es in vier Jahren zu tun hat«, erklärt der gefallene Tycoon dazu kaltblütig aus seiner Zelle in Boston.

--- Horizont ---

## Neue Werbeagentur

Jule Hansen macht sich mit Hansen & Co selbstständig. Nach dem Parteienfinanzierungsskandal ihres ehemaligen Arbeitgebers startet sie mit fünfzehn Mitarbeitern und sieben Kunden von Sorius & Partner. Ihrem ehemaligen Brötchengeber Carl von Hollfelden droht eine Anklage wegen illegaler Parteienfinanzierung und Beihilfe zur Korruption.

# 21

Die Zeitungen lagen wie eine Patchworkdecke über das Bett verstreut.

»Umgebracht haben mich die Medien hoffentlich das letzte Mal«, lachte Terz in die Kameras. Er lehnte in dem großen Krankenhauskissen, ein dünner Schlauch verband seinen Arm mit einer Infusionsflasche.

Neben dem Bett strahlte der Polizeipräsident die Journalisten an. Noch einmal schüttelte er Terz' Hand lang und kräftig für die Öffentlichkeit.

Ein Reporter mit schütterem Haar streckte ihnen ein Mikrofon entgegen.

»Sie waren praktisch tot, sagen die Ärzte.«

»Zum Glück konnte ich sie vom Gegenteil überzeugen.«

Laut Aussage der Mediziner hatte er wegen der raschen Hilfe nie in Lebensgefahr geschwebt. Nur für die Medien war jedes Projektil in Herznähe so gut wie tödlich.

Eine junge Frau ruderte mit den Armen. »Bürgermeister und Senatoren sind zurückgetreten. Demnächst gibt es Neuwahlen. Was für ein Gefühl ist es, eine Regierung gestürzt zu haben?«

»Sie hat sich selbst gestürzt mit ihren Geschäften.«

»Immer wieder wird gemunkelt, Sie könnten selbst in die Politik gehen. Wäre jetzt nicht ein geeigneter Zeitpunkt? Ihre Popularitätswerte sind überragend.«

Wenn Grütke das las. Er musste ohnehin schon die ganze Zeit Pressemeldungen über den gefeierten Held Terz herausgeben.

»Sie sehen ja, wie es in einem Rathaus zugeht. Ich kann im Moment kaum über den Krankenhausflur laufen, und Sie wollen, dass ich in die Politik gehe?«

Gelächter füllte den Raum.

»Die Täter sind tot. Was –«

Ein Arzt trat in das Zimmer.

»Meine Damen und Herren, bitte gehen Sie jetzt. Herr Terz braucht Ruhe.«

Mit sanfter Gewalt schoben der Arzt und ein paar Schwestern den Journalistenpulk hinaus, Meffen schüttelte ihm ein letztes Mal die Hand. Von Suspendierung war natürlich keine Rede mehr. Vor der Öffentlichkeit feierte Hamburgs oberster Gesetzeshüter seinen besten Mann und hoffte, dass ein wenig von dessen Glanz auf ihn abstrahlte.

Der Arzt fühlte Terz' Puls und nickte zufrieden.

»Morgen können Sie raus.«

Höchste Zeit. Seit zwei Wochen versauerte er in diesem Bett. Die ersten Tage hatte er nur im Dämmerschlaf wahrgenommen.

Elena war unverletzt geblieben. Die Ärzte hatten sie für zwei Nächte zur Beobachtung dabehalten. Dann war sie nach Hause zu den Kindern zurückgekehrt.

Sobald er einigermaßen ansprechbar gewesen war, gaben sich Ermittler und Journalisten, Familienmitglieder, Freunde und Gratulanten die Klinke in die Hand. Eine war Amelie Kantau gewesen.

»Mein Mann und ich lassen uns scheiden.« Sie blickte Terz vielsagend an. »Ich ließ ihn und Elisa Beiert beobachten. Danach wurde er sehr versöhnlich. Er überlässt mir eine Villa in Blankenese und ein paar Millionen. Danke.«

Auch Fodl hatte ihn besucht. Terz schwankte zwischen Mitleid und Schadenfreude.

»Du hättest mich fast umgebracht, als du die Verbrecher auf mich aufmerksam gemacht hast«, warf er Terz vor. In seinem Gesicht klebten noch zwei kleine Pflaster.

»Andernfalls hätte Scaffo zugeschlagen.«

»Du warst sauer wegen der Enthüllungen und wolltest es mir heimzahlen!«

»Das hätte ich einfacher haben können.«

»Die Narben bleiben mir ein Leben lang.« Er lachte. »Aber die Frauen lieben es!«

Was für Frauen kannte der? Außerdem waren bestenfalls ein paar Kratzer zu sehen.

Sogar von Kantusse kam eine Karte. Sie zeigte einen österreichischen See und trug neben seiner auch die Unterschrift einer Frau. Gut für Kantusse. Er hatte in der Zeitung von den Vorfällen gelesen.

In einer stillen Stunde signierte Terz die Bücher jener, die in der Autogrammstunde leer ausgegangen waren. Sein Verleger Fred Illau hatte sie persönlich vorbeigebracht.

»Hast du gewusst«, fragte Terz ihn bei der Gelegenheit, »dass dieser Sandel seine Idee auch dir zugeschickt hatte? Du hast dich seinerzeit sehr konstruktiv in die Entwicklung meines ersten Manuskripts eingebracht.«

»Aber die Grundidee war doch von dir«, hatte Illau eingewendet.

»War sie nicht.«

Der Arzt ließ neuen Besuch herein. Wie üblich trug Sammi den Krawattenknoten zu groß. »Kann ich allein mit dem Kommissar sprechen?«

Sammi blieb am Fußende des Bettes stehen. Lange sahen sie sich schweigend an.

»Das hast du toll hinbekommen«, sagte sein Besucher endlich. »Mehrere Polizisten können bezeugen, dass Ramscheidt und Scaffo dich umbringen und dir alle Morde unterjubeln wollten. Dank Fodl haben die Medien sogar Bilder. Und die lügen ja bekanntlich nicht. Jetzt glaubt jeder, dass die beiden alle Morde begangen und die Spuren gefälscht haben.«

Weich schmiegte sich das Kissen um Terz' Rücken. »Nur du nicht.«

»Nein.«

»Hast du Beweise? Zeugen?«

Ein spöttischer Lachversuch Sammis endete in heiserem Krächzen. »Zeugen! Wittpohl sagt kein Wort, um sich nicht zu belasten. Ramscheidt und Scaffo können nichts mehr sagen.«

»Ich habe sie nicht getötet.«

Sammi versteinerte, wollte losschreien, hielt sich zurück. Scaffo war von zwei Bereitschaftspolizisten tödlich getroffen worden. Terz' Schuss über Ramscheidts Kopf war von den Polizisten als Angriff Ramscheidts interpretiert worden. Zum Denken war keine Zeit geblieben, nur zum Handeln. Projektile aus den Waffen von Maria Lund, Sammi und einem Bereitschaftspolizisten hatten Ramscheidt in Arm, Bein und Brust getroffen. Das erste hatte eine Schlagader so unglücklich getroffen, dass er noch am Tatort verblutet war. Aber auch die beiden anderen Verletzungen hätte er wahrscheinlich nicht lange überlebt. Die Kollegen hatten auf Nummer sicher gehen müssen. Terz hatte erst später davon erfahren. Wie von allem anderen.

Nach Ramscheidts und Scaffos Tod, Fodls Bildern und dem gefälschten »Abschiedsbrief«, der bei Ramscheidt gefunden worden war, gab es keinen Zweifel mehr. Die Ermittler gingen jetzt davon aus, dass der ehemalige Fremdenlegionär und Söldner Scaffo der Mörder von Tönnesen, Sorius und Biel gewesen war. Ramscheidt und Wittpohl hatten die Aktion gesteuert.

Genau würden sie es nie erfahren, ebenso wenig wie die exakten Verbindungen zwischen Tönnesen, Sorius, Sandel und Biel. Ein Rätsel blieb, warum Biel Sandel getötet hatte. Unbestritten schien jedoch, dass er es getan hatte.

Sammi warf eine dicke Mappe auf Terz' Bettdecke. »Ich habe alles aufgeschrieben. Details: Biels Anrufe bei dir. Zeitnah zu Sandels vermutlichem Tod. Und am Tag seines eigenen. Auf der Kassettenhülle in Sandels Wohnung waren nur Biels Fingerabdrücke. Aber nicht Sandels. Ausgerechnet von Sandels Manuskript

›Sicher Sein‹ fand sich keine Kopie in seinen Unterlagen. Und keine Ablehnungsbriefe. Obwohl er sonst alles aufzuheben schien. Der Polizist vor Sandels Wohnung erzählte, als du kamst, beauftragtest du ihn, im Haus nach Nahrung für die Katze zu fragen. Wenn du davor nicht in der Wohnung warst, woher wusstest du dann, dass kein Futter mehr da war?«

Terz lächelte ihn nachsichtig an und bemerkte spöttisch: »Bewundernswert, deine Indizienkette.«

»Sandels Postkasten war geschlossen, als die Untersuchung der Wohnung begann, berichteten mir die Techniker. Er war geöffnet, nachdem ich und du angekommen sind. Und das Foto von dir mit Sandel fehlte. Glaubst du, ich habe nicht bemerkt, dass du erst nach mir in die Wohnung kamst?«

»Dafür gibt es sicher eine Erklärung.«

»In der anfänglichen Eile nicht ordentlich überprüft, meinen die Techniker jetzt. Man muss sich die Tatsachen nur schönreden.«

»Oder einsehen, dass man Fehler gemacht hat.«

»Es gibt noch mehr. Ein Bewohner von Biels Haus hat zum Beispiel um Biels Todeszeit jemand im Lift gesehen, der dir ähnlich sieht. Steht alles dadrin.«

»Warum?«

»Du sollst nicht glauben, dass es vergessen ist. Im Augenblick bist du der Held. Ich wurde in den Innendienst versetzt. Aber das Rad dreht sich weiter. Wie kannst du ruhig schlafen?«

In der Tat wurde Terz die eine oder andere Nacht von Biel und Ramscheidt besucht. Doch ihre Gesichter wurden blasser. Schweißausbrüche, Zitteranfälle und Panikattacken waren Folgen der Schießerei, nahm der Polizeipsychologe an und besuchte ihn regelmäßig.

»Du bist Polizist«, fuhr Sammi in leiser Resignation fort. »Du bist dafür verantwortlich, dass die Regeln in unserer Gesellschaft eingehalten werden, nicht gebrochen.«

Fast tat ihm Sammi leid.

»Ein guter Polizist sorgt dafür, dass die Regeln eingehalten werden. Du bist ein sehr guter Polizist, Sammi. Um ein erfolgreicher Polizist zu werden, musst du nur noch lernen, die richtigen Regeln zu wählen.«

»Und wie lauten die, deiner Ansicht nach?«

»Die erste Regel heißt: überleben.«

»Besser leben trifft es wohl eher.«

»Nennst du das etwa so?« Terz wies auf seine Verwundung.

Sammi sackte zusammen. »Warum gewinnen immer Typen wie du?«, fragte er leise.

Sammis Selbstmitleid ging Terz auf die Nerven. »Obwohl du meinst, dass zum Sieg Mittel notwendig sind, die du mir vorwirfst, möchtest du an meiner Stelle sein? Dann sollten wir froh sein, dass du ein Verlierer bist.«

»Verdammt, du drehst mir wieder einmal das Wort im Mund … ach.« Müde winkte er ab. »Du zerstörst jegliche Ordnung.«

»Welche? Wittpohls? Deine? Maßt du dir an, die richtige und endgültige zu kennen?«

Mit einem Sprung stand Sammi neben dem Bett und prügelte auf ihn ein. »Du Mistkerl! Ich weiß, dass du es warst!«

Nur mühsam und von seinem schmerzenden linken Arm gehandicapt konnte Terz sich schützen. Er steckte ein paar schmerzhafte Hiebe ein, bevor ein Arzt und zwei Schwestern hereinstürzten und den Tobenden aus dem Zimmer zerrten.

Schwer atmend fiel Terz in sein Kissen zurück. Vor dem Fenster spielten ein paar Vögel. Terz verfolgte ihren Tanz durch die Luft, ohne an etwas zu denken.

# 22

Leise klopfte es an der Tür. Sie öffnete sich einen Spalt, ein vertrautes Gesicht schob sich herein, dann darunter noch eines und noch eines.

»Klapper-Papa!« Lili stürmte ans Bett.

»Bett-Dad!« Kreischend folgte Kim ihrer Schwester.

»Gebt acht auf Papas Brust«, mahnte Elena.

Terz, über den kleinen Koffer, in dem seine Sachen lagen, gebeugt, richtete sich auf. Er trug Freizeitkleidung, der linke Arm ruhte in einer Schlinge. Elena und die Kinder umarmten und küssten ihn gleichzeitig.

Die Mädchen plapperten fröhlich über neue Schulfreundinnen, Omas Verein und Onkel Vito.

Terz schloss den Koffer.

»Den nehme ich!« Darauf bestand Elena.

Gut gelaunt spazierte die Vierergruppe über den Krankenhausflur. Die anderen Patienten beglückwünschten ihn ein letztes Mal. Terz musste noch zwei Autogramme geben.

Sie traten in die Sommersonne. Die Journalisten warteten schon.

## Nachwort zur Neuauflage 2015

Seit »Das Prinzip Terz« 2004 erstmals erschien, hat sich einiges geändert. St. Pauli, Schanze und Karoviertel sind weitestgehend gentrifiziert (Seite 42). Konrad Terz verwendet ein Tastenhandy statt eines Smartphones, wie es jemand wie er inzwischen längst täte. Was ein Discman (Seite 54) ist, wissen die meisten gar nicht mehr. Statt Stadtplänen (Seite 61) benutzt man heute Navigationssysteme oder lässt sich von seinem Smartphone dirigieren. Eine Stereoanlage mit Kassettendeck (Seite 76) findet man heute auch nicht mehr in jedem Haushalt. Dem Computer eines Opfers würde man sofort große Aufmerksamkeit schenken (Seite 90 f.). Eine Dunkelkammer findet man heute nur mehr bei wenigen Fotografen, Bilder selbst würde man womöglich online speichern statt auf einer CD, und Audiokassetten sieht man heute auch eher im Museum (Seite 114). Hamburg hat inzwischen die auf Seite 119 angekündigte Hafencity. Bildmanipulation (Seite 123, 136) auf dem Computer beherrscht heute jedes Kind auf seinem Smartphone. Inzwischen findet man bei jeder besseren Kriminalpolizei einen IT-Forensiker und muss nicht mehr einen interessierten Kollegen bemühen (Seite 161 ff.), auf Computern am Arbeitsplatz würden Passwörter verlangt (Seite 168). Klassische Werbeagenturen sind eine aussterbende Art. Mordende Polizeimitarbeiter wie »Dexter« (dessen Buchvorlage übrigens im selben Jahr erschien) waren noch ebenso wenig in Mode wie andere serienmordende und Selbstjustiz übende »Heldinnen« und »Helden«. Und Ermittlungs- und Überwachungstechnologien würden es heute deutlich schwieriger machen, einen Fall zu vertuschen. Jaja, die gute alte Zeit …

Marcus Rafelsberger
**MENSCHENTEUFEL**
Broschur, 416 Seiten
ISBN 978-3-89705-668-8

*»Deftige Krimi-Kost.«* Die Presse

*»Logisch, spannend und gut konstruiert. ›Menschenteufel‹ ist endlich wieder einmal ein Krimi mit ordentlicher Ermittlerarbeit, bei dem die Kriminalisten nicht psychotischer als ihre Klientel sind. Rafelsberger kann am Schluss noch mit intensiver Action punkten und die Fälle mit einer logischen Beweisführung aufklären. Und deshalb macht es richtig Spaß, diese gut konstruierte Story zu lesen, die nicht ständig in die Vergangenheit abschweift, sondern in klaren zeitlichen Strängen abläuft und gekonnt verknüpft ist. Geradlinig, spannend und auch mit sehr guter Sprache präsentiert der Autor den ›Menschenteufel‹, für den ich ein eindeutige Leseempfehlung abgebe. «* Krimi-Couch.de

Marcus Rafelsberger
**WIENERHERZ**
Broschur, 336 Seiten
ISBN 978-3-89705-839-2

*»Gut recherchiert, ausgeklügelt.«* Wiener Zeitung

*»Der Autor versteht es, Wiener Historie und Lokalkolorit interessant zu vermitteln und menschliche Abgründe zu beschreiben, sodass der flüssig erzählte und unterhaltsame Krimi überall seine Leser finden wird.«* ekz